U0035008

徐一士說掌故

《一士類稿續編》

徐一士・原著
蔡登山・主編

敗，慈禧最恨康、梁，但康、梁都是被徐致靖引到光緒身邊的，因此慈禧對徐致靖的痛惡可以想見。徐致靖之所以能意外逃生，其外孫、梅蘭芳的秘書許姬傳認為是由於李鴻章的援手，徐致靖才能被判絞監候。庚子事變，慈禧太后西逃。八國聯軍入京，刑部大牢無人職守，請徐致靖回家。慈禧回京後，下詔赦免。徐致靖後歸隱杭州姚園寺巷直至一九一八年病逝。徐一士和其兄徐凌霄從孩提時起即接受變法維新和民主革命思想的教育與薰陶，並親身經歷當時社會驚天動地的巨變和家庭遭受的巨大打擊，促使他們決心利用自身的學識和文筆，積極投入關係國家命運的社會改革運動中去。徐一士在一九一〇年畢業於山東客籍高等學堂，一九一一年在北京前清學部複試，取得進士出身，任法部都事司七品小京官。辛亥後，在濟南任上海《民權報》、《中華民報》擔任特約通訊員，又擔任北京《新中國報》通訊員及編輯，又曾任《京津時報》、《京報》編輯，先後在《晨報》、《國聞週報》等處任特約撰述。一直從事文史掌故的研究和考證。一九二四年起在北洋政府農商部（後改實業部）礦政司任職，此期間還兼任平民大學新聞系、鹽務專科學校、北京國學補修社、北京國學書院講師、教授，一九二八年起在中國大辭典編纂處任編纂員，直至一九五五年退休。一九五八年經梅蘭芳先生推薦，進入北京文史館任館員，直至一九七一年十一月病逝。

徐一士初與胞兄凌霄合署在《國聞週報》連續發表《凌霄一士隨筆》，自一九二九年七月七日起，至一九三七年八月九日因日寇侵華影響而停止，連載八年有餘，其中操筆者為徐一士。洋洋一百二十餘萬言，被稱為民國年間掌故筆記的壓卷之作。與黃濬的《花隨人聖盦摭憶》、瞿兌之的

《人物風俗制度叢談》被稱為民國三大掌故名著。有趣的是他們三人彼此都熟悉，他們都出身晚清名門世家家學深厚，博涉新學，於前朝掌故及當時勢態甚為熟悉。學者張繼紅就指出「黃濬的《花隨人聖盦摭憶》五十餘萬言，以清代為中心，而不專於清代，以轉述掌故為主；瞿兌之的《人物風俗制度叢談》約三十萬言，資料豐富，尤集中探析人物情態及風俗制度之變遷，時間則兼跨明清，其筆法以排類資料、文尾點睛為特徵；徐一士的《凌霄一士隨筆》近一百二十萬言，是民國年間篇幅僅次於《清稗類鈔》的掌故巨著，其內容則集中理析清代，尤其是道咸以來至民初近百年的朝野掌故，尤矢志於此期著名人物、科舉制度及官制流變，其筆法則重在排比資料，連類縷析，探微析幽，甚具史學眼光。事實上，瞿、黃二人或以詩文，或以史著聞名，並且均涉足政壇，命運各異；而徐一士則是終身致力於清末民初掌故。」他並指出《凌霄一士隨筆》其內容主要，可分為三大類：一是甄別、排比大量史料，敘述近世重要的歷史人物。二是論述清代科舉制度的演變，以及名人科考故事等。三是以大量史實為依據，梳理了近世官僚派系鬥爭之脈絡。

金性堯筆名文載道，當年曾在《古今》雜誌寫文章的，在一九五〇年曾到北京拜訪過徐一士，他在文章中談道：「徐先生治掌故有三大優勢：健於記憶，善於綜合，精於鑒別。從他引用的史料來看，除了少量的手札等外，大都是常見的書。他的每一篇談掌故的文章，大部分是在做文抄公，自己著墨不多。看的人就需要耐性。然而凡所議論，卻頗為精到通達，通達是指不偏激不迂腐；特別是對前人記載中的謬誤而又有關典制的，他都能一一糾辨，這也是測量掌故學者功力的一個重要標誌，茶餘酒後的談助當然也不可廢，究非掌故之堂奧。」又說：「糾誤補闕之處，舉不勝舉。其隨手寫來，左鄰右舍，莫逆於心，熟極而流的特長，正是徐氏掌故的力度所在，故而讀來如飲醇醪。」

徐一士著作等身，然他對於出版卻極為慎重，他曾自言：「余學識譾陋，拙於文辭，故寫稿不敢放言高論，冀免舛謬。所自勉者，首在謹慎，所謂不求有功，但求無過。然『無過』不過『求』而已矣，豈易言哉？」因此終其一生只出版過兩部掌故著作分別是《一士類稿》（1944年上海古今出版社出版）和《一士談薈》（1944年上海太平書店出版）。那是在摯友掌故家瞿兌之、謝剛主（國楨）、周黎庵等人鼓勵敦促下，前者三十餘篇，「承朱樸之、周黎庵兩先生，收入《古今叢書》之三，略以類相從。仍各注明某年，以《一士類稿》之名稱出版。」後者凡三十篇，略猶前出《一士類稿》之例，以談述人物者為多。「復承柳雨生的太平書局願為印行，因檢理叢殘，更為《一士譚薈》之出版。」1983年5月，北京書目文獻出版社將《一士類稿》和《一士談薈》二書合併重排印行。此後二十餘年內，北京、上海、四川、山西、遼寧、吉林、重慶、台北等海內外十餘家出版社都曾翻印出版過。另有《一士類稿續編》是徐一士於三四〇年代發表於《古今》、《逸經》、《實報半月刊》、《中和月刊》等雜誌上而尚未整理結集的文章，重新校閱選輯成冊。其內容考明清典章制度，論晚近政壇、文壇重要人物，下筆徵引必有實據；辨晚清官僚政爭，記舊聞軼事等則如數家珍，文筆流暢優美，是瞭解晚近政治、軼聞不可多得的史籍。

《一士類稿》以記清末掌故為主，共計27篇，有19篇分別載於《國聞周報》、《逸經》等雜志，所寫人物多為文壇學界名宿。如王闓運、李慈銘、章太炎、陳三立、廖樹蘅、張百熙等，又記有靖港之役、咸豐軍事史料、庚辰午門案等，作者熟知清末掌故，所記故事，或為親身見聞，或為轉錄孤本，或雜錄各種記載而予以考證比較，對於研究近代歷史頗有參考價值。

其中對於清代的科舉制度更是熟稔，如談到「搜遺」，乃是科舉時代主考官在發榜前複閱落選的考卷，發現優異者臨時補取，稱之為「搜遺」。鄉會試後考官例得搜遺，惟往往習於省事，僅閱同考官所薦之卷，餘置不問。宣宗恐各省同考官屈抑人才，壬辰五年降諭云：「……各直省同考官，則年老舉人居多，勢不能振作精神悉心閱卷，即有近科進士，亦不免經手簿書錢穀，文理日就荒蕪。各省督、撫照例考試簾官，仍恐視為具文。全恃主試搜閱落卷，庶可嚴去取而拔真才」。這一年，湖南左宗棠參加鄉試，他的卷子本來已被同考官批以「欠通順」三字，沒有取中的希望了。幸好有道光帝上述一道諭旨，湖南鄉試考官徐法績（本來正考官有兩位，另一位胡姓編修不幸在這關鍵時候掛了）「獨披覽五千餘卷，搜遺得六人」，這樣，左宗棠才成了舉人，於是他對徐法績終身感激。吳士鑒參加壬辰會試，「卷在同考官第六房吳鴻甲手，頭場已屏而不薦，迨閱第三場對策，乃歎其淵博精切，深得奧窔，始行補薦，竟獲中試。鄉會試專重頭場（四書文），久成慣例。頭場不薦，二（五經文）三（對策）場縱有佳文，房考亦多漫不經意，難望見長。」這也許才是人們痛斥八股取士之害甚於始皇坑儒的原因吧。我們可以看下翁同龢（這科主考官，時以「矯空疏之習，每主試，必屬房考留意經策，於策尤重條對明晰，以瞻實學而勸博覽」而著稱）日記中記的策題：論語古注，新舊唐書，荀子，東三省形勢、農政。這怎麼可以說掄才大典不關心國計民生大事，僅以八股定高下呢？至少制度上還是非常注重真才實學的。又殿試，「故事，讀卷八人，依閣部官階先後為位次，各就其所讀卷分定甲乙。待標識即定，乃由首席大臣取前列十卷進呈御覽，然諸大臣手中各有第一，初不相謀，仍依憲綱之次序為甲第之高下。」這就是說，能不能成為三甲，和進士們自己的運氣也很有關係，若不幸和強人在一起，同處一個閱卷官之下，那成為三甲的難度大了很多。而且要首席閱卷大臣中的那位第一成為狀元的可能性才更大些。當然，最終的決定權在皇帝那裡，因為名字喜氣或長得帥的人被擢拔成狀元的也很多，反之丟掉狀元的也不少。還有因為地域平衡的需要也有可能改變狀元的歸屬。如趙翼就因為江浙狀元太多而被乾隆把狀元給了陝西的王傑（在王傑之前陝西在清代一個狀元也沒出過）。

另外書中將左宗棠與梁啟超並舉看來有些突兀，但其中卻有深意。徐一士說：「余以其均為清代舉人中之傑出者，早有大志。對於仕宦，則左氏志在督撫，梁氏志在為國務大臣，後各得遂其願。此點頗為相似，故並述之。」然而作者對二人的評價卻大不相同，他說梁啟超「其人不愧為政論家之權威者，筆挾情感，善於宣傳，每發一議，頭頭是道，其文字魔力，影響甚巨（晚年關於學術之作，亦多可稱），而政事之才，實極缺乏，故畢生之所成就，終屬在彼不在此耳。」他認為梁啟超無政治才幹，但有論政才華。至於左宗棠，他則大加推崇說：「若左宗棠之如願而為督撫，所自效於清廷者，武略則平靖內亂，戡定邊陲，政謨則盡心民事，為地方多所建設，自另是一種實行家之卓越人才矣。」

又柯劭忞以著《新元史》而聞名於世，而其人則大有趣，被稱為「書淫」。話說某年柯氏入京會試，同行者為母舅李吉侯豐倫，二人試畢回豫，不幸遭遇大雨，舅氏罹難，柯氏殆有天助而脫險歸。「叩見其父後，見案頭有某書一部，亟取而閱覽，於遭險之事，一語不遑提及也。其父檢點其行裝等，睹水漬之痕，詢之，而柯氏方聚精會神以閱書，其味醰醰然，未暇以對。其父旋於其攜回之書箱中，見有《蘿月山房詩集》一冊，李吉侯所作也，因問及李氏，柯對曰：死矣。而仍手不釋卷，神不他屬。父怒，奪其書而擲諸地，訶之曰：爾舅身故，是何等事！乃竟不一言，非呆子之呆，一至於此耶！」讀之真令人噴飯，書呆子之呆一至於此耶，未免太不盡人情矣！

《一士類稿續編》中徐一士寫有讀《崇德老人紀念冊》的長文，崇德老人為湘鄉曾文正（國藩）之季女，名紀芬，曾國藩一生帶過數十萬兵、用過數百名將領、推薦過十數位督撫封疆大吏，並以「識人之明」見稱。但在擇婿方面卻屢屢看走眼！因此他生前自嘆「坦運」不佳（「坦運」一詞，乃左宗棠所創，謂曾國藩對諸婿皆不甚許可）。也因此曾國藩對小女兒曾紀芬的婚事十分慎重，直到十八歲時才許配給了聶爾康之子聶緝槼（仲芳）。《崇德老人紀念冊》附有〈崇德老人自訂年譜〉，自一歲至八十歲止，八十以後事，由其壻瞿宣穎（兌之）撮要附述於譜後。其中所敘，可藉以考見曾、聶兩家之事，而有關乎政治及社會之史料至夥，皆足徵信，實治近代史者所不可不讀之書。

徐一士在讀《崇德老人紀念冊》提到「曾左夙交，後雖相失，舊誼仍在。」其實在曾國藩病逝後左宗棠是非常照顧曾國藩的後人的，同治十一年（1872）二月曾國藩病逝南京，左宗棠得知消息後非常悲痛。在寫給兒子孝威的信就說：「曾侯之喪，吾甚悲之，不但時局可慮，且交遊情誼，亦難恝然也。已致賻四百金，並輓之云：『知人之明，謀國之忠，自愧不如元輔；同心若金，攻錯若石，相期毋負平生。』蓋紀實也。見何小宋代懇恩卹一疏，於侯心事頗道得著，闡發不遺餘力，知劼剛亦能言父實際，可謂無忝矣。君臣朋友之間，居心宜直，用情宜厚。從前彼此爭論，每拜疏後，即錄稿諮送，可謂鉏去陵谷，絕無城府。至茲感傷不暇，乃負氣耶？『知人之明，謀國之忠』兩語，久見奏章，非始毀今譽。兒當知吾心也。」他並要兒子孝威能去弔喪：「過湘干時，爾宜赴弔，以敬父執；牲醴肴饌，自不可少；更能作誄哀之，申吾不盡之意，尤是道理。」同時也表明他和曾國藩有所爭執，全是為了「國勢兵略」，絕非「爭權競勢」，對於「纖儒妄生揣疑之詞，何值一哂耶！」。這信寫得感人肺腑，可謂字字皆由心窩迸出，真乃一生一死，交情乃見。

而在〈崇德老人自訂年譜〉中曾紀芬又記錄光緒八年時任兩江總督的左宗棠約她見面的情形。原來十年前，擔任兩江總督之任的正是曾國藩，那時候曾紀芬尚待字閨中，隨父母一同住在這座府邸裡。曾紀芬說：「別此地正十年，撫今追昔，百感交集，故其後文襄雖屢次詢及，余終不願往」。左宗棠知悉其意後，特意打開總督府的正門，派人把曾紀芬請進去。曾紀芬在其《自訂年譜》中云：「肩輿直至三堂，下輿相見禮畢，文襄謂余曰：『文正是壬申生耶？』余曰：『辛未也。』文襄曰：『然則長吾一歲，宜以叔父視吾矣。』因令余周視署中，重尋十年前臥起之室，余敬諾之。」左宗棠與曾紀芬這段對話，非常精妙。曾國藩長左宗棠一歲，左宗棠固久知之，此處顯然是故意說錯曾國藩的生年，然後借機搭話，向曾紀芬表達關照的意願，做得自然而然、不露痕跡。左宗棠因文正而厚其女及婿，談吐之間，亦見老輩風韻，佳話可傳。然後左宗棠很暖心地陪著曾紀芬找到了當年她曾經住過的起居之室。可以想像當時曾紀芬的內心，會是何等的溫暖。都說官場人情淡薄，而左宗棠卻在曾國藩故去多年之後，把他心底最溫情的父輩之情給了曾紀芬。後來曾國荃到南京時，曾紀芬還回憶道：「嗣後忠襄公（按：曾國荃）至寧，文襄語及之曰：『滿小姐已認吾家為其外家矣。』湘俗謂小者曰滿，故以稱余也。」——也就是說，左宗棠認為自己家就是曾國藩小女曾紀芬的娘家了。

另徐一士在〈《古今》一周紀念贅言〉一文中談到「文史不分家」，他說：「惟『文』與『史』雖若各有其分野，而『文』之含義本多，『史』之領域亦廣，二者實有息息相通之關係，固可分而不盡可分也。『文』『史』就其發生上言之，可稱為一對孿生子，其後雖漸分化，而關係仍屬密切。大史家每具文心，大詩人亦多史筆，司馬遷與杜甫即為最顯著之例證。史學家劉子玄、章實齋，於所作《史通》、《文史通義》中，論史衡文並重，尤足見兩者界域之不易劃分。迄於最近，盛唱以科學方法治史，史學乃與文學判為兩途，成為社會科學之一部門。此在學術上固為一種進步，然以過於重『事』而輕『人』，重常則而輕變象，充類至盡，幾將以歷史統計學為史學之正宗。流弊所及，『史』只剩留枯燥的名詞數字，『文』只剩留浮飄的感情。其實『文』與『史』畢竟均以人類生活為其對象，史書之佳者，特具意境，正與文藝無殊耳。要之，『史』不可無性靈，『文』亦不可無實質，否則治史將等於掘墳，學文亦將等於說夢，其影響殆可致民族活力與熱情之衰退，非細故也。是以治史者不宜僅以排此史跡為已足，尤宜注意於抉發史心。文藝作品之有資於史學者，有時或迂於碑版傳狀之類，因後者每只是事跡的鋪陳，前者每可見心情的流露，此杜甫、元好問、吳偉業等之作，所以稱為詩史歟！」

《一士譚薈》內容分別載於《國聞周報》、《逸經》等雜誌，所寫人物多為清末民初軍政要員。書中記述太平軍大敗曾國藩，以及左宗棠、彭玉麟、榮祿、岑春煊、袁世凱、陳寶琛等人逸事，取材於近人筆記、文集、函札、日記等，除廣集資料，詳加剖析，去偽存真之外，對臧否人物極為慎重，堅持客觀嚴正公平態度，絕不妄立一家之言，妄加褒貶，對研究中國近代史有參考價值。例如此書中之〈督撫同城〉和另篇〈首縣〉都是研究清代地方官制相當重要的參考資料，總督和巡撫同城，權位不相下，各以意見緣隙成齟齬，是有許多弊端的，徐一士就指出：「總督官秩較尊，敕書中又有節制巡撫之文，往往氣淩巡撫，把持政務。撫之強硬或有奧援者，間能相抗。其餘率受鈐制，隱忍自安，而意氣未平，齟齬仍時有之。」「至總督主兵事，巡撫主吏事，雖向有此說，而界限實不易劃分。」清之巡撫，固不同於明之巡撫，民國的省長（一長制）、省主席（合議制）或勉強可以比擬清之巡撫，但清之總督很難用民國的地方軍政長官來比擬了。

〈陸徵祥與許景澄〉一文談到「陸徵祥早任壇站，中陟中樞，晚作畸人，洵近世名人之自成一格者。以受知於許景澄，獲其裁成。」是的，陸徵祥的外交生涯完全得益於晚清外交家許景澄的言傳身教，是在具體的外交實踐中鍛煉成長起來的。光緒十六年（一八九〇）許景澄（文肅）任駐俄、德、奧、荷四國公使，他呈請總理衙門，調陸徵祥為隨員。於是陸徵祥於光緒十八年（一八九二）搭輪船出國，抵俄京聖彼得堡後，初任學習員，旋升四等翻譯；再升三等翻譯，加布政司理問銜，即選縣丞，後升二等翻譯。此後四年陸徵祥一直在許景澄門下「學習外交禮儀，聯絡外交使團，講求公法，研究條約」；許景澄也著意栽培，不僅培養訓練他作為一名外交官的基本技能素質，更注重對其道德人格憂國憂民情懷的陶鑄。馬關之辱後，他曾告誡陸徵祥「你總不可忘記馬關，你日後要恢復失地，洗盡國恥」。許景澄對陸徵祥的影響是深遠的，他總是以許景澄為榘範，亦步亦趨，甚至忘記其本鄉上海話而隨許景澄講嘉興話，因此駐俄使館同仁，稱他為「小許」。若干年後，陸徵祥仍然深情地提到「我一生能有今日，都是靠著一位賢良的老師」，其對許景澄的感恩之情，可說是溢於言表。

徐一士之著作豐富，《一士類稿》、《一士類稿續編》和《一士談薈》只不過是較為世人所熟知者，他的著作「除廣集翔實資料，詳加剖析，去偽存真之外，對臧否人物極為慎重，堅持客觀嚴正公平態度，決不妄立一家之言，妄加褒貶。」更如孫思昉在序中所言：「宜興徐君一士，當世通學也，從事撰述，多歷年所，先後分載雜誌之屬。凡所著錄，每一事，必網羅舊聞以審其是；每一義，必紬察今昔以觀其通。思維縝密，吐詞矜慎，未始有毫末愛憎恩怨之私，凌雜其間。於多聞慎言之道，有德有言之義，殆庶幾焉。而有清一代掌故，尤所諳熟。」而同為著名掌故學家瞿兌之也作了高度的評價：「他不是普通人所想像的那樣掌故家，就其治掌故學的能力而論，的確可以突破前人而裨益後人

目次 CONTENTS

掌故答問

瞿兑之・徐一士

問：清末議廢八股時，頗有力爭之者，於古亦有其比否？

答：隋唐本以詩賦取士，唐宋間場屋間之重賦，亦猶明清之重八股，其有識者亦極不以之為然。宋仁宗時石介、何群等上言，以賦取士，無益治道，及下朝臣議，則以為進士科始隋唐，數百年將相多出此，不為不得人，且祖宗行之已久，不可廢也。（事見《宋史・隱逸傳》）王荊去詩云：「當時賜帛俳優等，今日掄才將相中。」即刺譏此事。荊公變法，改用經義，原以救詩賦之弊，不料至明清，經義又變為腐爛之八股，轉不如詩賦猶可覘實學矣。

問：殿試鼎甲名次，是否天子親主之？

答：明清所謂殿試，又曰廷試，因在殿廷舉行之故。唐宋即有廷試之稱也，本於漢代之臨軒親策，故題目及論文，仍依漢代故事，不曰題而曰策問，不曰文而曰對策，開始用臣對臣聞四字，策尾用謹對二字。天子不能一一親閱，則派讀卷大臣，不曰閱卷而曰讀卷者，以示不敢代閱之意也。讀卷大臣擬定名次後，以最前十本進呈，請於其中欽定一甲三人，其餘以次為二甲第一至第七，大率即照原次序，不加更動，亦偶有因查出身籍貫而更改者，以非至御前不能拆彌封也。前十卷進呈之制，自康熙二十四年始，見《郎潛紀聞》引〈貢舉考略〉。

前十本進呈後，間亦有因文字承契賞而特權者，如同治癸亥科張之洞由第四本拔為探花，光緒乙未科駱成驤由第三本拔為狀元，喻長霖由第十本拔為榜眼均是。

問：清代大考翰詹之制，其緣起若何？

答：有清大考翰詹之制，發軔於順治間。順治十年三月諭內三院云：「朕稽往制，每科考選庶吉士入館讀書，歷升編檢講讀及學士等官，不與分任，所以諮求典故，撰擬文章。充是選者，清華寵異，過於常員，然必品行端方，文章卓越，方為稱職。乃者翰林官不下百員，其中通經學古與未嘗學問者，朕何由知。今將親加考試，先閱其文，繼觀其品，再考其存心持己之實據，務求真學，備朕異日顧問。自吏禮兩部翰林侍郎三院學士詹事府詹事以下，各候朕旨親試，分別高下，以昭朕慎重詞臣之意。」（內三院者，內翰林國史院、內翰林秘書院、內翰林弘文院也，時為內閣及翰林院之合體。至所謂吏禮兩部翰林侍郎者，指其時吏禮侍郎之兼翰林之職者，此沿明制。）旋御太和門親試以甄別之，此後來大考制度之權輿也。乾隆二年五月諭云：「翰林乃文學侍從之臣，所以備制誥文章之選。朕看近日翰詹等官，其中詞采可觀者固不乏人，而淺陋荒疎者亦不少，非朕親加考試，無以鼓勵其讀書向學之心。自少詹讀講學士以下，編修檢討以上，滿漢各官，著於本月初七日齊赴乾清宮，候朕出題親試。倘有稱病託詞者，著另行具奏，朕必加以處分。考試之日，著乾清門侍衛察視。」屆日親試，擢黜有差。於是大考翰詹漸垂為定制矣。（後來多在保和殿行之。）此為一種不定期考試，隨時可以舉行，並嚴禁規避，前列者固有升擢之榮，名次在後者則有降絀或罰俸之處分。故文字或書法荒疎者視為畏途，嘲翰林詩所謂「忽聞大考魂皆落」也。（間有特旨免試者，如同治五年徐桐、翁同龢是，以在弘德殿行走之故，尊重帝師也。）

問：清代各省主考（正副考官），例由京員簡充，亦有由外膺簡者否？

答：雍正間有之，梁紹壬《兩般秋雨盦隨筆》云：「大學士無錫嵇文敏公（曾筠），雍正癸卯以河南巡撫即為河南正考官；交河少司寇王公（蘭生），雍正壬子以安徽學政即為江南正考官。典試由外改充，前此未之有也。」此蓋僅有之例，後亦無聞，若主考之就簡學政（或本省或他省），則不乏耳。

問：大挑緣起如何？

答：舉人經三科會試不第，可就大挑一途，其制始於乾隆丙戌科，吏部議選法，一等用知縣，又借補府經歷直隸州州同州判屬州州同州判縣丞鹽大使藩庫大使，凡九班。二等以學正教諭用，借補訓導，凡三班。見《郎潛紀聞》。

又按前乎此者，雍正五年閏三月諭曰：「向來各省縣令多循資按次照例選用之員，故其中庸碌無能者有之，少不更事者有之，以致苟且因循，貪位竊祿，諸凡闒冗，職掌廢弛，此等之人，尚不能顧一身之考成，豈能為地方之憑藉乎。今因會試後天下舉子齊集京師，朕思其中有才品兼優之士，是以特別遴選，畀以縣令之任。朕之所望於爾等者，不僅在於辦理刑名，徵收稅賦，簿書期會之責而已」。次月，又就會試下第舉人挑選各省教職，諭曰：「向來教官因循偷惰，全不以教訓為事，朕屢頒諭旨，而積習如故，因於爾等下第舉人中擇文理明通者引見命往。」斯為舉人大挑之權輿，至乾隆時始垂為定制耳。

問：世俗相傳，舊時富貴家擇婿，往往以新登科第之少年未娶者為對象，甚至施以強迫，此真有其事否？

答：自科舉制度施行後，登科者極為世重，富貴之家以為擇婿之對象，事恒有之。其施以強迫者，亦嘗為一種風氣，宋人彭乘《墨客揮犀》有云：「今人於榜下擇婿，曰臠婚。其語蓋本諸袁山松。

其間或有不願就而為貴勢豪族擁逼不得辭者。嘗有一鄉先輩，少年有風姿，為貴族之有勢力者所慕，命十數僕擁致其第，少年欣然而行，略不辭避。既至，觀者如堵。須臾，有衣金紫者出曰：某惟一女，亦不至醜陋，願配君子可乎？少年鞠躬謝曰：寒微得託跡高門固幸，待歸家試與妻子商量看如何？眾皆大笑而散。」勢家於新登科者擇婿，乃至擁逼圖成，致有此項話柄，事甚可笑，而當時實有此風，固可概見。（先輩為唐宋時得科第者之稱。）傳奇（如《琵琶記》）、戲劇（如《鍘美案》）之演宰相天子招狀元為婿事，亦有由來矣。

問：兩准產鹽量為全國最，其引地亦最廣，遠者達湖南南部，雖屬國家定制，其事殊不便於民，不審此制究何所始？

答：此制恐自唐已然矣。蓋當時長江流域，概仰淮鹽，而五嶺之道險艱，粵鹽產量又少，遂不為道遠之民生計。有清一代，湘南諸縣粵鹽之私運，迄無法禁絕，故定制淮鹽達衡州而止。《宋史・蹇周輔傳》云：先是湖南例食淮鹽，周輔始請運廣鹽數百萬石分鬻郴全道州，又以淮鹽增配潭衡諸郡，其由來已久可知。

問：陝豫鄂三省交界之區，即嘉慶時教匪滋亂之地，其地在古代已為亂原，其故何在？其沿革如何？

答：元至正間流賊即據荊襄上游作亂，終元世莫能制。洪武初鄧愈以兵剿除，空其地，禁流民不得入。然地界秦豫楚之間，又多曠土，山谷阨塞，林箐蒙密，中有草木可採掘以食。正統二年歲飢，民徙入不可禁。眾既多，罔稟約束，其中巧黠者稍相雄長，天順成化中遂有劉通之亂，而項忠討平之。不數年禁漸弛復亂，祭酒周洪謨著《流民說略》，言東晉時廬松之民流至荊州，乃僑置松滋縣於荊南，淮州之民流聚襄陽，乃僑置南淮州於襄西，今當增置郡縣，聽附籍為編氓。於是朝廷採其議，命原傑撫治之，以襄陽所轄鄖縣居竹房上津商洛諸縣中，道路四達，且去府治遠，山林深阻，猝有盜賊，遙制為難，乃拓其城，置鄖陽府，以縣附之，並置湖廣行都司，增兵設戍，而析竹山置竹溪，析鄖置鄖西，析漢中之鄖陽置白河，與竹山上津房咸隸新府，又於西安增山陽，南陽增南召桐柏，汝州增伊陽，各隸其舊。是鄖陽為明中葉以後新設之區域，其長官稱撫治而不稱巡撫，蓋一特別行政區也。清代罷此制，遂伏亂階云。

問：旗長駐防之原委如何？

答：駐防之制，人多以為始於防漢人之反側，其實非也。自順治定都燕京，即於盛京設八旗駐防兵，而各直省之設駐防轉在稍後。且駐旗兵以控形勝之議轉自漢人發之，康熙初魏文毅裔介疏請撤滿洲兵還駐荊襄，雖未及採用，而後來制度實推本於此也。定制除滿蒙沿邊各處外，西安、成都、荊州、廣州、福州、杭州、江寧各有將軍一人，立營壘，自成軍區；旗兵長子孫為久駐計，往往習其地方言，惟不能雜居通婚耳。將軍與總督同城者，總督有故，或攝其事，平時則不得干涉民政及軍政。外此各險要處所，依次設都統城守尉等官，惟湖南、廣西、雲南、貴州無旗兵。當滿人初入關之際，與漢人風俗習慣不同，必有不易融洽者，擇地駐軍不與漢民混雜，未嘗非權宜之善策也。

問：帝王專制之害，似覺近代已較古代為輕，蓋後世已將古制中之不近人情者稍加改革，故尊嚴雖未滅，而為害已不若古昔之甚。不知有實證否？

答：近代帝王家之制度，確有勝於前代者。如清代家法，每日視朝，從不間斷，且從無日晏視朝者。內監雖有營私納賄者，猶不敢公然干預政事。皇子入學讀書作文，與士大夫家完全相同，師傅得加責罰，故皇帝無不能親裁軍奏者，王公多能詩文。此皆昭然人所共知之事。大抵家法之改良自宋始，宋元祐間呂大防曾歷舉之云：「自三代以後，唯本朝百二十年，中外無事，蓋由祖宗所立家法最善，臣請舉其略。自古人主事母后，朝見有時，如漢武帝五日一朝長樂宮。祖宗以來，事母后皆朝夕見，此事親之法也。前代大長公主用臣妾之禮，本朝必先致恭，仁宗以姪事姑之禮見獻穆大長公主，此事長之法也。前代宮闈多不肅，宮人或與廷臣相見，唐入閣圖有昭容位。本朝宮禁嚴密，內外整肅，此治內之法也。前代外戚多預政事，常致敗亂。本朝母后之族皆不預，此待外戚之法也。前代宮室多尚華侈，本朝宮殿止用赤白，此尚儉之法也。前代人君在宮禁，出輿入輦。祖宗皆步自內庭，出御後殿，豈乏人力哉，亦欲涉歷廣庭，稍冒寒暑，此勤身之法也。前代人主，在禁中冠服苟簡。祖宗以來，燕居必以禮。竊聞陛下昨郊禮畢具禮謝太皇太后，此尚禮之法也。前代多深於用刑，大者誅戮，小者遠竄。惟本朝用法最輕，臣下有辠，止於罷黜，此寬仁之法也。」其事親治內侍外戚及寬仁之法四條，有清均尚承而不改。

問：清代皇子教育，其情事如何？又幼年皇帝，如何從師受業？

答：清代家法，皇子教育，甚為認真。其就學之所曰上書房，師傅選翰林充之，謂之上書房行走。大臣任教者，則有上書房總師傅之稱。皇子每日進書房甚早，課程亦嚴。乾隆間趙翼嘗為軍機章京，儤直內廷，其《簷曝雜記》，紀皇子讀書云：「本朝家法之嚴，即皇子讀書一事，已迥絕千古。余內直時，屆早班之期，率以五鼓入。時部院百官未有至者，惟內府蘇喇數人（謂閒散白身人在內府供役者）往來黑暗中，殘睡未醒，時復倚柱假寐，然已隱隱望見有白紗燈一點入隆宗門，則皇子進書房也。吾輩窮措大專恃讀書為衣食者，尚不能早起，而天家金玉之體，乃日日如是。既入書房，作詩文，每日皆有程課。未刻畢，則又有滿洲師傅教國書，習國語及騎射等事，薄暮始休。然則文學安得不深，武事安得不嫻熟？宜乎皇子孫不惟詩文書畫無一不擅其妙，而上下千古，成敗理亂，已了然於胸中。以之臨政，復何事不辦。因憶昔人所謂生於深宮之中，長於阿保之手，如前朝宮庭間，逸惰尤甚，皇子十餘歲始請出閣，不過官僚訓講片刻，其餘皆婦寺與居，復安望其明道理燭事機哉！然則我朝諭教之法，豈惟歷代所無，即三代以上亦所不及矣。」

其言似近諛頌，而情事要自可徵。近支親貴子弟，亦得承命入上書房讀書。皇帝未即位時，亦皇子也，且清自康熙時建儲發生糾紛，後罷建儲之制，皇子中亦無復太子非太子之別。（光緒間孝欽立端王載漪之子溥儁為大阿哥，讀書於弘德殿，又類建儲矣，惟未幾即廢黜。）故言皇子讀書，未即位之皇帝即在其內矣。惟值沖主踐阼，勢不能不特有讀書之所，其事較皇子尤形鄭重，乃更指定宮殿選任師傅授讀，稱某宮某殿行走。同治間祁雋藻、李鴻藻等之直弘德殿，光緒間翁同龢、孫家鼐等之直毓慶宮，宣統間陸潤庠、陳寶琛之直毓慶宮是也。雖貴為天子，而對師傅敬禮有加；師傅之課讀，亦從嚴格，不能敷衍了事。翁同龢嘗傅穆宗，其傅德宗，在同列中尤專而久，觀其日記中所紀，關於皇帝就學情事，可見大凡。師傅教授漢文，多以漢人充之，體制甚隆，除為文字上之教授外，兼有規勵德性匡正過失之責，此在翁氏日記中，亦多可見。至教授滿文及騎射之滿師傅，亦稱「諳達」，體制較殺焉。

問：宋代制度有迥異於近代者為何？

答：最奇異者，為選尚公主者降其父為兄弟行，見《宋史》〈公主傳〉，不但改其輩，且改其名。如王溥子貽正，所生子克明，尚太宗女，改名貽永。（見本傳）紊亂祖孫父子之序如此，誠匪夷所思者。然按《宋史》〈孫永傳〉，世為趙人，徙長社，年十歲而孤，祖給事中沖列為子行，沖卒喪除，復列為孫。蓋昭穆之不講，臣庶之家固有其俗矣。

問：宋制有所謂京朝官差遣院者何解？

答：自魏晉以來，百官銓選均屬吏部。宋初承五代弊習，京外各官多由方鎮擅除，欲矯其弊，乃不除正官，而但遣京朝官臨時攝其任。譬如州縣不除刺史縣令，而但遣人知某州事知某縣事。其稅務工務諸官，亦皆遣人監臨。至於諸路財務刑務各要政，則遣使為之，或曰某某使，或曰提點某某，或曰提舉某某，皆臨時差遣而非正式官吏，故不歸吏部。太宗太平興國五年，詔京朝官除兩省御史臺，自少卿監以下，奉使從政於外受代而歸者，並令中書舍人郭贄等考校勞績，品量材器，以中書所下闕員類能擬定引對而授之，謂之差遣院（見《續資治通鑑》）。宋亡而後，知府、知州、知縣皆已成正式官吏，即無所謂差遣矣。

問：舊時府佐通判一職，對府屬亦居長官地位，而事權不屬，為人所輕，有「搖頭大老爺」之目，此官始於何時，初制若何？

答：此官之置，始於宋初，每與長吏爭權，有監郡或監州之稱，歐陽修《歸田錄》云：「國朝自下湖南，始置諸州通判，既非副貳，又非屬官，故常與知州爭權，每云我是監郡，朝廷使我監汝舉動，為其所制。太祖聞而患之，詔書戒勵，使與長吏協和，凡文書非與長吏同簽書者，所在不得承受施行，自此遂稍稍戢，然至今州郡往往與通判不和。往時有錢昆少卿者，家世餘杭人也，杭人嗜蟹，昆嘗求補外郡，人問其所欲何州，昆曰：但得有螃蟹無通判處則可矣。至今士人成為口實。」又《宋稗類鈔》（清潘永因輯）云：「宋初懲五代藩鎮之弊，置通判以分知州之權，謂之監州。有錢昆少卿者，餘杭人，嗜蟹，嘗求補郡，人問其所欲，昆曰：但得有螃蟹無通判處則可。此語風味似晉人。東坡云：欲向君王乞符竹，但憂無蟹有監州。即用其事。」亦本於宋人紀載，從知其時之通判頗有權力，異乎明清府佐之通判也。（元不設通判。）

問：州縣衙門有公生明之額。昉於何時？

答：元許有容《至正集》云：「林州州治西北有公明亭，圮廢已久，金承安間宋巘記文石刻故在。一日其守若僚請書公生明三字，揭之州堂，日視以為儆。」疑即始此也。

問：山東曲阜縣知縣，曾由聖裔充任，此制何時改革？

答：清初沿前朝制度，以孔子後裔知曲阜縣，乾隆間以其制非便，乃將曲阜知縣一缺改為題缺（由本省大吏遴員奏補之缺）。二十一年諭：「吏部議覆曲阜縣知縣改為題缺一本，闕里為毓聖之鄉，自唐宋以來，率以聖裔領縣事。夫大宗主鬯，既已爵列上公，而知縣一官，專以民事為職，奉法令則以裁制傷恩，厚族黨則以偏枯廢事，甚至因緣為奸簠簋不飭者有之，且亦非古人易地而官之道。我國家尊崇先聖，遠邁前朝，延恩後葉，有加無已，豈於此而有靳焉。但與其循舊制而致瘝官，有乖政體，如何通變宜民，俾吏舉其職，民安其治，於邑中黎庶，孔氏族人，均有裨益，著照該部所議。」自是孔裔乃不更領曲阜縣事。

讀翁松禪《甲申日記》

瞿兌之・徐一士

甲申光緒十年，即翁相第一次入軍機之第三年也，其元旦日記云：

丑正多到直房，同人相見一揖，兩班章京亦一揖。寅初三刻召見，面賜八寶荷包二分，福字一張，入時三叩首賀新禧，被賜各一叩首。諭以風調雨順，今年當勝去年，諸臣頌揚數語，即退。更朝衣冠，辰初三刻長信門外行禮畢，仍回直房，到方略館。辰正三刻上升殿受賀，行禮畢，即赴方略館換蟒袍補褂，馳赴壽皇殿，隨同行禮。內務府官送到荷包一枚，於上到時在路南道旁叩頭謝。

此為軍機元旦入朝之禮節，不加詮釋，恐今人多不解矣。清制無一日不召見軍機，元旦君臣第一次見面，較之群臣尤為親密，故半夜兩點多鐘即已入值，相見一揖者，軍機王大臣無私見之禮，彼此平等；即章京之於大臣，亦不純以堂屬之體相待，有揖而無叩拜。又京官體制，本有揖而無屈膝請安也。四點三刻召見，天猶未明，蓋元旦夙興，雖帝后亦不能耽於安逸。平時雖不如是之早，然閱奏摺亦必在未明以前。長信門者，太后所居宮門。太后不臨正殿，故先詣其宮門。此乃正式朝賀，故更換朝衣，越一小時方詣太和殿朝賀皇帝，相距雖不甚遠，然群臣兩處趨走，亦甚苦矣。軍機大臣為內廷差使之最貴要者，凡內廷典禮及扈從行幸，皆與群臣絕班，惟大朝會則仍按品級入班，如本官二品則入二品班，三品則入三品班，但軍機大臣官未至一品者亦少耳。朝賀事畢即換蟒袍，蟒袍乃禮服，用之於嘉辰慶典。內廷官及三品以上冬季本應穿貂褂，惟元旦穿補褂者，因貂褂反穿不能綴補，不足以示吉慶之意，仍須穿有補服之白風毛外褂也。清制章服最繁，除朝服禮服外，平日穿常服，而常服又有補褂掛珠者，掛珠而不補褂者，不掛珠亦不補褂者，須視其日之吉凶事之輕重而別；例如朔望則補褂，齋戒則常服，忌辰則應穿元青褂，然若在齋戒期內，則仍應常服，良以祭為吉禮，故暫變凶從吉也。壽皇殿乃景山內奉祀真容之所，太廟乃大祀，惟四孟月行之，歲時令節則於壽皇殿行家人禮，軍機大臣以近密之故，亦許隨同行體。

初六日記云：

黎明後即到書房，上已至。辰正漢書始，上坐講論經史，讀〈平准西碑〉一篇，寫字，讀熟書，未至午初即退。

按德宗是時年十四，而到書房如此之早，平日須兼讀滿文習弓箭，其間有召見臣工之事，尚須臨御，而讀書至未刻方罷，亦不得謂之不勤。翁公日記中每謂功課不緊，不樂誦讀，恐亦督責太過耳。帝王典學一如常人子弟之入塾，誠前古所無，不可謂非帝王制度之一種進步也。

初七日記云：

是日同人先至懋勤殿，進春帖子，置正中案上，一跪而起，俗名跪春。

按春帖子為唐宋舊俗，惟宮廷中尚沿而不改。今所傳東坡法書，尚有所書〈春帖子詞〉，宋高宗亦有之。清制，軍機及南書房諸臣於立春前進〈春帖子詞〉五絕一首、七絕二首，黃摺紅裡楷書，上必以是時賜湖筆硃墨箋絹，為近臣榮遇，亦古風之遺也。

初十日記云：

龍湛霖請選宗室貴戚於書房後在養心殿輔導聖學，仿御前大臣職云云。慈諭頗不謂然，摺留中而已。

按此有鑑於穆宗之暱近小人也。養心殿者帝之寢殿。清制，未時以後即不與臣下相見，在左右者無非阿監之流，自易影響主德。然宗室貴戚亦豈多賢者，縱使實行，未必即能收效，翁公之意，頗惜其不見採用，其實殊不繫乎此。惟此論確屬讜言，魏正始中何晏請以大臣侍宴游陳政事論經義，正即此意，君主時代政治根本宜莫逾此。

十七日記廷臣宴禮節，為各書所無，極有價值。略云：

午初一刻至南書房少坐，旋由甬道行至丹陛，分東西班，滿東漢西，立戲毯邊外北面。上升御座，奏事總管太監引入，就墊跪，一叩，即坐坐墊，菜席先設，入席，賜飯及湯，人各二椀，一叩，特賜御前饌各席一器，一叩，賜奶茶，人各一盂，一叩，菜席撤去換果席，賜元宵，人各五，一叩。食訖，此時進酒者起，眾皆離席立。進酒者出槅扇外，脫去外褂，仍掛朝珠，入中門跪，眾皆就墊跪。太監實玉斝酒授進酒者，進酒者起，捧酒矩步由中搭渡上，折而西而北，近御座，跪獻訖，由西搭渡趨下，於原處叩首，眾乃就墊叩。興，進酒者復由西搭渡升，跪接虛斝，由中搭渡矩步下，於原處跪。太監接斝，酬以爵。受爵一叩，飲訖一叩，眾不叩。進酒者出，著褂入座，眾咸坐。賜酒，人各一杯，一叩。賜果茶，一叩。飲訖，眾起，挨次趨出殿外，檐下橫排，一跪三叩。上起，眾退。

翁公於文正微有私怨，以文正劾其兄文勤，幾陷不測，而雅重忠襄叔姪，於忠襄尤傾服出於至誠，其不以私害公，後之論者當兩賢之。（關於忠襄，翁公日記更有如乙亥二月二十九日云：「晚訪曾沅圃，長談，得力在宋儒書，大略謂用人當返求諸己，名言甚多，知其成功非倖矣。」癸未十一月二十六日云：「曾沅圃來，言時事三端：一中原民生宜卹，一越事不可動兵，一聽言宜擇，不宜輕發。其談兵事總不以設險著形為然，多一險即多一敗象。其言馭夷以柔以忍辱為主，其言用人則以虛以下人為先，真虛則善言日至矣，類有道之言也。」十二月初五日云：「其學有根抵，再見而益信，畏友也，吾弗如遠甚。」庚寅十月初三日云：「聞曾沅浦制軍於前日未時星隕，事關東南全局，可慮也。」又關於惠敏，庚午五月十二日云：「晤曾世兄紀澤，號劼剛，談次覺其不群。」丙戌十一月二十一日云：「劼剛於各國事務能得要領。」庚寅閏三月二十三日云：「訪劼剛，問其疾，則鼓在門矣。驚怛，入哭，改其遺摺數處。此人通敏，亦嘗宣勞，而止於此，可傷也。」擷錄以資彙覽。）

文正論文論事論人，均尚剛，有欲著《挺經》之說。其學術及處事，宗恉可見。然亦頗參以柔道。歐陽兆熊《水窗春囈》有云：「文正在京官時，以程朱為依歸，至出而辦理團練軍務，又變而為申韓，嘗自稱欲著《挺經》，言其剛也。咸豐七年在江西軍中丁外艱，聞訃奏報後即奔喪回籍，朝議頗不謂然。左恪靖在駱文忠幕中肆口詆毀，一時譁然和之。文正亦內疚於心，得不寐之疾。予薦曹鏡初診之，言其岐黃可醫身病，黃老可醫心病。蓋欲以黃老諷之也。先是文正與胡文忠書，言及恪靖遇事掣肘，哆口謾罵，有欲效王小二過年永不說話之語。至八年奪情再起援浙，甫到省，集『敬勝怠、義勝欲，知其雄、守其雌』十二字，屬恪靖為書篆聯以見意。交歡如初，不念舊惡。此次出山後，一以柔道行之，以至成此巨功，毫無沾沾自喜之色。嘗戲謂予曰：他日有為吾作墓誌者，銘文吾已撰，『不信書，信運氣。公之言，告萬世。』故予輓聯中有將汗馬勛名問牛相業都看作粃糠塵垢數語，自謂道得此老心事出。蓋文正嘗言，吾學以墨禹為體，莊老為用，可知其所趨向矣。」文正之以柔濟剛，是否即由於歐陽氏之進言，姑不論，要其參用柔道，益屬不誣。其克集大勳以此，功高而善於自處亦以此。（其主剛猶不始於治軍時，觀道光庚子覆賀耦庚中丞書已可見。）忠襄賦性亦毗於剛，金陵之役，統師當艱鉅，即與諸將帥不相得，多所齟齬。（與文正關係最密切之彭剛直，甚至嘗以大義滅親之說進。）以中懷之抑鬱，當簡授浙撫而欲請改武職，迨金陵既下即斷然引疾歸里。嗣官鄂撫，又與鄂督官文恭不睦，嚴劾罷去，尤見剛銳之氣。而因是招嫉，亦不安於位。後此再起，乃尚柔道，督江數載，幾於臥治，為政與文正有異同，而善處功名之際，精神上固頗一貫也。

三月初四日記云：

恭邸述惇邸語請旨，則十月中進獻事也，極瑣細，極不得體。慈諭謂本不可進獻，何用請旨，且邊事如是，尚顧此耶？意在責備，而邸猶刺刺不已。

次日又記云：

比入，仍申昨日之諭，兩邸所對皆淺俗語，總求賞收禮物。垂諭極明，責備中有沈重語。臣越次言，惇親王恭親王宜遵聖諭，勿再瑣屑。兩王叩頭，匆匆退出。天潢貴胄，親藩重臣，識量如此。

翁公記中不甚於人有貶詞，而此條誅伐如此，誠有不勝其慨憤者。惇王當存而不論，恭王久經憂患，歷當重任，何以舍國事不恤而專效宦官宮妾之獻諛，意其中亦有隱衷也。然朝議已有譴責恭王之意，初八日記即云：

今日入對時，諭及邊方不靖，疆臣因循，國用空虛，海防粉飾，不可以對祖宗。臣等慙懼何以自容乎？退而思之，沾汗不已。

此時因外廷疏劾樞臣誤國，正與醇王商易樞臣。初十日軍機見起後，即有醇親王起。翁記云：「頭起（指軍機）匆匆退，而四封奏皆未下。二起（指醇王）三刻多，竊未喻也。」次日文記云：「發兩封奏，而盛昱一件未下，已四日矣，疑必有故也。」所謂有故者，即參劾軍機也。清制封奏直達御前，雖軍機不得見。如係特別重要，即留中不發。故黜陟大權，仍操於君上，若罷免樞臣，只須一紙硃諭也。又次日則記云：

聞昨日內傳大學士尚書遞牌，即知必非尋常。恭邸歸於直房辦事，起下傳散，始聞有硃諭一道，恭親王奕訢大學士寶鋆入直最久，責備宜嚴，姑念一係多病，一採年老，茲特錄其前勞，全其末路云云。

於是軍機全體罷黜，別簡禮親王世鐸、戶部尚書額勒和布、閻敬銘、刑部尚書張之萬、工部左侍郎孫毓汶入軍機矣。舊軍機中，恭王開差家居，寶鋆休致，李鴻藻景廉降調，而翁同龢革職留任。翁以帝師之故，而革留仍可不去位，猶為優遇也。清制每召見一次，稱為一起，召見某人稱為某起，傳某人入謂之叫起，召見謂之見起。大抵軍機每日見起，餘則自請對者必請遞膳牌，特召入對者諭令遞牌。所謂膳牌者，以用膳時呈遞，猶民間之名刺也。若有大事召廷臣會議於御前，則謂之叫大起。此次易樞之事，起因於清流之分黨。是時清流多附李高陽，而盛伯羲則持異議。故翁記云：

張子青來，始知前日五封事皆為法事，惟盛昱則痛斥樞廷之無狀，並劾豐潤君保徐延旭之謬，又牽連及於高陽之偏聽。

豐潤指幼樵副憲佩綸也。孫濟寧為醇邸舊人，恭退而醇進。但醇王以皇帝本生父之尊，不便直樞廷，惟令要事會同商辦，故濟寧實主持其間，而旋以刑右許庚身佐焉。易樞而後，張皇戰備，張赴閩而陳伯潛學士寶琛赴江，卒至張以馬江之挫獲重咎，身敗名裂，陳亦緣事降絀，清流頓衰。醇王主戰之意亦不堅，迨桂滇兩路告捷，即從李文忠「見好便收」之說，而濟寧遂贊和局之成矣。斯役為光緒初年清流之結局。惟張文襄早膺疆寄，事任愈隆，晚躋端揆，身名俱泰。

按《越縵堂日記》於三月十七日下云：

> 晨泊天津，始知十三日朝廷有大處分，樞府五公悉從貶黜。余瀕行時寓書常熟師，言時局可危，門戶漸啟，規以堅持戰議，力矯眾違。不料言甫著於紙上，機已發於廷中。先是初八日同年盛庶子疏言法夷事，因劾樞臣之壅閉諱飾，一日逮兩巡撫、易兩疆臣而不見明詔。亦言及張樹聲之疏防邊警，張佩綸之濫保非人。次日又聞東朝幸九公主府賜奠，召見醇邸，奏對甚久。是日恭邸以祭孝貞顯皇后三周年在東陵，至十三日甫回京覆命，而嚴旨遂下，萌兆之成，其由來者漸乎。

是事前已略有機朕，外廷已微聞之矣。

翁公與張文襄不洽，世頗知之，而甲申之歲，翁公日記則於張甚有贊譽之語。四月二十四云：

邸抄內張香濤覆奏口外廳民編籍無礙蒙民一摺，纚纚千言，典則博辨，余於此真低首而拜矣。

二十六日云：

張香濤來長談，畢竟磊落君子人也。（按張由山西巡撫被召入覲，二十八日簡署兩廣總督。）

其稱許如此。（惟「畢竟」二字似有微指，或其時有短張於翁者。）又辛巳十一月十四日記云：「授張之洞為山西巡撫，蓋特擢也，可喜可喜。」可以合看。不料後來相乖之甚也。至其齟齬情事，文襄極言之，如《抱冰堂弟子記》（羅惇曧《賓退隨筆》云：「託名弟子，實其自撰也。」）云：「己丑庚寅間，大樞某大司農某立意為難，事事詰責，不問事理，大抵粵省政事無不翻駁者，奏咨字句無不吹求者。醇賢親王大為不平，乃於所奏各事皆奏請特旨准行，並作手書與樞廷諸公曰：公等勿藉樞廷勢恐嚇張某。又與大司農言曰：如張某在粵省有虧空，可設法為之彌補，不必駁斥。賢王之意蓋可感矣。」大司農即謂翁公，時官戶部尚書也。己丑七月，文襄即由兩廣總督調補湖廣總督，是年十一月抵鄂就新職，庚寅已不在粵，蓋指戶部仍嚴究其粵任虧空耳。《賓退隨筆》述此有云：「大司農為翁同龢，時同龢以戶部尚書在樞府，與文襄最不協，恭親王奕訢被逐出樞廷，醇親王奕譞以皇帝父不便入值，乃詔樞臣遇事與醇親王妥議，醇王實隱執政權，故能調護文襄也。」大司農即翁，自無疑問，惟翁公甲申罷樞值，至甲午始再入樞府，張言大樞某大司農某，明是兩人，大樞某蓋謂其時樞臣孫毓汶，已未文襄在署兩江總督任有致翁公書，則正其二次值樞廷時。

書云：「之洞方州竊祿，負乘滋慚，自去冬假節東來，江海即已戒嚴，南防北援，軍多餉鉅，既無術以減竈，復計拙於持籌，萬不得已，仍出洋款下策，仰蒙大鈞斡旋，得邀報可，惠及軍民，歡同挾纊。至於之洞平日才性迂闊，不合時宜，道路皆知，若非密勿贊畫，遇事維持，必更無所措手。比來屢聞芸閣、叔嶠諸人道及，備言我公於疇人廣坐之中，屢加宏獎，謂其較勝時流，忘其侏儒一節之短，期以駑馬十駕之效，並以素叨雅故，引為同心，惶恐汗流，且愧且奮。昔者李成為魏相而西河奏其功，國朝安溪在講筵而諸賢展其用，是外吏之得以效其尺寸者皆由政本為之。方今時勢艱危，憂深恤緯，所幸明良一德，翕然望治，我公蘊道匡時，萬流宗仰，慨然以修攘大猷提倡海內，內運務本之謀，外施改弦之法，凡有指揮所及，敬當實力奉行，以期仰副藎悃。今日度支艱難，節用為亟，計相苦衷，外間亦能深喻。特以補牢治牖，用費實多，謹當權衡緩急，省嗇為之，入告得請，乃敢舉行。至鐵政槍砲諸局，當初創設之時，因灼知為有益時局之事，而適無創議興辦之人，遂不能度德量力，毅然任之，所謂智小謀大，誠無解於易傳之譏。然既發其端，勢不能不竟其緒，用款繁鉅，實非初議意料所及。今幸諸事已具規模，不能不籲請聖恩，完此全局，以後限斷既清，規畫較易。至其間用款，皆係勢所必需，總由中華創舉，以致無轍可循。比年來無米為炊，正如陳同甫所謂牽補度日者，尚何敢不力求撙節，必至萬不容已之事，始敢採買營造。旁觀者但詫手筆之恢閎，或未知私衷之艱苦，此諸事正為講求西法之大端，伏望範圍曲成，俾開風氣，則感荷慶幸，豈獨一人。公以敷陳古義之儒宗，兼通達時務之俊傑，變通盡利，鼓舞盡神，不能不於台端是望也。」

生隙之後，又極致推崇如是，且力言翁期許之厚，而援文廷式、楊銳輩為證。蓋翁雖對張不滿，然言談之間，尚非有貶無褒。張即因其對與己相稔者所為許與之言，作感深知己之表示，以為修好之計，並以借款之獲俞，稱頌鈞軸。時方以用款浩繁，靳政府核准，翁則以帝師樞臣掌度支，懼其與己為難，故如此說法耳。此書在兩人關係上甚可玩味，故錄資考鏡。

其後兩人仍難水乳，張晚歲猶銜憾不置。編訂詩集時，於〈送同年翁仲淵殿撰從尊甫藥房先生出塞〉一首，（詩云：「玉堂春早花如雪，捧襟攬轡與君別。扶將老父辭青門，西行上隴水嗚咽。隴岩之外路悠悠，輪臺況在青海頭。豈獨鞍馬憂憔悴，花門千騎充涼州。雲中太守行召用，吏議雖苛主恩重。出塞不勞送吏嗔，過海喜有佳兒從。君家季父天下奇，（謂叔平丈。）曾辭使節披萊衣。君今為親行萬里，一門孝弟生光輝。幸免清羸似叔寶，更祝白髮顏常好。鹽澤羽琌須縱觀，挏乳盤酥強一飽。聞道韓擒師且班，石城青蓋入中原。邊塵一斗為君洗，早晚金鷄下玉關。」同治初年藥房由靳監候加恩遣戍新疆時所作也。其時兩家交誼，足見一斑。張於咸豐壬子領解，與松禪為鄉舉同年。同治癸亥探花及第，仲淵則以恩賜進士得大魁，復有一層年誼。）加注云：「藥房先生在詔獄時，余兩次入獄省視之，錄此詩以見余與翁氏分誼不淺。後來敘平相國一意傾陷，僅免於死，不亞奇章之於贊皇，此等孽緣，不可解也。」往事回遡，憤懣一至於斯。雅故凶終，良可慨也。（《賓退隨筆》云：「文襄有送翁同書遣戍詩，自注言與翁氏交情極洽，而叔平必欲置我於死地，為不可解之語。文襄編詩集時，翁已得罪錮於家，文襄方以大學士在樞府，猶不能忘同龢也。」即指此。張於丁未始以大學士由湖廣總督內召入樞廷，翁卒於甲辰，為時已三年矣，不當尚云錮於家。又按張年譜，己酉七月手定《廣雅堂詩稾》，癸卯入京以後，時有刪易，至是命工寫印，翌月即卒。）

《張文襄公年譜》（胡鈞重編）甲子有云：「翁文勤公（同書）因案獲譴，同治元年逮入詔獄，公兩入詔獄中省視。二年十二月，有旨發往新疆効力贖罪，是年三月就道，子曾源殿撰（字仲淵）隨侍出塞，公賦詩送行。（詩載本集。按公試卷履歷，文勤為受業師，仲淵殿撰與公鄉舉同年，又癸亥榜首。壬戌會試，翁文恭同龢為同考官，見公試卷被擯，為之扼腕，及癸亥登第，引為快事。公撫晉時，日或疏陳口外七廳改制無礙遊牧，文恭見之，稱為典則博辯，欲低頭而拜，入京相見，又稱為磊落君子。具見文恭自寫日記中。其後文恭獲咎，宣統紀元開復原官，實公在樞府斡旋之力，公與文恭分誼始終不薄如此，本集此詩自注不滿於文恭，乃有感而發，讀者勿以詞害意。）似有意同護，其實不必也。張語若彼，豈尋常不滿之詞。至謂有感而發，所感不即在文恭乎。（仲淵之舉人，亦以恩賜得之，時張早捷鄉闈，並非鄉舉同年，鄉舉同年乃文恭耳。至壬戌會闈中事，文恭日記中曰春闈隨筆，三月二十五日云：「見范鶴生處直隸形肆柒一卷，二場沈博絕麗，三場繁稱博引，其文真史漢之遺，余決為張香濤，得士如此，可羨也。」四月初六日云：「前所見鶴生處直隸形肆柒卷，在鄭小山處，竟未獲雋，令人扼腕。」固足見賞譽之情也。）沃丘仲子（費行簡）《慈禧傳信錄》紀文襄之獲擢晉撫云：「后曰：（張）之洞、（陳）寶琛、（張）佩綸四臣果孰堪大任者。（翁）同龢稱：就四臣論，學問經濟，之洞實首選。（後之洞自謂為同龢所阨者。以同龢后所惡，欲希寵也。）（李）鴻藻亦謂之洞胡林翼弟子，負幹濟才。后遂特簡為山西巡撫。」希寵之說，語近深文。（辛巳張簡晉撫，翁雖稱善，然未必由翁荐揚。時翁未入樞廷，雖以帝師得君，而德宗尚幼，不能有所主持。高陽方以樞臣用事，與張投分甚深，或與有力。）翁張之始契而終乖，意者翁公累世京朝貴顯，久直內廷，政策頗主內重，膺計相之任，復尚精核，對於疆吏手筆恢宏多所興舉者，每加裁抑，或為所難堪。如李文忠之在北洋，與翁即甚不洽。張翁相失，似亦因此。在施者當猶謂制裁出於分所應然，在受者則不免深感箝束傾軋之苦矣。至翁於己酉五月追復原官，張在樞府蓋與有力。翁夙望在人，新君嗣統，斯亦收拾人心之一道，張未以私嫌妨國是也。翁張均負時望，同為晚清政界極有名之人物，所影響者甚巨，其二人間關係之演化，則頗為微妙，事甚可述。故於讀文恭《甲申日記》之餘，更為鉤稽，用相參印。

左文襄五月銷假抵京，再為樞臣。（諭稱「該大學士卓著勳績，年逾七旬，著加恩無庸常川入值。」）翁公十九日記云：

拜左中堂於旃檀寺，未見。昨日到，尚遲數日請安。

閏五月二十九日記云：

左相國來長談，神明尚在，論事不能一貫，大不滿意於沅帥，力主戰云云。

六月二十一日記云：

訪左相談，雖神情不甚清澈，而大致廓然。反覆云，打仗是學問中事，第一氣定，氣定則一人可勝千百人，反是則一人可驅千百人矣。

文襄為當時所倚之元老重臣，論兵雖屬見道之言，主戰亦出許國之誠，而精力之衰，已可概見。（其與忠襄不協，無非由於前後任之意見。）至七月初八日明詔宣示天下，罪狀法國，飭各軍協剿，十八日文襄奉旨以欽差出赴福建督師矣。廿五日記云：

左侯來辭行，坐良久，意極惓惓，極言輔導聖德為第一事。默自循省，愧汗沾衣也。其言衷於

此為文襄拜欽差大臣之命赴閩督師前被劾獲譴之一事。六月二十六日德宗萬壽，（生日本為六月二十八日，以避孟秋時享齋期，改以是月二十六日為萬壽節。）諸臣至乾清宮叩祝如儀，文襄以衰憊未到，禮部尚書延煦上疏劾之，文襄交部議處，得罰俸一年之處分。當吏議未上，醇王憤延煦之危詞聳聽，特疏糾彈，延煦因亦交部議處。考其處分，則部議降三級調用，上諭加恩改為革職留任，仍罰俸一年，雖從寬典，罰已重於文襄矣。《慈禧傳信錄》所紀云：「宗棠雖出身舉人，而科目中人多非同輩，朝官以其驕蹇，頗惡之。又稱金順為己部將，而於廣眾中詆官文不識一丁，竟得以功名終，旂員大都類然，於是滿蒙籍諸官銜之尤刺骨。禮部尚書延煦遂以萬壽聖節宗棠到班遲誤行禮失節特疏糾之，略謂宗棠以乙科入閣，已賞優於功，乃既膺爰立，竟日驕肆，乞懲儆。疏入，后示樞臣曰：此關禮儀事，何非部臣公疏而祇煦單銜耶？（奕）訢謂宗棠實失禮，但為保全勳臣計，煦疏乞留中。后韙之。奕譞聞而大憤，是日特專摺劾煦，謂宗棠之贊綸扉，特恩沛自先朝，煦何人斯，敢譏其濫。且宗棠年衰，勞苦功高，入覲日兩宮且許優容，行禮時偶有失儀，禮臣照事糾之可已，不應煦一人以危詞聳上聽。言頗激切。后嘗以歷朝諸后垂簾無戡亂萬里外者，居恒自負武功之盛，然實宗棠力也。故（李）鴻章等屢言其誇，后不為動。煦糾疏入，后已不懌，得譞奏，遂川諭斥煦，復勑部議處分。」所紀略得此事之輪廓，而頗有失實。最誤者，乃謂后以延煦疏示樞臣奕訢云云。三月間，恭王等已逐出樞廷，此時何能猶以樞臣而有所主張乎。且文襄未免吏議，煦疏亦非留中未發也。

因更考關於延煦劾左之諭云：「延煦奏，六月二十六日萬壽聖節行禮，左宗棠秩居文職首列，並不隨班叩拜，據實糾參一摺，左宗棠著交部議處。」醇王奏云：「臣初以為糾彈失儀，事所常有，昨閱發下各封奏，始見延煦原摺，其飾詞傾軋，殊屬荒謬。竊思延煦有糾儀之職，左宗棠有失儀之愆，該尚書若照常就事論事，誰曰不宜？乃藉端訾毀，竟沒其數十年戰陣勳勞，並詆其不由進士出身，甚至斥為蔑禮不臣，肆口妄陳，任情顛倒。此時皇太后垂簾聽政，凡在廷臣工之居心行事，無不在洞燭之中，自不能為所搖動。特恐將來親政之始，諸未深悉，此風一開，流弊滋大。臣奕譞於同治年間條陳宗人府值班新章，雖蒙俞允所請，仍因措詞過當，奉旨申飭。今延煦之疏，較臣當日之冒昧不合，似猶過之。」一奉諭：「欽奉懿旨，前據延煦奏，萬壽聖節行禮左宗棠並不隨班叩拜，當將左宗棠交部議處。茲據醇親王奕譞奏稱：延煦糾參左宗棠，並不就事論事，飾詞傾軋，藉端訾毀，甚至斥為蔑禮不臣，肆意妄陳，任性顛倒，恐此風一開，流弊滋大等語，延煦著交部議處。」延煦原疏未能覓得，而就醇親王疏推之，大端可見。《慈禧傳信錄》所述數語，亦頗得其彷彿。蓋煦疏用重筆，醇疏亦用重筆也。醇主素重文襄，翁公日記中歷歷可徵。至延煦謂「左宗棠秩居文職首列」，大學士居文臣首班，而其時文襄且為首輔也。文華殿大學士李鴻章久為首輔，武英殿大學士寶鋆次之。李於壬午以丁母憂暫開閣缺。（開大學士缺而不補人，迨服闋仍補原缺。）甲申三月寶鋆休致，左遂以東閣大學士居閣臣首席。是年八月李服闋，仍授大學士，有旨左宗棠班在李鴻章之次。十月更授李鴻章文華殿大學士，靈桂由體仁閣大學士晉授武英殿大學士。額勒和布授體仁閣大學士，有旨額勒和布班在靈桂之次。四相之序為李、左、靈、額，兩漢相居前焉。普通之例，大學士以殿閣之銜為次，而有時不拘。

左官東閣大學士十餘年，班次晉而閣銜不改，猶之乾隆朝之劉統勳也。

是年慈禧太后五旬萬壽，九月二十六日記云：

皇太后自長春宮移儲秀宮，上龍袍褂遮如意，內府官花去遮如意，有戲。

按后所居之宮，他書罕載，閱此可知之。皇帝龍袍褂，即臣下之蟒袍，俗稱花衣。遮如意者，滿俗凡慶典皆如是，若令節及生日亦以如意賜臣下。十月初十日為萬壽正日，記云：

到東茶房更朝友，自景運門入，至西邊朝房恭竢。辰初二刻，皇太后御慈寧宮，上率百官行慶賀禮，作樂宣表，一二品及內廷人員在長信門外行禮畢，醇親王行禮，門開仗仍立，仍到東朝房換衣，坐帳房吃官飯。巳初二刻入座，戲七齣，申初三刻退，凡二十六刻。有小伶長福者，長春宮近侍也，極儇巧，記之，此輩少為貴也。

讀此記，想見海疆多事戰士致命之秋，宮廷之中尚粉飾承平如此。玉宇瓊樓，龍旂雉扇，儼然全盛威儀。至寵狎伶豎，又非雅音法曲之比，翁公深有慨乎中矣。又二十日記云：

自前月二十五至今日，宮門皆有戲，所費約六十萬，戲內燈盞等用十一萬，他可知矣。

其言外致譏之意可見。

十一月初五日記授讀作詩情形云：

膳食作詩，題為漢章帝。上援筆立書曰：「白虎親臨幸，諸儒議五經。惜哉容竇憲，諫諍未能聽。」每日臣侍側，不免檢韻或講典故，今日臣離案觀書，未發一語，真雲章第一篇矣，喜而敬識。

按德宗沖年好學，記中屢言之，比年漸長，則頗憚於誦讀，記中亦屢言之，然亦未始非師傅過於膠柱不能誘啟之故。慈禧待穆宗雖亦責備，而督課不甚嚴，待德宗督課稍嚴，然不甚責備，記中亦常及之。其實姿性初不平常，觀此詩可見。十四歲天子如此，亦難得矣。

狀元與美人

《孽海花》一書，因所謂「狀元夫人」之名妓傅彩雲（賽金花）而命名。其清季所成者，第二回〈金榜誤人香魂墜地〉為本書發起者金松岑（天翮）所作，先寫一閨秀嫁醜狀元事；當時甚為讀者所注意，蓋譴責小說方風靡一時也。

金氏痛詈科舉制度，而以此項故事形容國人迷信科名之甚。其所寫云：「……那順治皇帝，天亶聰明，知道中國民情只重科名，不知種族，進了中國，開宗明義第一章就是開科取士。這回殿試出來的第一名，就是開國第一個狀元了。這開國第一科第一名的狀元，自然與眾不同，格外榮耀。這人是誰呢？在下沒看過登科記，記不真切，彷彿是姓房叫國元。當時詞林傳一段佳話，頗足表明全國科名的迷信。原來這房國元當日聽了臚唱，自然照例的披紅簪花，遊街歸第，正是玉樓人醉金勒馬嘶的時侯，不道這個風聲，一傳十，十傳百，就傳到了一個閨秀耳中。這閨秀的姓名籍貫，一時也記不得，但曉得她平日看見那些小說盲詞山歌院本，說到狀元郎，好像個個貌比潘安，才如宋玉，常常心動。這日聽見房國元的消息，又是開國第一個狀元，不曉得如何粉裝玉琢，繡口錦心，不覺一往情深起來。眠思夢想，不到幾個月，就懨懨成病了。閨秀的父母，先原不懂，再三詰問，這閨秀才告訴為這個緣故。父母只有此女，溺愛甚深，連忙替他去打聽。誰知不巧，這狀元早有正室了。父母回來告訴閨秀，原想打斷他這條念頭，誰知那閨秀對父母道：『兒志已定，寧為狀元妾，不作常人婦的了。』那父母沒法，只好忍了這口氣，託冰人到房國元那裡去說。那狀元聽了，也詫異得很，然感她一時癡情，慨然允了。到了結褵這日，有些好事文人，弄筆吟客，送催妝詩，贈定情賦，傳杏苑之塵談，作玉臺之眉史，喧噪一時。閨秀這日也自謂美滿姻緣，神仙眷屬，幾生修到矣！誰知到了晚上，更深客散，狀元送客歸房，那閨秀正在妝臺左側，忽見錦幔一掀，走進一個梢長大漢來，面黑如鑊，眼大如鈴，兩道濃眉，一部長鬚，且痘斑滿面，蔥臭逼人！那閨秀大吃一驚，狂喊道：『何處野男兒！』旁邊侍女僕婦都笑道：『這便是狀元郎歸房了！』閨秀這一氣，直氣得三尸出竅，六魄飛天。當時無話，知道自己錯了。等得大家睡靜，哭了一場，走到床後，不免解下紅羅，投繯自盡。列位想，一個人最寶貴的是性命，看那閨秀，只為了狀元兩字，斷送一生！全國人迷信這科名的性質，也就可想而知。性命尚且不顧，那裡有工夫顧得到國家不國家呢？」此段文字，可謂出力描寫，彼時讀者多感興味。曾孟樸（樸）民國修訂並續撰之本，將此段刪去。（其〈修改後要說的幾句話〉言其理由：「原書第一回是楔子，完全是憑空結撰。第二回發端還是一篇議論，又接敘了一段美人誤嫁醜狀元的故事，仍是楔子的意味，不免有疊床架屋之嫌，所以把他全刪了。」又關於本書之撰著，據云：「金君發起這書，曾做過四五回。……把繼續這書的責任，全卸到我身上來。我也就老實不客氣的把金君四五回的原稿，一面點竄塗改，一面進行不息。……前四回雜糅著金君的原搞不少。即如第一回的引首詞和一篇駢文，都是照著原稿一字未改，其餘部分也是觸處都有，連我自己也弄不清楚誰是誰的。就是現在已修改本裡也還存著一半金君原稿的成分。從第六回起才完全是我的作品哩。」金君與本書之關係如此。美人誤嫁醜狀元之一段故事，當是金稿，其間或亦有曾氏點竄塗改之處也。）今惟「曾樸所敘」之《孽海花》通行，「愛自由者（金）發起，東亞病夫（曾）編述」之《孽海花》寖廢，此段文字恐將歸於淹沒，不更為人道及。以其嘗被重視，故表而出之。

此醜狀元之姓名作「房國元」，蓋以「房」諧「亡」，由其「譴責」之意，可不深論。至其究指何人，若如所云「順治皇帝……進了中國……開國第一個狀元」，當然為順治三年丙戌科狀元傅以漸。以漸山東聊城人，官至武英殿大學士，為狀元而宰相者，並無閨秀誤嫁而自殺之事，且其貌非醜，亦與金氏所寫不符也。

其貌之非醜，於何徵之？徵之於清世祖（順治帝）所繪「狀元歸去驢如飛」圖。陳雲笙（代卿）《慎節齋文存》卷上有〈御畫恭紀〉一篇云：「光緒丙申夏四月，東昌府（聊城縣為東昌府治，今廢府存縣）學博王君少煒，邀余至相府街傅宅恭閱世祖章皇帝御畫。一綾本山水，峰巒樹石，純是董北苑家法，氣韻之厚，絕非宋元人所能，神品也。一紙本《達摩渡江圖》，科頭左顧，雙手擁袂向右，赤足踏一葦，衣紋數筆如屈鐵，氣勢飄逸，直逼吳道元，能品也。一絹本青綠，大樹下一人，面如冠玉，微鬚，若四十許人，跨黑衛，二奴夾侍，一執鞭擁驢項而馳，一回顧若有所語，騎者以手扶其肩，即開國殿撰傅相國以漸也，神采如生，尤為妙品。上書唐人七絕，末『狀元歸去馬如飛』，『馬』易作『驢』，蓋世祖戲筆也。家傳中謂：相國官翰林時，常乘驢扈蹕，兩奴左右侍，若防傾跌，世祖顧之而笑，因繪圖以賜。相國女履悉如今式，惟貂冠朱纓無頂戴，蓋國初制尚未定，至雍正十年始加頂戴也。山水上題『順治乙未御筆賜傅以漸。』朱印三：『廣運之寶』，方三寸。一『順治乙未御筆』，長四寸，廣一寸二分。一『順治御筆』，方一寸五分。《達摩圖》題印皆同，但無寸五方印。是日同觀者為曹大令倜、孫廣文宗閔、王孝廉維言、暨予猶子新佐。」自跋：「謹案：章皇帝統一天下，自乙酉入關登極，至是方十有八齡，文德武功，冠絕前古，萬幾之暇，娛神丹青，天縱多能，直合顧陸關荊為一手。觀於賜圖蹕路，猶想見君臣相得之樂，千載一時，令人敬慕無已。是日又見傅相國自畫盆景，鳳仙花二本，朱粉閱二百餘年如新，設色工妙絕倫。……」清世祖以創業之主，兼工六法，斯亦足見一斑。雖頌揚容有逾量，要為善於斯道者。（清初人記載，如王阮亭（士禛）《池北偶談》卷十二〈談藝〉云：「康熙丁未上元夜，於禮部尚書王公崇簡青箱堂，獲恭睹世祖章皇帝御筆山水小幅，寫林巒向背水石明晦之狀，真得宋元人三昧。聖上以武功定天下，萬幾之餘，游藝翰墨，時以奎藻頒賜部院大臣，而胸中丘壑，文有荊關倪黃輩所不到者，真天縱也。」卷十三〈談藝〉云：「戊申新正五日，過宋牧仲慈仁寺僧舍，恭睹我世祖章皇帝畫渡水牛，乃赫蹏紙上用指上螺紋印成之，意態生動，筆墨烘染所不能到。又風竹一幅，上有『廣運之寶』。」亦可參閱。）兼知以漸之亦能繪事也。至「狀元歸去驢如飛」，不獨佳畫可傳，且屬大有風趣。畫中之以漸，見謂「面如冠玉」，其非醜狀元可知矣。（世祖六歲在關外即位，翠年甲申即入關，非乙酉也。）張詩舲（祥河）《關隴輿中偶憶編》云：「順治開科狀元為東昌傅相國（以漸）。相國嘗扈隨聖駕，騎蹇驢歸行帳，上在高處眺望，摹寫其形狀，戲題云『狀元歸去驢如飛』。畫幅僅二尺許，設色古茂。余道出東昌，登傅氏御畫樓，其裔孫傅秋坪前輩（繩勳）出賜件獲觀，恭紀一詩。允宜採入畫苑為佳話云。」可與陳氏所紀同閱。

世祖誠善畫矣，而「狀元歸去驢如飛」圖中之傅以漸，面貌是否畢肖，宜更有旁證。彭羿仁（孫貽）《客舍偶聞》云：「世祖幸閣中，中書盛際斯趨而過，世祖呼使前，跪，熟視之，取筆畫一際斯像，面如錢大，鬚眉畢肖，咸歎天筆之工。際斯拜伏，乞以賜之，笑而不許，焚之。世祖御筆，每圖大臣像以賜之，群服天縱之能。」蓋畫家的清世祖，於所繪人物，固具面貌肖真之特長，且喜為人圖像，使以漸貌果醜陋，斷不繪為「面如冠玉」耳。（其繪盛際斯像，頗似今之所謂「速寫」。）

金氏所寫之醜狀元故事，實由康熙五十七年戊戌科狀元汪應銓事而來。袁簡齋（枚）《隨園詩話》卷三云：「汪度齡先生中狀元時，年已四十餘，面麻身長，腰腹十圍。買妾京師，有小家女陸氏，粗通文墨，觀彈詞曲本，以為狀元皆美少年，欣然願嫁。結婚之夕，於燭下見先生年貌，大失所望，業已鬱鬱矣。是夕諸同年飲嬲巨杯，先生量宏興豪，沉醉上床，不顧新人，和衣酣寢。已而嘔吐，將新製枕衾盡污腥穢。陸女恚甚，未五更，雉經而亡。或嘲之曰：『國色太嬌難作婿，狀元雖好卻非郎！』」此即金氏所寫之根據無疑，惟並非順治創業首科狀元。金氏蓋憶及此項故事，加以渲染，而於其時期及人物未遑致詳耳。應銓字杜林，亦作度齡，江南常熟人，其先休寧人。（時江蘇安徽二省共為江南省。）雖中狀元，仕未大顯（僅由修撰官至左贊善），其名不著於後。王東溆（應奎，常熟人）《柳南隨筆》卷四云：「吾邑向有官儒戶，田多詭寄，弊竇百出。雍正二年奉旨汰去，而一二奸胥輩私以汪宮贊（應銓）出名，投牒縣令，冀免革除。故事，官批訟牒，必以硃筆點訟者姓名。其人或係縉紳，則用圈焉。時縣令為喻宗搓，誤以筆點汪名。汪聞大怒，作詩一絕云：『八尺桃笙臥暑風，喧傳名掛縣門東。自從玉座標題後，又得琴堂一點紅！』」亦其軼事。又憶類斯之事亦有屬之他人者，殆傳聞之歧也。

傅以漸不獨無以貌醜致一女子悔憾雉經而亡之事，且別有一段美人佳話，見於記載。毛祥麟《對山書屋墨餘錄》卷三云：「溧陽伊密之，才氣豪上，明季之佳公子也。喜蓄聲伎。嘗以三千金聘王素雲於吳中，色藝為諸姬冠。一日忽有山東傅生投刺請見，閽人以非素識卻之，不得，然後見。既見，不及他語，但曰：『山東傅某，聞公佳姬中有素雲者，艷傾宇內，願一平視，公其許之否乎？』伊逡巡謝曰：『勞君遠涉，茲請少休，得徐議。』傅復慷慨言曰：『某數千里徒步而來，無他瀆也。公幸許我，誠當少俟，否則無過留。』伊首肯，傅始就座。時日已暮，即命酒款之。數巡後，燈燭輝映，環珮鏘然，侍女十餘輩擁素雲出見。傅起立凝睇久之，歎曰：『名不虛也！此來無負。』因即告別。密之堅挽之，傅曰：『得睹傾城，私願已遂，豈為飲食哉？』不顧徑去。伊怏怏如有失，隱識此生非常流，既而曰：『吾何愛一婦人，而失國士？』即乘駿馬，追及之三十里外，挾以俱歸，禮款益厚。

一夕引之入曲室，錦綺華縟，供張悉備，乃揖傳言曰：『君此來雖出無心，此中殆有天意。今吾以素雲贈君，此室即洞房，今晚即七夕也！』傳辭以義不可，且嫌奪所愛。伊曰：『君何疑？贈姬事，自古有之。念君力不能致佳麗，以吾粉黛盈側，豈少此女，且以君為丈夫，故有是舉，乃效書生羞澀耶！』語未畢，侍者已導素雲出拜。傳驚喜過望。既留逾月，伊又為之治裝，奩物外更資以數千金。傳歸，偃然為富人矣。無何，闖寇肆逆，明社遂墟。我國家定鼎燕京，有誣告十舊姓蓄異謀者，密之亦為所陷，猶以平昔之惠，人多為之地，而久匿山澤，昭雪無由。時傳值朝廷開科，已由大魁歷清要，十餘年間，遂躋宰輔。密之得間寓書問起居。適傳扈蹕出都，素雲發書，始知伊尚未死，驚歎流涕，如感心疾。傳歸，即謂之曰：『妾幽憂善志，不知母家安在。』傳曰：『卿豈忘諸乎？若伊密之者非耶？』曰：『然則密之又安在？』曰：『痛遭冤禍，家沒身亡已久矣。』素雲曰：『以君一介寒儒，豈無生人之累，乃得專心向學，坐致通顯，此恩諒不忘。設密之而至今在也，將何以報？』曰：『苟及其生而報之，身且不惜，他何計焉！』乃以書示傳，傳閱竟，方沈吟間，素雲即截髮與誓曰：『脫不能報，富貴何為！』傳乃遍謀之朝士將同申奏，會以告訐者多不實，天子察前十姓枉，傳遂乘間以請，於是密之得蒙恩返里矣。方是時，傳嘗跡伊所在，專使邀入都。密之復書峻卻，且言：『某昔日之施，君今日之報，前後之事既奇，彼此之心交盡。自茲以往，君為熙朝重臣，某為山林逸士，兩無所憾，不在相見也。』傳與素雲得書後，俱歎息不置，而時論亦以此益高之。」此項狀元與美人之佳話，所紀縱或不免有所妝點，足資談助，與醜狀元故事適相反映。

又有名妓嫁狀元以生活上之不慣而仳離者，其事亦可同覽也。鈕玉樵（琇）《觚賸》續編卷三〈事觚〉云：「吳門有名妓蔣四娘者，小字雙雙，媚姿艷冶，儇態輕盈，琴精弈妙，復善談諧，花月之筵，坐無雙雙，不足以罄客歡也。毘陵呂狀元蒼臣遇於席，一見傾悅，以千金買之，攜至京師，扃置花市畫樓，窮極珍綺，以資服饌，自謂玉堂金屋，稱人間偶配。而雙雙以為瓊盎芙蓉，雕籠鸚鵡，動而觸隅，非意所適。順治甲午除夕，共相餞歲，出兩玉卮行酒。呂斟其舊者奉蔣，曰：『此我家藏重器，為卿浮白。』蔣以新者自與，仍以舊者還呂，曰：『君雖念舊，妾自懷新！』呂意怫然，明年放歸吳門。雙雙構室南園，頗有草木之勝。崑山徐生，其舊識也，泛扁舟訪之，蔣留茗話。徐生曰：『四娘已作狀元婦，何不令生狀元兒，而重尋舊遊耶？』雙雙曰：『人言嫁逐雞犬不若得富貴婿，我謂不然。譬如置銅山寶林於前，與之齊眉舉案，懸玉帶金魚於側，與之比肩偕老，既乏風流之趣，又鮮宴笑之歡，則富貴婿猶雞犬也，又奚戀乎！嘗憶從蒼臣於都下時，泉石莫由怡目，絲竹無以娛心，每當深閨晝掩，長日如年，玉宇無塵，涼蟾照夜，徙倚曲欄之間，悵望廣庭之內，寂寂跫音，忽焉腸斷，此時若有一二才鬼從空而墜，亦擁之為無價寶矣！人壽幾何，難逢仙偶，非脫此苦海，今日安得與君坐對也。』徐生大笑而別。」呂即傳以漸次科順治四年丁丑狀元呂宮，號蒼忱，亦作蒼臣，江南武進人。官至內翰林弘文院大學士，亦狀元而宰相者。其掇大魁晚於以漸一年，而入相則早一年。（宮順治十年即為大學士，以漸翌歲始膺揆席。）

紀曉嵐（昀）《槐西雜志》卷一有云：「同郡某孝廉，未第時落拓不羈，多來往青樓中，然倚門者視之漠然也。惟一妓名椒樹者，（此妓佚其姓名，此里巷中戲諧之稱也。）獨賞之，曰：『此君豈長貧賤者哉！』時邀之狎飲，且以夜合資供其讀書。比應試，又為捐金治裝，且為其家謀薪米。孝廉感之，握臂與盟曰：『吾倘得志，必納汝。』椒樹謝曰：『所以重君者，怪姊妹惟識富家兒，欲人知脂粉綺羅中尚有巨眼人耳。至白頭之約，則非所敢聞。妾性冶蕩，必不能作良家婦。如已執箕帚，仍縱懷風月，君何以堪？如幽閉閨閣，如坐囹圄，妾又何以堪？與其始相歡合，終至仳離，何如各留不盡之情作長相思哉？』後孝廉為縣令，屢招之，不赴。中年以後，車馬日稀，終未嘗一至其署。亦可云奇女子矣。使韓淮陰能知此意，烏有鳥盡弓藏之憾哉！」此河間舉人某，雖非狀元，亦是科甲人物。此妓之事，甚可與蔣雙雙事合看，因附及之。至紀氏援之以論韓信，不免為迂闊之談。

劉保真（可毅，即《孽海花》第十三回之會元劉毅）有「書姚三保事」，其人亦一名妓也。文云：「姚三保，故江寧伎，以色名。洞庭葉芝屏過江寧，其所善繩三保美。雨，芝屏飲且醉，夜往見三保。雨右至障右袂，左則障左袂，淋漓項脊皆濕，足踐泥濺濺有聲。逕登三保床。三保自他歸，燭之，痘瘢連拳頳如錢，自咽以上酒聲閣閣暴溢，瞋目曰：『此所？』曰：『余姚三保也。』芝屏亟起持三保視曰：『嘻！』當是峙，三保名聞青溪間，饒財者爭先欲見不得，獨喜與芝屏居。芝屏伯兄仕河南，號嚴正。三保欲歸芝屏，伯兄堅不欲，曰：『吾家世無此涼德！』則強芝屏遊西安。凡二年，假他事至江寧。老嫗襁一子出，曰：『嘻！母死六日矣。』先是，芝屏遊西安，有以白金三千媒三保者，事急，曰：『子一弱女子，芝屏夜冒雨過，不以為褻，義不可忘，呱呱者或得生，命也。』投之嫗，仰藥死。」此則不以貌醜為嫌，且情義摯篤，欲嫁未遂而為之死，亦頗可與醜狀元故事作相反之陪襯，並綴錄之。

關於多爾袞史可法書牘

距今歲甲申前三百年之甲申，為明崇禎十七年，亦即清順治元年，明清兩代，於斯遞嬗，洵中國歷史上極可紀念之一甲申也。是年李自成陷北京，明思宗殉國，清軍旋逐去李自成，入而定都，明則南都擁立福王由崧（弘光帝），史可法以閣部（大學士兵部尚書）督師江北，統率四鎮，冀圖興復，事雖不終，節概凜然。清攝政王（睿親王）多爾袞，對可法亦極重視，認為南都之代表人物，特與書招降，可法覆書，不為所屈，兩書均甚可誦。世欽可法之孤忠大節，於覆書尤多稱道，清人亦致贊譽焉。其文未至淹沒不彰者，則清高宗蒐求表揚之力也。汲修主人（清禮親王昭槤）《嘯亭續錄》卷三云：「純皇帝嘗閱睿忠王傳，以其致明史忠正公書，未經具載回札，因命將內閣庫中所貯原稿補行載入，以備傳世，真大聖人之用心，初不分町畦也。嘗聞法時帆言，忠王致書，乃李舒章（雯）捉刀；答書為侯朝宗（方域）之筆也。二公皆當時文章巨手，故致書察時明理，答書義嚴詞正，不惟頡頏一時，洵足以傳千古，亦有賴忠王閣部二人之名前昭著故也。」兩書之見重，可見一斑。清修《明史》，史可法傳中未載兩人通書事。

高宗敕修《歷代通鑑輯覽》，於是年十月「我大清兵西討李白成，分兵下江南」之提綱下，綴以「先是我睿親王多爾袞令南來副將韓拱薇、參將陳萬春等齎書致史可法，可法旋遣人答書」之語，備錄兩書原文。御批云：「幼年即羨聞我攝政睿親王致書明臣史可法事，而未見其文。昨輯宗室王公功績表傳，乃得讀其文。所為揭大義而示正理，引春秋之法，斥偏安之非，旨正辭嚴，心實嘉之。而所云可法遣人報書語多不屈，固未嘗載其書語也。夫史可法明臣也，其不屈正也，不載其語，不有失忠臣之心乎。且其語不載，則後世之人將不知其何所謂，必有疑惡其語而去之者，是大不可也。因命儒臣物色之書市及藏書家，則亦不可得，復命索之於內閣冊庫，乃始得焉。卒讀一再，惜可法之孤忠，歎福王之不慧，有如此臣而不能信用，使權奸掣其肘，而卒致淪亡也。夫福王即信用可法，其能守長江為南宋之偏安與否，猶未可知，而況燕雀處堂，無深謀遠慮，使兵頓餉竭，忠臣流涕，頓足而歎無能為，惟有一死以報國，是不大可哀乎。且可法書語初無詬誶不經之言，雖心折於睿王，而不得不強辭以辨，亦仍明臣尊明之義耳。余以為不必諱亦不可諱，故書其事如右，而可法之書，並命附錄於後。夫可法即擬之文天祥，實無不可，而明史本傳乃稱其母夢文天祥而生，則出於稗野之附會，失之不經矣。」其對可法之贊歎稱揚，與其表彰明末死難諸臣暨定貳臣傳，宗旨固屬一貫，要亦以可法立身行己之可敬耳。《清史列傳》（清代國史館稿）〈和碩睿親王多爾袞傳〉，即本其指而兼錄史書，至「心折」云云，關乎高宗本人發言之立場，宜其云爾也。可法自是文天祥一流人物，卻不必附會夢兆，持論通達。

又按《東華錄》（王先謙編）所載兩書，詳其月日，多爾袞係順治元年七月壬子（二十七日）致可法書，兼具首尾，可法書則首列「大明國督師兵部尚書兼東閣大學士史可法頓首謹啟大清國攝政王殿下」，尾綴「宏光甲申九月十五日」。福王由崧是年五月即帝位，詔以明年（乙酉）為弘光元年，斯時新君已頒新年號，卻尚未到新年號之元年，而此書若仍稱崇禎十七年，或有不便之處，乃書「弘光甲申」字樣。（「弘光」作「宏光」者，王氏避清高宗諱，循例以「宏」代「弘」也。）嚴格論之，於義未合。

奭召南（良）從事清史館十餘年，與修《清史稿》，有《史亭識小錄》十二篇，為獻疑辨難之作，其〈睿史二書不錄說〉一篇云：「或問余曰，當攝政王之入燕也，首致書於明閣部史可法，援引春秋，責備甚至，曲意招徠，許之封爵，史公報書不屈，亦復敷陳經義，備陳祥瑞，皆煥然大文也。自乾隆表章以來，無不艷稱之者，子修睿王傳也，獨略而不錄，抑有說歟？余曰，竊嘗聞之矣，凡史官採錄章疏文議，務取切中時勢，關繫成敗，昭示功罪，乃著於篇。如《史記》〈韓信傳〉載蒯通反復陳說之言，即以明淮陰之不反。《漢書》〈甘陳傳〉所敘劉向谷永耿育之疏，即以明陳湯之有功。《通鑑》存荊邯之言，則明公孫之失勢也。《明史》紀御史馬錄之奏，則知李福達之獄為不實也。是皆重倫物之文，亦即取為論斷之資。今攝政王之致書也，所引《春秋》不書葬不書即位之義，按之東晉南宋往事，已不盡合。又謂翩然來歸，爾公爾侯，焉有君子而可貨取，誘致而效，宜廢甲兵。又謂李闖非得罪於本朝，且將用為前驅，夫天下之惡一也，方以仗義討寇為德，而忽借資寇兵。並其義舉而塗抹之，失辭甚矣。史公復書，引經則合，侈瑞則非，江干湧木，焚表升雲，是浮誕之談，失秣厲之氣，行文頗襲當日公牘俗體，非至文也。嘗綜國史考之，順治元年二月睿親王奉命出師伐明，（索文忠公《索尼筆記》謂為輪班出兵，蓋承鄭王上年出兵而言。）行過錦州，吳三桂乞師書至，猶以敵國自居，此間亦依違答之，迨李闖逼近，三桂迫促乞降，榆關戰罷，受封平西。先是范文肅啟事，僅以完守河北為言，既入燕京，乃窺南服。虎據鷹趾，太公已然，良平常規，有進無退，軍謀內定，無假一紙書也。二年英豫二王滅闖之師，三年肅王殲獻之師，堂堂正正，奚事文誥。昔建武招致隴蜀，數降手書，卒至用兵而後底定，手書何益哉？陳志不載諸葛出師後表，歐史不載世宗伐唐之檄，蓋文誥不切事實，則屏而弗錄，固前史之通義也。二書之不錄，猶是志矣。若夫子雲齊書，最多文札，班錄揚賦，輒至連篇，但求取充篇幅，不顧取譏通人，庸足法哉！」

其論雖亦言之成理，而似不免迂執。兩書各表態度，在多爾袞方面，則臥榻之旁不容他人鼾睡之意氣，已充分表見。在可法方面，則鞠躬盡瘁以死自誓之精神，亦宣白甚明。而當時雙方強弱之勢，尤以流露於兩書字裡行間，縱詞令上或失檢點，致有語病，固難掩其史蹟上之價值。乃視如毫無關係之浮文泛語，遽為抹煞，豈史家所宜，此蓋無待詳悉推論者也。召南才士能文，史學亦雅具根柢，此說則意過其通，有欠允愜耳。至印成之《清史稿》，〈睿忠親王多爾袞傳〉中，實載致可法書，不如召南所云。按金息侯（梁）〈清史稿校刻記〉云：「列傳則后妃諸王為鄧君奭君及金君兆蕃原稿，皆金君復輯。」蓋復輯者所補，非奭稿之朔也。（多傳於致可法書之後云：「可法旋遣人報書，語多不屈。」未著其內容，按《明史》史傳既失載，《清史》多傳固亦不妨擷錄報書，俾資並觀。）

草擬兩書之人物問題，多書出李雯手，傳說無異；史書是否即為侯方域所草，則頗有歧說。李蒓客（慈銘）《越縵堂日記》光緒七年辛巳七月初二日云：「史忠正復睿親王書，近人考定以為桐城何亮工所作。亮工乃大學士如寵之孫，以諸生入忠正幕，而章躬菴《恥躬堂集》謂樂平王綱字乾維所為，禮親王昭槤《嘯亭雜錄》又以為侯朝宗作，皆傳聞異辭。朝宗亦嘗在忠正幕，躬菴為當時人，亮工與綱它無所見，疑未必能為此文，惟朝宗文筆頗相似。王亮生《國朝文述》竟題為何亮工作，非傳疑之慎也。睿忠親王原書，云出李舒章手，相傳無異詞，蓋當不謬。然原書簡嚴正大，遠勝答書，蓋開國之辭直，亡國之辭枝，舒章《蓼齋集》中，亦未有能及此作者也。」對史書之果出誰手，亦難斷定。（憶更有謂王猷定所草者。）至其對兩書之軒輊，雖似成敗論人，而細按之，則史書固然名作，實有不及多書處，蓋形勢所在，措詞本有難易也。清人以新興民族，挾方張之勢，自入北京，即氣吞全國，詞令之間，操縱隨心，義縱有未正，而詞可甚嚴，理縱有未直，而氣則極壯，氣盛遂若言宜矣。明人則對清積怖已久，當京師淪陷思宗身殉之後，南都擁立，主昏政苟，幸北兵之未至，偷娛旦夕，將帥惟尚私爭，督師僅存虛號，可法忠忱苦志，一籌莫展，雙方形勢上之強弱判然。（弘光之朝，以疆土及兵數論，猶非小弱，無如實際已無可為耳。）覆書雖對於招降表示不屈，而自懍弱點，措詞之分際，良有難焉者，委曲回護之中，難免餒怯支飾之態。彼已完全不認有建國對立之資格矣，此猶不得不殷殷以世通盟好為言，弗敢以其蔑視而稍示決絕之意，可喟也。

關於盛伯熙

清光緒初年，言事者意氣發舒，或暢論國是，或勇於糾彈，京朝政狀，頗呈活氣。至甲申之歲（光緒十年），朝端乃突起鉅變，有軍機處王大臣全體更易之事。自雍正間設立軍機處，漸奪內閣之權，形成實際上之政府，樞臣更動，固亦事所常有，而若此之同時獲譴，全盤易置，在軍機處實空前絕後之舉也。

德宗幼齡嗣統，兩宮太后循同治朝故事，垂簾聽政，頗能虛衷求治，朝政號為清明。孝欽（慈禧太后）雖事權積重，而對於孝貞（慈安太后），以向來名分之關係，猶存嚴憚之意。迨辛巳（光緒七年）孝貞逝世，孝欽惟我獨尊，浸驕矣。惟恭親王奕訢，勛勤久著，夙望猶隆，時仍以皇叔領袖樞坦，孝欽不無顧忌，弗便任性而行，故思去之以自便，隱忍待機，已非一日。會法越事亟，言事者銳意主戰，不滿於政府應付之畏葸濡滯，多集矢樞臣，疏糾其失。時局正在緊張，機會大可利用，意園主人盛伯熙（昱，時官左庶子）一疏，言之尤力，遂為直接之導火線，成易樞之局，是年三月事也。孝欽特頒懿旨，其責備樞臣暨表示所由罷斥之語，為「恭親王奕訢等始尚小心匡弼，繼則委蛇保榮，近年爵祿日崇，因循日甚，每於朝廷振作求治之意，謬執成見，不肯實力奉行，屢經言者論列，或目為壅蔽，或劾其委靡，或謂簠簋不飭，或謂昧於知人，本朝家法綦嚴，若謂其如前代之竊權亂政，不惟居心所不敢，亦實法律所不容。祇以上數端，貽誤已非淺鮮，若仍不改圖，專務姑息，何以仰副列聖之偉烈貽謀，將來皇帝親政，又安能諸臻上理。」其處分之語，則「恭親王奕訢，大學士寶鋆，入直最久，責備宜嚴，姑念一係多病，一係年老，茲特錄其前勞，全其末路，奕訢著加恩仍留世襲罔替親王，賞食親王全俸，開去一切差使，並撤去恩加雙俸，家居養疾。寶鋆著原品休致。協辦大學士吏部尚書李鴻藻，內廷當差有年，祇為囿於才識，遂致辦事竭蹶。兵部尚書景廉，祇能循分供職，經濟非其所長。均著開去一切差使，降二級調用。工部尚書翁同龢，甫直樞廷，適當多事，惟既別無建白，亦有應得之咎，著加恩革職留任，退出軍機處，仍在毓慶宮行走，以示區別。」同時諭簡禮親王世鐸、戶部尚書額勒和布、閻敬銘、刑部尚書張之萬在軍機大臣上行走，工部左侍郎孫毓汶在軍機大臣上學習行走。（後數日又諭刑部右侍郎許庚身在軍機大臣上學習行走。）翌日復特降懿旨：「軍機處遇有緊要事件，著會同醇親王奕譞商辦。」此次政局上之大變動，以紲恭為主，實際上即是以醇代恭。奕譞為皇帝本生父，不便入直，故特以會商要事之名義領樞政。樞臣夙以首席最蒙倚畀，事任極重，世鐸庸碌尸位，奕譞實綜機務，而才不逮奕訢，政治上資望亦非其比，孝欽便其近己（奕譞妻為孝欽之妹）且易與也，故援以代奕訢，事前與之密議乃發。（罷斥奕訢等之旨，聞即為奕譞素甚接近之孫毓汶所草。）奕譞既奪政權於奕訢之手，而孝欽即藉以大逞厥志矣。後此孝欽日益奢蹤，政象日非，致危中國而促清運，論者每深慨於甲申之際焉。

命下之後，朝列駭然，群指目伯熙，伯熙亦不自安。張之洞《廣雅堂詩集》《朝天集》（光緒二十九年癸卯入覲時所作）有〈讀盛伯熙集〉一首云：「密國文詞冠北燕，西亭博雅萬珠船，不知有意還無意，遺稿曾無奏一篇。」言外對此嗟惋之意可味。（時伯熙奏議尚無刻本，其後《意園文略》收奏議一卷，僅得十一篇，蓋十之三四耳，此疏竟不傳。當甲申斥罷樞臣時，原疏即未發鈔也。）曩之洞官京朝時，與張佩綸等見稱清流黨，言事侃侃，大張清議。（於樞臣中，頗倚李鴻藻為重，之洞既擢任封疆，佩綸猶在朝，為清流黨中稜鋒最著者，氣盛勢熾，有炙手可熱之概。伯熙雖亦清流人物，而弗善之。）此次彈章，原文不可見，而據《翁同龢日記》所述聞諸張之萬者云：「盛昱痛斥樞廷之無狀，並劾豐潤君保徐延旭之謬，又牽連及於高陽之偏聽」。亦約略可知其意態，蓋總劾樞臣，復特論李鴻藻、張佩綸也。（馬江敗後，同龢日記有云：「訪語盛伯熙，……其評量人物良是，詆張幼樵一巧字甚切。」）易樞以後，佩綸旋被命赴閩，以當難關，僨事獲咎，一蹶不振。其他清流人物，除之洞外，亦多失意。清議衰而政紀因之腐，孝欽恣意於上，遂釀成後來之惡果矣。伯熙素負清望，謇直敢言，此疏之上，固激於外患，本乎忠憤之忱，其效乃如斯，意固不能無悔，疏稿亦閟而不傳耳。

伯熙於易樞後即感覺其失宜，乃又上疏云：「恭讀邸鈔，欽奉慈禧端佑康頤昭豫莊誠皇太后懿旨，軍機處遇有緊要事件會同醇親王奕譞商辦，俟皇帝親政後再降懿旨，欽此。仰見皇太后憂國苦心，以恭親王等決難振作，以禮親王等甫任樞機，輾轉思維，萬不得已，特以醇親王秉性忠貞，遂違其高蹈之心，而被以會商之命。惟是醇親王自光緒建元以後，分地綦崇，即不當嬰以世事，當日請開去差使一節，情真語摯，實天下之至文，亦古今之至理。茲奉懿旨，入贊樞廷，軍機處為政務總匯之區，不徒任勞，抑且任怨，醇親王怡志林泉，迭更歲月，驟膺煩鉅，或非攝養所宜。況久綜繁賾之交，則悔尤易集，操進退之權，則怨讟易生。在醇親王公忠體國，何恤人言，而仰度慈懷，當又不忍使之蒙議。奴才伏讀仁宗睿皇帝聖訓，嘉慶四年十月二十二日奉上諭，本朝自設立軍機處以來，向無諸王在軍機處行走者。正月初間，因軍機處事務較繁，是以暫令成親王永瑆入直辦事，但究與國家定制未符。成親王永瑆著不必在軍機處行走。等因，欽此。誠以親王爵秩較崇，有功而賞，賞無可加，有過而罰，罰所不忍，優以恩禮，而不授以事權，聖謨深遠，萬世永遵。恭親王參贊密勿，本屬權宜，況醇親王又非恭親王之比乎。伏懇皇太后懍遵祖訓，收回醇親王會同商辦之懿旨，責成軍機處臣盡心翊贊，遇有緊要事件，明降諭旨，發交廷議，詢謀僉同，必無敗事。醇親王如有所見，無難具摺奏陳，以資採擇，或從容召對，虛心延訪，正不必有會商之名始可收贊襄之益也」。

玩其辭意，悔心已萌。奕訢當國，行事固有未洽人意處，而尚能持大體，防微漸，孝欽曾加挫抑，而不能竟去之。茲乃乘機斥逐，俾圖自便。伯熙之劾樞廷，措詞當極嚴厲，期其易於動聽，以抒憂國之懷，而主恉不過鞭策政府。樞臣縱因之有所易置，度亦僅一二人之更動（如李鴻藻），此外或並有所裁抑（如張佩綸），非即欲逐去奕訢而盡易樞臣也。此次舉措，出其意外，且於孝欽隱衷，似略已窺見，深慮將來之事局，故又抗章言之，力請收回奕譞會商要事之命，並因之而及諸王領樞之非祖制。（奕訢領樞，本緣政治上特殊關係，不可為訓，猶取其資望較著，對孝欽可有所匡持耳。茲既罷去，若從此不以親貴柄政，亦屬甚善也。後來清卒以親貴用事而亡，伯熙雖不及見，似亦慮之夙矣。）更主緊要事件決諸廷議之詢謀僉同，徵怡所在，（蓋欲防孝欽之恣意。）庶幾語長心重。同時錫鈞、趙爾巽二人亦以奕譞名分地位不宜膺樞臣商辦之命為言，奉懿旨：『據左庶子盛昱右庶子錫鈞御史趙爾巽等奏，醇親王不宜參預軍機事務各一摺，並據盛昱奏稱嘉慶四年十月仁宗睿皇帝聖訓，本朝自設立軍機以來，向無諸王在軍機處行走等因，欽此，聖謨深遠，允宜永遵。惟自垂簾以來，揆度時勢，不能不用親藩進參機務，此不得已之深衷，當為在廷諸臣所共諒。本月十四日諭令醇親王奕譞與諸軍機大臣會商事件，本為軍機處辦理緊要事件而言，並非尋常諸事概令與聞，亦斷不能另派差遣。醇親王奕譞再四推辭，碰頭懇請，當經曲加獎勵，並諭俟皇帝親政再降懿旨，始暫奉命。此中委曲，爾諸臣豈能盡知耶？至軍機處政事委任樞臣，不准推諉希圖卸肩，以專責成。經此次剴切曉諭，在廷諸臣自當仰體上意，毋得多瀆，盛昱等所奏應毋庸議』。

自辯若斯，良以奕譞地位特殊，不得不有一番說詞以拒言者也。（錫鈞、爾巽疏均言及恐樞臣藉奕譞商辦而有所推諉。）此猶云斷不能另派差遣。翌年乙酉，奕譞即又拜總理海軍衙門事務節制沿海水師之命，而頤和園工程用款，遂取自海軍經費，並濫納報放，倖門大開矣。（此為孝欽不顧法令不經部臣任意濫行而賣官之舉動，伯熙其時亦嘗疏諫。）使奕訢猶在政府，固難有是也。（奕譞在親貴中，亦有賢王之目，被利用於孝欽，乃致蒙譏。且以孝欽之猜鷙，奕譞處嫌疑之地，漸亦見忌而自危，庚寅以憂懼終。奕訢閒廢十年，至甲午始再起領樞，意氣消磨，非復當年。戊戌四月逝世，未幾有政變之事，庚子遂致大亂，國幾不國矣，孝欽所致也。論者猶謂奕訢若在，當能維持匡救，使變亂不作云。）

政象由甲申易樞而日非，伯熙憂之，建言率不見用，徒抱孤憤。戊子（光緒十四年）典試山東，以「立乎人之本朝而道不行，恥也」命題，牢騷可想。翌年己丑即引疾解職。（官國子監祭酒，久而不遷，蓋以謇諤忤時之故。）抑鬱家居者十載，己亥（光緒二十五年）十二月卒，年僅五十。時已歷戊戌政變，庚子之亂亦正在醞釀，即將實現矣。

意園勝概

伯熙美才高致，雅望清階，以天潢之雋，處饒裕之境，延接勝流，主持風會。居褉褙胡同，有園曰意園，景物宜人，交游談讌，每集於斯。或被招下榻其間，為承平時一人文薈萃之所，士林稱羨，其名夙著焉。諸家記載，關於斯園者，如李蒓客（慈銘）《越縵堂日記》同治十二年癸酉四月初八日云：「同年宗室伯希孝廉（盛昱）柬約初十日賞牡丹，伯希……年少好學，家有園亭」。初十日云：「上午入城，至表背胡衕，赴伯希之招。……牡丹半落，香色未減，亭館清幽，廊檻迤曲。疊石為山，屈曲而上，上結小臺，可以延眺。垂楊婀娜，薜荔四垂，其居宇亦雅潔閒敞，都中所僅見也。是日預坐諸君，皆同雋少年，意興爛漫，酒未及半，已大醉，同往山後習射。予獨裴回花間，遍倚闌檻，甚得佳趣」。十二日云：「是日補作前日盛伯希家賞牡丹詞一闋。〈翠樓吟〉（同年宗室伯希孝廉盛昱，肅恭親王曾孫，協揆文愨公孫也。家有園亭極勝，其閨人及令妹皆能詩。初夏招賞牡丹，裴回闌檻，艷情欲語，賦此贈之）：「曲檻留春，華軒敞夏，當年朱邸分賜。香塵隨步徑，還隨處雕闌堪倚。小山纖峙，又飛閣流丹，迴廊縈翠，重簾底，綠楊垂處，亂花橫砌。最愛千朵嬌釭，似絳旛朱節，舞鸞飛墜。天風環佩響，更深院沉沉歌吹，艷情誰寄。正鈿匣裁詩，金鳧添麝，人微醉，錦屏雙影，折枝橫髻。」意園牡丹，見重京師，斯為招庚午鄉舉同年賞之一番雅集。（越縵科名晚達，中舉時年已四十二，適倍伯熙之年齡。至是伯熙二十四，越縵則四十五矣，故稱儕輩曰同雋少年，謂伯熙年少好學。伯熙光緒丁丑成進士，越縵庚辰，遲伯熙一科。）

楊子勤（鍾羲）《雪橋詩話》續集卷八云：「意園林亭極勝，牡丹尤各色俱備。己亥春杪，余以換官出都，伯熙治具祖餞，賞詠竟日。偶讀㤅伯先生〈翠樓春贈伯熙〉一詞，亦初夏招賞牡丹作也。」回溯癸酉舊事，相距已二十六年，越縵之卒，亦已五年，是年冬伯熙亦逝世矣。又所撰《意園事略》云：「所居意園，為文愨舊邸，有亭林之勝，庋金石書畫之室曰鬱華閣」。鬱華閣為園中最名貴之所，與意園均每作伯熙之別稱。如事略、文略均稱意園遺集稱鬱華閣是也。奭召南（良）〈伯羲先生傳〉云：「公生長華腴，而喜與文人遊。……家有園亭，高高下下，儼具邱壑。喜蒔花，庭前牡丹四畦，朱欄繞之，助其名貴。宜晴閣後奇石四五朵，雜以名花，饒有野趣。自去官後，交遊日稀。公賦詩云：顧曲無人王粲死，舊歡渺渺隔山河。蓋傷之也」。己丑後，意園文酒之會漸少，頗形索莫矣。就以上所引，可於意圖景況，稍知梗概，而均言之未詳。

近閱《悔齋師友贈言錄》。悔齋者，曹縣徐繼孺，伯熙戊子典試山東所得士也。首錄〈意園先生書一通〉。（伯熙光緒二十一年乙未作，有「瑟縮家居，不與人事」語。想見意氣蕭索之態。）悔齋跋識（光緒三十一年乙巳）云：「繼孺以光緒戊子應本省鄉試，受知意園先生。己丑初春闈北上，先生招致意園居住，乃偕黃子柯、鄒申甫兩同年寓處泰堂之南院，蔣性甫盟弟後至，寓喜爽軒之西室。意園為先生祖文愨去舊邸，亭臺幽勝，地在東城裱褙胡同。門北向，入門而左為住宅，其右則意園也。園門東向，有舊題意園二字者，意園門也。入園門南折，有室，為研香館。其西迎門對峙作斗室，其上為平畫，臺上搆小亭。由斗室中穿後壁而入，繚曲行石洞中，出洞登山，卻達平臺之上。憑欄西望，一帶皆假山。其北有堂南向，為懷蓋堂，先生家祠，春秋朔望祭奠之地，匾額墨色猶新，聖祖仁皇帝御書也。循假山而西，有書房三間，其後敞軒，古柏極茂。其西北隅書室三間，對面青石壁立如劍，自外窺之，竹石掩映，不見有室，是為半隱山房。再西為遊廊。折而南，循西牆，為小亭，琴臺石鼓，容六七人。循遊廊而下，其南平敞，約五六畝，遍植花木，北望山勢紆迴，竹木蓊鬱，翛然有出塵之想。循山南麓而東，一徑曲折，通研香館。其西迤南有角門，北向。入而東折，為喜爽軒。再東，正廳為處泰堂，匾額成親王書。再東，偏院為知正齋，其東與住宅西牆相連。繼孺等寓南院，出處泰堂東，過知止齋，折而北，抵大門，乃往來出入之路也。……比庚寅再寓意園，先生已退居林下。通籍後侍先生談讌，與都中諸名流從容論議，頗有開發。壬辰散館，三寓意園，……」悔齋篤於師門，寓意園者凡三次，紀之較悉。閱此，於園之內容，所知可略備矣。（徐繼孺，字又稺，晚號悔齋，同治癸酉拔貢，官黃縣訓導。以光緒戊子舉人成庚寅進士，入翰林。癸巳以編修典試陝西，甲午督學河南，差滿回京後乞外，用保送知府指分山西，歷署太原府汾州府，補潞安府，巡撫毓賢甚賞之。庚子之亂，毓賢以教案被誅，徐亦緣是奪職嚴譴。民國六年在曹縣原籍辦保衛團，殉土匪陷城之難。其略歷如此。民國二十四、五年間，豫省門人為刊《徐悔齋集》、《悔齋師友贈言錄》，風義可稱。）

關於意園，更詢諸知其原委之楊鑑資君。鑑資為雪樵先生子，雪樵則伯熙表弟，夙相契厚也。（伯熙纂輯《八旗文經》，雪樵相助以成之。並撰《意園事略》，著其生平。又為編刊《鬱華閣遺集》、《意園文略》，以傳其詩文。）據所談，意園與住宅在崇文門內西裱褙胡同，共一大門。舊時正門在蔴線胡同，門南向，文慤嘗封不入八分輔國公，斯即當時公府之門。迨伯熙之時，以既已不為公府，不欲仍其舊，乃改由後門出入。門在西裱褙胡同，北向，即以此為正門，故談者均言裱褙胡同而不及蔴線胡同焉。文慤營建意園，極意從事，房舍景物，諸費研討，迭有改作，俾愈精緻，蓋歷三次之修葺，始為定局。傳至伯熙，以名流冠冕，主此名園，尤為相得益彰。惜伯熙逝世，後嗣不振，未能保守弗替，民國十餘年間已易主，今蔴線胡同山中商會北京支店即是也。易主之前曾至，昔年勝概，猶可得其彷彿。園中景物，假山最妙。有所謂十八磴者，膾炙人口，大雨之際，水勢奔流，呈瀑布之觀，說者謂在斯園中若睹黃山佳景云。（鑑資又言，甲申參劾樞廷奏稿，其尊人亦嘗向伯熙詢及，伯熙不願談也。）

鑑資以錄存伯熙遺札二通相示，均己亥（即其逝世之歲）所作，甚可讀。其一為致于次棠（蔭霖）者，中有云：「去年初秋至滿城為鑑兄送行，相晤之際，彼此都無一言，惟有暗泣。今者事機雖緩，而默觀大局，亦惟有緘淚相寄而已。重光繼照，憂國愛民，弟殘廢餘生，苟幸遂其饔飧室家之計者，惟恃聖人憂勤惕厲之心。其甲兵之眾，才能之多，可恃而未可深恃也」。念切憂峙，語摯而旨深，「事機雖緩」蓋指孝欽廢立之謀，「重光繼照」則謂孝欽之再出訓政，「憂國愛民」云云，憤鬱而以蘊藉出之。雪樵癸酉（民國二十二年）詩（〈見鬱華故物有感而作〉）所謂「繼照從知事已非」也。戊戌政變，事在八月，初秋暗泣，似已怵大變將作矣。（鑑兄似謂李秉衡鑑堂，亦伯熙稔交。李庚子禦敵殉難，世論以仇外詆之，其人固非孝欽私暱，見危授命，何可厚非？至其由牧令洊躋封疆，政聲尤著。惟素主守舊，對戊戌新政，當非所忻贊，若忠主憂時之心，要有一致耳。當時新黨人物，伯熙似亦不皆推許也。）前此張香濤（之洞）曾勸其銷假再仕，答書有「欲盡言責，則今之柄大權者非吾君」之語，深憤德宗之受制孝欽，亦可參印。至自謂「殘廢餘生」，則札中又有云：「弟今年右骽忽不良於行，近習醫藥而不肯自治，帶此末疾，以明其不出而就官，非故為高尚，上負君父之深恩，藉此略可自解。然牽引臂筋，遂復久荒筆墨，少悒悒耳」。于氏時官湖北巡撫，湖廣總督即張香濤，札云：「方今蒙泉碩果，並在鄂中。香濤前輩，清德雅量，時輩無雙，又與三哥為故人。顧香翁道廣，三哥節高，其行政用人，豈能事事相合。積之數年，門生屬吏，恐將各有所主。萬一意見參差，君子相爭，小人遂得以指其隙，儻一網打盡，豈非吾道之深憂。更願三哥時時歛心抑志，有面折，無後言，全交之道，不外此六字，弟所敬獻芻蕘惟此。香翁與三哥，金石之交，久而彌堅，願三哥之堅益求堅，默存而內省也。」督撫同城，勢位相亞，同官相處，易生扞格。張于性行有異，伯熙深慮其政見牴牾，交道不終，手書勸誡，懇摯如斯。後張于果不相得，亦徵先見。

又一則致梁節庵（鼎芬，時在張幕）者，亦殷殷以張于恐生意見為慮，屬為調護。其言云：「鄂多君子，張主權，于主經，恐日久有意見，兄已作書與次老預勸之。君子和而不同，小人同而不和，彼此相救則善，彼此相非則敗。兄於次公事事奉以為師，然諄諄不令兄坐火車，兄亦不從也。弟與兩君皆至交，望時時調護之。」可同覽。于歷官亦頗有聲，而以守舊聞，其力阻伯熙乘火車，足見一斑。札又云：「編錄八旗文字，乃承許可，並浼香公付梓，感何可言，亦不待言。子勤書來，謂弟言經字勝於業字，此廉生以三場策問對八旗文經，故欲改之，究竟經字業字孰勝，仍當請香公酌定。兄已有函致謝，並求其作刻書序，序文即以業字改經字發揮亦好。此書體例，雜仿前人總集，不題撰人，仿新安文獻志也。拙序意甚隱，弟與子培必了了。子勤信中又謂底本全付吾弟，今續得文數篇，即以緘上。子勤謂奏議類宜多採，又謂子培云編錄時別有意，子培洵是解人，鄙見仍未可濫收也。煩瀆清神，何以克報」（致于札亦有云：「去年編錄文遂成五十六卷，香濤允為刻梓，已別具函，晤時代致謝忱，並促成之也。」）為關於《八旗文經》名稱體裁暨付梓緣起之事，可供讀斯書者之考鏡。斯書之成，由雪樵致力相助，梁氏及王廉生（懿榮）、沈子培（曾植）亦與商及也。伯熙敘文，謂：「典論論文曰，文章經國之大業，詎虛語哉！」命名文經及嘗欲改經字為業字，根據相同，後卒仍而未改，或即決於張，「文業」自不若「文經」較適耳。書成而伯熙旋逝，不獲見其行矣。

北平的轎車

近閱報載北平市各項車輛統計，內有轎車三輛。昔日此物北平甚多，為都人代步唯一之具。清末馬車人力車等興用，漸頗取而代之，惟乘轎車者尚屬不少。迨入民國，乘者益減，遂形統計衰替，馴致街市中絕不易睹，似為天然淘汰之結果。今北平已無復此物之存在矣，據此統計，居然猶有三輛，得備一格，可謂晨星碩果也。物稀為貴，此殘餘之三輛轎車，庶幾名物，而於報端見之，亦頗足令人興懷舊之感焉。

清初京朝官乘轎（肩輿），後多改乘轎車。俞曲園（樾）《春在堂隨筆》卷九云：「王漁洋《香祖筆記》，言京朝三品官以上，在京乘四人肩輿，輿前藤棍雙引喝道，四品官自僉都御史以下，只乘二人肩輿，單引喝道。按此，可見國初京朝官威儀之盛。余道光中入都，尚書以上猶無不肩輿者。至光緒丙戌，余送孫見陛雲入都會試，相國張子青，尚書徐蔭軒，見訪寓廬，皆乘四人肩輿。然時謂漢人肩輿止此一頂半而已。所以云半頂者，以蔭軒尚書乃漢軍，不純乎漢也。後聞潘伯寅、許星叔兩書皆乘肩輿，則余已出京矣。」其時貴官率亦乘轎車也。

轎車駕以騾，故亦謂之騾車。惟騾車之在北平，實猶後起，其前乃駕以驢或馬，稱驢車、馬車，特此馬車非西式之馬車耳。車之有旁門近於西式馬車者，號後攩車，其製為紀曉嵐（昀）所創。姚伯品（元之）《竹葉亭雜記》云：「乾隆初抵有驢車，農中丞起在部當差，猶只驢車，惟劉文正（統勳）有一白馬車，見馬車即知劉中堂來矣。自川運例閉，騾車始出，名曰川運車。乾隆三十年後，京中惟馬車多，騾車尚罕。車之有旁門，自紀文達始創。車旁開門，礙於轉軸，於是將輪移後，始有後攩之製。」是為關於轎車之掌故，可資徵考。蓋自乾隆季葉，北平駕車以騾者始漸多。光緒季年暨宣統間，京朝貴官，乘轎車（騾車）者尚夥，一品官乘轎或轎車，二品以下仍以轎車為常。憶盛杏孫（宣懷）官郵傳部侍郎時即乘轎，在當時二品官中為罕見。蓋曾加太子少保銜，宮保之身分較尊，與普通之侍郎稍有不同耳。其間西式之馬車已興，喜乘者亦已不乏矣。（大抵司交涉或與外人方面有交際往來者，馬車尤為必備之具。）

關於潘伯寅（祖蔭）之轎車暨改而乘轎，傳有趣事。諫書稀庵主人（陳恆慶，字子久）《歸里清譚》（又名《諫書稀庵筆記》）云：「潘文勤伯寅，……為工部尚書。……尚書尚儉，不乘肩輿，一車而已。駕車白騾，已老矣。某歲伏雨過多，道途泥濘，行至宣武門外，老騾陷於淖，不能起。尚書告其僕曰：『前有一車，懸工部燈籠，急呼之，予附其車。』問之，果為工部司員，且門生也。是早為尚書堂期，故早起入署，急下車相讓。尚書曰：『此車為吾兄之車，吾兄入車內，予坐車前足矣。不允，予將徒行。』乃同車而行。其白騾從此病憊，乃賃一轎，命僕人舁之。僕未練習，一日行至正陽門，雨後路滑，前二人仆，尚書亦仆於地，道旁觀者大笑。有識之者曰：『此管理順天府事，父母官也。奈何笑之！』尚書起立，曰：『本來可笑！』乃乘轎而歸。京師傳為笑柄。凡騾之青色者，年老則變白。潘府中騾多白，故京師人語云：『潘家一窩白，陳家一窩黑。』」笑柄足供噱助，亦可謂之名人佳話也。（此工部司員既係潘氏門生，潘似不應以兄稱之，蓋陳氏涉筆時未遑致詳耳。潘氏以工部尚書順天府兼尹卒于光緒十六年庚寅，在兼尹任盡心民事，辦賑尤瘁心力，於父母官之稱，當之無愧。陳氏亦嘗官工部司員，後歷言路，由給事中外故知府。所云「陳家一窩黑」之陳家，蓋即自謂其家。道光朝宰相陳官俊，其先世也。）

在新式車輛未興用之前，轎車代步，其時亦頗覺方便，長途短途，均獲其用。惟未經乘慣，不能適應其動盪之勢者，則不免碰頭之苦。黃天河（鈞宰）《金壺浪墨》卷六云：「道光三十年庚戌春，將以廷試入都。三月十日，與漣水張禹山、白沙水少泉、袁浦王紫垣會於王營，明日啟行。車左右傾側，輒與頭角相觸，避之且愈甚。車夫曰：『子讀易乎？其道用隨。柔子之體，虛與委蛇，左之右之，勿即勿離。骨幹在中，不患脂韋。』予笑曰：『是誠名言，君子之徒也。內方外圓，利用如車。命名思義，說在老蘇。有子之識，何為乎僕夫？』」詼諧語，甚有致。蓋乘坐轎車，為避免碰頭起見，須講適應其動態之道耳。（若常坐此車，成為習慣，則不煩戒備而自能委蛇其間，左右咸宜矣。）至車夫之果否出口成章，可不深論也。

又無名氏〈燕市百怪歌〉有云：「黃輪黑轎，巍然高聳，噭然一聲，謹防頭腫！」碰頭是患，傳神之筆。歌作於民國初年，一時北平轎車已漸少，然在代步之具中猶保有相當之地位。今則在「燕市」欲一嘗此「頭腫」而「嗷然」之滋味，亦匪易易矣。

有署名「蘧園」者，著一小說曰《負曝閒談》，逐回披露於《繡像小說》（小說定期刊物，每月二期，商務印書館出版，創刊於光緒二十九年癸卯），第八回寫周勁齋到京後坐轎車情狀云：「勁齋上了車，那管家跨了車沿，掌鞭的拿鞭子一灑，那車便電掣風馳而去。周勁齋在車裡望去，人煙稠密，店舖整齊，真不愧為首善之區。忽然那裡轉了彎，望左邊一側，勁齋的頭在車上咕咚一響，碰得他頭痛難當，隨即把頭一側。那裡知道，這車又往右邊一側，勁齋的頭又在車上咕咚一響。這兩下碰得他眼前金星亂迸！……好容易熬了半日，熬到一個所在。」乘車挨碰，寫得頗有趣味。余於民國二十二年對此書曾為評考，就此節所書有云：「寫周勁齋坐車挨碰，並非挖苦，的是南方人沒坐慣北方的轎車（騾車）難免的事。一次挨碰，必是腦袋上左右連碰兩下，過來人當知之，此處描寫得甚細。至於『那車便電掣風馳而去』，形容的字眼實在太用得過火了。不過在書中所寫當時的北平城市，『行』的工具之車，不但沒有什麼摩托車、電車之類，就連馬車、人力車、腳踏車之類也還沒有，則轎車比載重的所謂大車來，便算快得多。著者更特加以動目的形容，於是乎『電掣風馳』矣。記得庚子年，我同吾兄淩霄等，隨侍先君在山東，由武定府往省府的路上，先君坐的是一輛雙套轎車，（兩個騾子拉著走叫雙套，是上長路用的。不上長路的，用一個騾子拉，叫做單套，如周勁齋所坐的便是。）我們坐的是一種「大車」。（極笨大，便於堆放多數行李。一輛大車上套著的牲口，多至五頭，往往牛、馬、騾、驢四項俱全。）大車走得極慢，和轎車同時出發，我們眼看走在前面的那輛轎車，覺得飛也似的快。（也就彷彿所謂『電掣風馳』）打尖、住店，都是轎車先到了許久，然後大車從容不迫的來到。時至今日，在『行』的工具中，轎車自然也早已算落伍了。所謂快所謂慢，本來不過是比較之詞而已。」今談轎車，斯亦可資參閱。清代北平富家及講究排場者，對於轎車暨駕車之騾，多加意講求，用相矜詡。其時好事者且有賽車之舉，以行速自豪。民初猶間有之，今早無聞矣。

贛闈鄉科往事漫談

《古今》第七期載陳君〈海藏樓詩的全貌〉，論及同光體詩人，謂「同光體的代表，當然要推陳三立和鄭孝胥。」蓋散原、海藏，兩雄並立，均詩壇健者也。溯兩人科名，皆為清光緒八年壬午舉人，贛閩二榜，鄉薦同年。又如陳叔伊（衍）、林琴南（紓），亦於是年同登閩榜，同以詩鳴。（林氏翻譯小說最有成績，詩非特長，亦不欲以詩人名，然其詩亦差足頡頏同時輩流，論者或以之與其畫並稱焉。）可稱科舉與藝林之美談。（此閩榜三人，均未成進士，贛榜之陳，則光緒十二年丙戌會試貢士，光緒十五年己丑殿試進士。）關於兩省是科舊事，有足述者，距今六十年矣。

是年寶竹坡（廷）以禮部右侍郎充福建正考官，（翰林院編修朱善祥副之。）《石遺先生年譜》卷二（叔伊之子聲暨根據其日記等所編，或云各卷均其自纂，託名其子等也。）是年（二十七歲）云：「九月舉於鄉，登鄭孝胥榜。同榜有林琴南丈群玉者，方肆力為文詞，家君嘗見其致用書院試卷駢文一篇，甚淹博，彷彿王仲瞿。至是蘇堪丈問其為詩祈嚮所在，答以錢注杜詩施注蘇詩。蘇堪丈以為不能取法乎上，意在漢魏六朝也。琴南丈甚病之。（案丈後大挑二等，官教諭，自號畏盧。）是科座主為禮部侍郎宗室寶廷，號竹坡。揭曉，家君往謁，知為搜遺卷取中。竹坡先生，立朝直言敢諫，與吾鄉陳弢庵閣學（寶琛）、豐潤張幼樵學士（佩綸）為一時清流眉目。先生嗜酒耽詩，好山水遊，歸途坐江山船，買榜人女為妾，自劾落職。福建典試，差囊可得六千金，先生到手立盡。次年初春，家君公車入都往謁，則著敝縕袍，表破殆盡，綿見焉。」鄭孝胥為解元，林紓榜名群玉也。此謂林後以大挑官教諭，惟林恆自稱為舉人，不言曾登仕版，蓋以科名為重，頭銜雖嘗曰教諭，實際上亦並未任此苜蓿一官耳。至述鄭林論詩，對林意寓不滿，叔伊、琴南頗相輕也。

竹坡官翰林時，即屢上封章，侃侃言事，與張幼樵等被目為翰林四諫，又號清流黨，直聲清望，蔚為時彥。以此受知，累擢遂躋卿貳。此次典試閩省，歸途遽以道中買妾上疏自劾，是年除夕奉旨：「禮部右侍郎寶廷奏，途中買妾，自請從重懲責等語。寶廷奉命典試，宜如何束身自愛，乃竟於歸途買妾，任意妄為，殊出情理之外。寶廷著交部嚴加議處。」翌年癸未正月十二日奉旨，寶廷照吏部議即行革職。一時譁傳，以為笑柄。李蒓客（慈銘）於寶事有所記，附書於其《荀學齋日記》丁集下，壬午十二月三十日所錄上諭後。據云：「寶廷素喜狎遊，為纖俗詩詞，以江湖才子自命。都中坊巷，日有蹤跡。且屢娶狹邪，別蓄居之。故貧甚，至絕炊。癸酉典浙試歸，買一船妓，吳人所謂花蒲鞋頭船娘也。入都時，別由水程至路河，及寶廷由京城以車親迎之，則船人俱杳然矣，時傳以為笑。今由錢唐江入閩，與江山船妓狎，歸途遂娶之。鑒於前失，同行而北，道路指目。至袁浦，有縣令詰其偽，欲留質之。寶廷大懼，且恐疆吏發其事，遂道中上疏，以條陳福建船政為名，且舉薦落解閩士二人，謂其通算學，請特召試。而附片自陳，言錢唐江有九姓漁船，始自明代，典閩試歸，至衢州，坐江山船，舟人有女，年已十八，奴才已故弟兄五人皆無嗣，奴才僅有二子，不敷分繼，遂買為妾。明目張膽，自供娶妓，不學之弊，一至於此。聞其人面麻，年已二十六七。寶廷嘗以故工部尚書賀壽慈認市儈李春山妻為義女，及賀復起為副憲，因附會張佩綸、黃體芳等，上疏劾賀去官。故有人為詩嘲之云：『昔年浙水載空花，又見閩孃上使槎。宗室八旗名士艸，江山九姓美人麻。曾因義女彈烏柏，慣逐京娼喫白茶。為報朝廷除屬籍，侍郎今已婿漁家』。一時傳以為口實云。」如所云，是竹坡典試而途中納船孃，斯已為第二次矣。李氏自負素高，以懷才不遇為憾。見當時號為清流黨諸人，身膺清華之職，聲氣隆上，勢焰大張，頗不滿之，時有譏詞，故對竹坡亦甚作譴責之語。要之竹坡正色立朝，風節夙著，雖細行不檢，貽人口實，在晚清政界猶不失為一錚錚人物，宜分別論之，固未可以一眚而掩其大端也。既以此罷斥，知交為謀再起不獲，竟落拓以終。夙亦能詩，鄭等出其門下，蜚聲騷壇，頗為師門生色。

龍顧山人（郭則澐）《十朝詩乘》卷二十一云：「竹坡罷官，以納江山船妓自劾。先是旗員文某典己卯閩試，途次眷船妓，入闈病痼，不克終場，傳為笑柄。次科竹坡繼往，李文正諗其好色，諄勗自愛。寶文靖笑曰，竹坡必載美歸矣。既而果於桐嚴舟中昵一妓，歸途竟娶之，並載而北。途經袁浦，縣令某詰之，不能隱，慮疆吏發其事，乃中途具疏，以條陳船政為名，附片自劾。文靖於政府先睹之，笑曰：佳文佳文，名下不虛哉。文正就閱，始知之，恚甚，強顏曰：究是血性男子，不欺君父。然亦無由曲庇，卒罣吏議落職。……竹坡退居，賦江山船曲解嘲，有云：本來鐘鼎若浮雲，未必裙釵皆禍水。會有詔求才，尚頌臣閣學首薦之，被嚴斥。尹仰衡太守詩云：『直言極諫薦宗卿，露竹霜條舊有名。匡濟自應求國士，謫居竟為賦閒情。』蓋猶隱繫東山之望。」可以參閱。清流黨之活動，當時樞臣中，李鴻藻實陰右之，寶鋆則屢被彈劾，對之素無好感。觀此，李之關切與寶之陽贊而實幸其敗，一恚一笑，衷懷可略見矣。

竹坡在清江浦所上之疏（借用漕督印拜發），為敬陳閩中三事，海防、船政、關稅也。附片一為薦舉下第生員並請開算學特科，謂「竊思閩省近海，當不乏熟悉洋務之士。第三場策題，以火器輪船海防發問，榜後復廣為採訪。有生員楊仰曾者，留心時務，頗知兵法，兼明算學，著有《孫子抉要》、《利器善事》二書，講求製造之法。兼能自造新器，有巡環砲車水雷船飛雷等物，皆不襲舊法。本科應試，策對頗詳，因首場文不出色，未經中式。奴才出闈後，聞人稱道其能，索其書觀之，並與之談論，深悔拘於格式，致失有用之材。……擬乞天恩，將生員楊仰曾發交北洋大臣李鴻章差遣，如實有可用，即乞破格恩施，量才器使，以備驅策，而為留心時事者勸。此外尚有生員林齊霄、魏琦，亦頗留心時事，所著策論，皆深切時勢，足見草茅不乏有用之材。明年會試，多士雲集，可否榜前特開一科，以算學考試，願應者赴部呈明，拔其尤者，破格錄用，既可得有用之材，即藉以開風氣，不數年天下當增無限通曉算學之人，又何患製造推測不及外國哉。」又一即為途中買妾自請從重懲責片，惜《竹坡侍郎奏議》未收。（或原未存稿，或編集時刪去。）不獲見其原文。

曾孟樸（樸）《孽海花》中，演述竹坡納江山船女為妾事頗詳。小說家言，不辭裝點渲染，且以福建主考為浙江學政，尤非實。此書雖標署歷史小說，然究係小說而非歷史，於此等處固可不必十分頂真。乃談掌故者亦往往從之而誤，謂督浙學，所見非一矣，實為自上《孽海花》之當，曾氏可不任咎耳。（其他談掌故以根據《孽海花》而誤者尚有之，不僅此也，如曾代李蒓客撰一門聯曰：「保安寺街藏書十萬卷，戶部員外補缺一千年。」談者亦多信以為真。其實李氏一登仕版，即以郎中分戶部，並未降級而為員外，亦未嘗有侈言藏書十萬卷之事。其聯語言及藏書見於印行之日記者，惟光緒十二年丙戌十二月二十五日書廳事春聯「藏書粗足五千卷，開歲便稱六十翁」而已。《孽海花》寫當年朝士之派頭、神氣、談吐之類，頗有妙肖之處，事跡則不遑詳考，不宜漫然據為典要。）

《江介雋談錄》（撰者署「野民」，姓名待考。）述竹坡有云：「光緒十六年庚寅十一月十一日卒，年五十有一。娶夫人那羅氏，……先公卒。有四妾：李、胡、盛、汪。二子：壽富，（小字一二，字伯茀。）戊戌進士。富壽，（小字二一，字仲茀。）筆帖式。三女：新篁、筍卿、籜秋，皆殤。有家孫伯攘，亦蚤殤。次孫橘涂，壽富出也。壽富、富壽既向殉庚子之難，宣統己酉，橘涂（年十七）與從弟某某相繼以喉疫逝，公遂乏祀，彌可傷矣。……公詩早年雄傑自憙，晚年多尚沖澹，尤嗜韋、柳、白、傅諸家云。吳北山先生嘗學詩於公，述公五十自書春聯云：『人見惡猶如往日，自知非豈獨今年。』觀此，則當時邪枉醜正，實繁有徒，公特默燭於幾先，假辭以自求退耳。」一時雋才，蹶而不振，憔悴京華，窮鬱早卒，身後又家門蕭索如是，誠屬可傷。壽富以戊戌進士膺館選，學識志節，傑出儕輩，庚子之變，偕弟慷慨殉難，其人卓然可傳。汪，即壬午所納江山船女也。至謂假辭以自求退，作此種說法者，亦頗有之。大抵謂其預料清流黨將失勢，故早為抽身之計，若壬午納妾之事不過一種手段者，不免過為識微之論，事實上殆未必然。《孽海花》言其納妾後，「一日忽聽得莊崙樵（張佩綸幼樵）兵敗充發的消息，想著自己從前也很得罪人，如今話柄落在人手，人家豈肯放鬆，與其被人出手，見快仇家，何如老老實實，自行檢舉，倒還落個玩世不恭，不失名士的體統。」謂自劾乃恐人先發，與李蒓客之說略似，較所謂假辭求退者為近理。惟張幼樵獲譴戍，乃因甲申（光緒十年）之役，其事在後，竹坡豈能於壬午聞之乎？（書中於事之後先，頗有錯亂，或以臨文之便，或由未暇致詳。）

蘇堪乙未（光緒二十一年）有〈懷座主寶竹坡侍郎（廷）〉詩云：「滄海門生來一見，侍郎顑頷掩柴扉。休官竟以詩人老，祈死應知國事非。小節蹉跎公可惜，同朝名德世多譏。西山晚歲饒還往，愁絕殘陽掛翠微。」於其晚年情況，感慨系之，時距竹坡之卒五年矣。

當竹坡之被命典閩試，其同治戊辰同年翰林，交誼夙厚，志意相孚，同被目為清流黨健者之陳弢庵（寶琛），則以閩人典試江西，（以翰林侍講學士拜江西正考官之命，旋遷侍讀學士，副之者翰林院編修黃彛年。）有「歲寒松柏」之佳話。孫師鄭（雄）《詩史閣筆記》錄張仲昭（志潛，幼樵子）函述其事云：「先是同治癸酉，弢老分校順天鄉闈，年才廿六，房首乃一耆宿，年已六十有二。光緒乙亥，又與洪文卿同任順天鄉試分校，文卿戲語弢老，謂衡文應取少年文字。氣象崢嶸，他日桃李成蔭，羅列鸞臺鳳閣間，師門得以食報，無再取老師宿儒迂疏寡效之松柏為也。弢老頗不謂然。洎壬午典試江右，洪適督學。弢老詢以士風如何？洪戲對云：來此三年，盡栽桃李，無一松柏。弢老入闈後，遂以『歲寒松柏』命題，所取多章江碩彥，陳散原即於是科獲雋，此為立雪所聞。」又楊味雲（壽枏）述此云：「陳弢老於壬午科放江西主試，學政洪文卿（鈞）為監臨，戊辰同年也。闈中論取士之法，洪曰：吾所取皆才華英發之士，所謂春風桃李也。陳曰：吾所取者必為歲寒松柏。遂以『歲寒然後知松柏』一章命題。及填榜，洪舉所識知名之士，另列一單。填至二十名，尚無一人，洪意不樂。陳曰，少須，此前列者猶歲寒松柏也。至三十名後，單上之名纍纍如貫珠。陳笑曰，春風桃李來矣。洪大笑，亦服其精識。此節弢老為余面述。」二說頗有異同。佳話流傳，「歲寒松柏」之與壬午贛闈，要為談科學舊事者所樂道。前乎此壬午者，乾隆二十七年壬午湖南鄉闈之事，亦有可合看處。因附綴之。

袁簡齋（枚）《隨園詩話》卷三云：「吾鄉吳修撰鴻督學湖南，壬午科湖南主試者為嘉定錢公辛楣、陝西王公偉人。諸生出闈後，各以闈卷呈吳，吳所最賞者為丁姓、丁正心、張德安、石鴻翥、陳聖清五人，曰：此五卷不售，吾此後不復論文矣。榜發日，吳招客共飲，使人走探。俄而抄榜來，自第六名至末，只陳聖清一人。吳徬惶莫釋。未幾五魁報至，則四生已各冠其經，如聯珠然。吳大喜過望，一時省下傳為佳話。先是陳太常兆崙在都中，以書賀吳云：今科楚南得人必盛。蓋預知吳、錢、王三公之能知文能拔士也。吳首唱一詩云：『天鼓喧傳昨夜聲，大宮小徵盡合鳴。當頭玉筍排班出，入眼珠光照乘明。喜極轉添知己淚，望深還慰樹人情。文昌此日欣連曜，誰向西風訴不平。』一時和者三十餘人。後甲辰三月，余遊匡廬，遇丁君宰星子，為雇夫役，作主人，相與敘述前事，彼此慨然。且曰：正心管領廬山七年，來遊者先生一人耳。」「如聯珠然」猶之「纍纍如貫珠」，惟一在五魁，一在三十名後而已。洪文卿以學政為監臨，躬亦在闈，其事更饒興味也。（監臨例以巡撫充任，或由學政代辦，嘉慶間曾諭斥其非是。陳鈞堂《郎潛紀聞》，初筆卷二云：「嘉慶戊辰恩科，浙江學政劉鳳誥代辦鄉試監臨，闈後人言藉藉，有『監臨打監軍小題大作，文宗代文字矮屋長鎗』之對語。密旨查詢，經巡撫阮元以對語達天聽，上復遣侍郎託津等三人抵浙按問，劉獲重譴，阮亦以徇庇奪官。諭旨中有云：『鄉試士子係由學政錄送入闈，劉鳳誥本當避嫌，何以輒將監臨之事交伊代辦，已屬非是』，何以近科秋闈，竟違祖訓，仍有以學政監臨者。」以職掌論，學政代辦監臨，誠未免界限不清，雖經諭斥其非，而後來淡忘，又時有之，巡撫以事繁為理由也。）

弢庵壬申（民國二十一年）有〈散原少予五歲今年八十矣記其生日亦九月賦寄廬山〉詩云：「平生相許後凋松，投老匡山第幾峰。見早至今思曲突，夢清特地省聞鐘。真源忠孝吾猶敬，餘事詩文世所宗。五十年來彭蠡月，可能重照兩龍鍾？」摯語可誦，首句本事，即回顧五十年前贛闈試題之一段文字因緣也。甲戌（民國二十三年）散原北上，皤然二老，聚首北京。翌年乙亥弢庵卒，（壽八十有八。）散原挽以聯云：「沆瀣之契，依慕之私，幸及殘年償小聚；運會所適，輔導所繫，務攄素抱見孤忠。」又詩云：「一擲耆賢與世違，猥成後死更何依。傾談侍坐空留夢，啟聖回天　見幾。終出精魂親斗極，早彰風節動宮闈。生平餘事仍難及，冠古詩篇欲表徵。」語極沈著凝鍊，老門生年亦八十三矣。（越二年繼卒。）師弟互以詩詣相推許，均精卓為後學所宗。

竹坡弢庵，立朝錚錚，志同道合，均有聲於光緒初年之政局。竹坡既廢絀，（時張香濤官晉撫，亦清流黨重要人物，與竹坡夙契，弢庵與書，謀薦起之，未果。）甲申之役，弢庵以內閣學士會辦南洋事宜，亦緣事鐫級歸里。（家居二十餘年，至宣統間始再起。）庚寅聞竹坡逝世，有〈哭竹坡〉詩云：「大夢先醒棄我歸，乍聞除夕淚頻揮。隆寒並少青繩弔，渴葬懸知大鳥飛。千里訣言遺稿在，一秋失悔報書稀。梨渦未算平生誤，早羨陽狂是鏡機。」（末句為感慨語，不宜看得過於認真。）翌年辛卯有〈二月十八夜泛月入山道得蘇龕江南寄詩蘇龕竹坡試閩舉首也感賦以答〉云：「詩筒把向春江讀，江上潮生月滿船。夜夢欲因度雲海，前遊可惜欠風泉。別來痛逝知君共，他日論文識子偏。緘淚寄將頻北望，解裝一為酹新阡。」又〈鼓山覓竹坡題句不得愴然有賦〉云：「小別悲同永訣看，當年聞語淚先潸。國門一出成今日，泉路相思到此山。月魄在天終不死，澗流赴海料無還。飄零剩墨神猶攫，剔遍荒苔夕照間。」均情文相生詞意兼到之作。重蒞北京後，辛亥（宣統三年）有〈靈光寺憶竹坡示畏廬石遺〉云：「巖扃猶剩題名墨，池水應憐皺面人。約略老坡眠石處，卻從榛莽告晁秦。」亦見情致。寶門鄭、陳、林三人，皆為弢庵詩友，相唱和。

六紅

蘇州拙政園，久負盛名，《古今》登載〈拙政園記〉二篇，（見第十二、十四兩期）斯園掌故，讀此可得其詳矣。又按明徐樹丕（清初猶存）《識小錄》云：「拙政園在婁門迎春坊，喬木參天，有山林杳冥之致，實一郡園亭之甲也。園創於宋時某公，至我明正嘉間御史王某者復闢之。其鄰為大横寺，御史移去佛像趕逐僧徒而有之，遂成極勝。相傳御史移佛像時，皆剝取其金，故號剝皮王御史。末年患身癢，令人搔爬不快，至沃以沸湯，如此踰年，潰爛見骨而死。其子即貧，孫某至以弔喪為業，余少時猶識之。當御史殁後，園亦為我家所有。曾叔祖少泉，以千金與其子賭，約六色皆緋者勝。賭久，呼妓進酒，絲竹並作，俟其倦，陰以六面皆緋者一擲，四座大譁，不肖子惘然叵測，園遂歸徐氏。故吳中有花園令之戲，實昉之此。後人於清朝之十年賤售與海甯陳閣老，僅得二千金云。」亦頗足資考鏡。王氏子以摴蒱而失斯園，乃歸於徐氏，其間徐民蓋以詐欺之術施之，樹丕言之頗悉，關於斯園之一段小史料也。徐之所以得園，行為實甚卑劣，而樹丕於先世惡行，若津津樂道焉，雖極狀王氏之不堪，烏足掩徐之罪耶。

於鄉試，此卜於會試也，祖先神主且為之搖動，並有嘆息之聲聞於眾，尤可見科學魔力之深入人心非同小可矣。（小說中，如《官場現形記》第一回寫趙溫中舉，祠堂設祭，有云：「趙溫一見，認得他是族長，趕忙走過來，叫了一聲大公公。那老漢點點頭兒，拿眼把他上下估量了一回，單讓他一個坐下，同他講道：大相公，恭喜你，現在做了皇帝家人了，不知道我們祖先積了些什麼陰功，今日都應在你一人身上。聽及老一輩子的人講，要中一個舉，是很不容易呢。進去考的時候，祖宗三代都跟了進去，站在龍門等幫著你抗考籃，不然，那一百多斤的東西，怎麼抗得動呢？還說是文昌老爺是陰間的主考，等到放榜的那一天，文昌老爺穿戴著紗帽圓領，坐在上面，底下圍著多少判官，在那裡寫榜，陰間裡中的是誰，陽間裡的榜上也就中誰，那是一點不會錯的。到這時候，那些中舉的祖宗三代，又要到陰間裡看榜，又要到玉皇大帝跟前謝恩，總要三四夜不能睡覺呢。大相公，這些祖先，熬到今天受你的供，真真是不容易呢。」又《儒林外史》第四十二回「公子妓院說科場」有云：「大爺道，……放過了砲，至公堂上擺出香案來，應天府尹大人戴著幞頭，穿著蟒袍，行過了禮，立起身來，把兩把遮陽遮著臉，布政司書辦跪請三界伏魔大帝關聖帝君來鎮壓，請周將軍進場來巡場。放開遮陽，大人又行過了禮，布政司書辦跪請七曲文昌開化梓潼帝君進場來主試，請魁星老爺進場來放光。六老爺嚇得吐舌道，原來要請這些神道菩薩進來，可見是件大事。……大爺道，請過了文昌，大人朝上又打三恭，書辦就跪請各舉子的功德父母。六老爺道：怎的叫做功德父母？二爺道：功德父母是人家中過進士做過官的祖宗，方纔請了進來，若是那考老了的秀才和百姓，請他來做甚麼呢？」均可合看。蓋世俗對科舉之觀念，又如是者。）

又有以六紅（四）卜而得六「三」者，明葉紹袁《天寥年譜別記》（一名《半不軒留事》）自紀萬曆三十九年應南京鄉試時事云：「辛亥……八月試秣陵。……九月十日，放榜期也。九日之夜，余與陳發交崑山德榮德元兄弟同集宗人中祕白於隅園夜飲，呼盧錯觥。有客祝曰：如四君皆捷，當得全紅。余得全三焉，坐皆大喜曰，此十八學士登瀛洲也。及五鼓榜發，虛無一人。又一客曰，全三則紅伏於下，三翻而後紅見，固是後來之兆也已。乙卯德榮歌苹，戊午德元，辛酉陳發交，迨甲子而後及余。余遂於乙丑先登南宮，戊辰德元，甲戌發交，亦相次而及也。止辛未闕，是年德榮讀禮，後遂謝去，以六館起家，終為美談之恨。」骰之「三」、「四」二色，適居兩端，全紅俟翻而後見，遂以為後來四人均得中舉之兆，且三人獲成進士焉。

其關乎軍事者，明楊循吉《蘇談》云：「韓公雍初任浙江參政，居憂在郡中，而兩廣蠻弗靖，朝廷以都御史起之，令往征焉。公將行，祖客駢列。酒間，公持骰子祝曰：看吾此行，能撫定諸夷，不負委任，願一擲六紅。展手而六骰皆四在盆焉，眾客歡慶，公為引滿。及到廣，一征悉定，卒如所祝。」斯亦一相傳之佳話也。宋人所傳之狄青事，頗可參閱。蔡絛《鐵圍山叢談》云：「南俗尚鬼，狄武襄青征儂智高，時大兵始出桂林之南，道旁有一大廟，人謂其神甚靈，武襄遽為駐節而禱之，且曰：勝負無以為據，乃取百錢自持之，與神約，果大捷，則投此期盡錢面也。左右諫止，儻不如意，恐沮師。武襄不聽。萬眾方聳視，已揮手，倏一擲，則百錢盡紅矣。於是舉軍歡呼，聲震林野，武襄亦大喜，顧左右取百釘來，即隨錢疏密布地而釘帖之，加諸青紗籠覆，手自封焉，曰：俟凱旋，當謝神取錢。其後破崑崙關，取智高，平邕管。及師還，如言取錢，與幕府大夫共視之，乃兩字錢也。」此為狄青鼓勵部曲之「神道設教」的一種作用，藉斯以壯士氣，兼對敵方為先聲奪人之舉。韓雍所為，或亦即師其意，所用之骰，殆如拙政園得失公案中之六面皆緋乎？（彼為詐欺，此則權謀。）

又相傳有一六么之故事，可附及焉。采衡子（清人，宋姓，名待考）《蟲鳴漫錄》卷一云：「金陵城北大香爐地方，有小土地廟，甚靈。有搖會人某，先期祈禱，許得會酬願。至期掣第一籤，欣然持盒搖畢，揭視，六骰俱么，怒擲而歸。少頃，會中來邀，云已得會。蓋續搖者皆係六么，後不壓先，會應某得。喜甚，乃新其廟。至今人呼為六點得會土地廟云。」骰之「四」色施以紅，相傳始於唐明皇之賜緋，通常即呼曰紅，每視為最貴。「么」色號為最賤，並無賜緋之說，然亦或施以紅，與「四」同色，特六么不稱六紅耳。

右述數則，雜湊而已，就意義而論，雖無關宏旨，而此類故事之流傳，亦頗可見世俗之迷信心理也。

談長人

北平西直門外園藝試驗場，舊為農事試驗場，更前為萬牲園（以其中動物園得名，或作萬生園，則合動植物而言之），再前則俗呼為三貝子花園者也。名稱雖屢易，今俗猶多稱為萬牲園。（老北平則每仍三貝子花園之稱，從其朔也。）乃北京名勝之一，久為都人士遊覽之所。園之收票人，嘗以長人任之。前有二長人：一名劉文清，一名魏長祿，均身長八尺以外之偉丈夫（憶二人中劉尤較長），昂然立於門首，頗呈一種奇觀，遊人莫不注目，長人若萬牲園之商標矣。（張恨水《春明外史》第二集第四回寫楊杏園、李冬青遊萬牲園有云：「走到大門口，那收票的長人，從旁邊彎著腰走過來，也沒有言語，對人伸出一隻大手。楊杏園知道他是要收票，便拿出門票交給他。李冬青的票，在小麟手上，他也學樣，走過去交給他。人離得遠不覺得，走得近了，大小一比，小麟只比他膝蓋高上幾寸，那長人俯著身子接了票去。小麟記起他童話上的一段故事，笑著問李冬青道：姐姐，這個人好長，是不是大人國跑來的小孩子？這句話不打緊，說得李冬青禁不住笑，用手絹握著嘴笑了。」寫得頗為有趣。有一時期，兩人同立門首，一左一右，謔者號為哼哈二將，尤形壯觀。）劉、魏二長人先後病死，遊園者咸有若有所失之感。數年前又一長人張恩成來京，身長亦八尺，劉、魏之倫也。遂為試驗場雇用，上承劉、魏，司收票之職，以彌闕憾。至今年九月一日，張恩成忽以自殺聞，此後未知更能得長人若彼者以補其缺否？

張恩成，山東福山人，今年二十七歲，幼居鄉間，未讀書。據聞自十五歲起，食量兼人，發育特速，至十九歲已達七尺。家貧，居矮小之屋，入室必低首俯身，臥必斜身，尚須稍歪其首，發育生長因而頗受限制，否則其身當更長於今耳。（至園任事前曾由市公署傳見，量其長度為英尺八尺三寸。）其背略傴僂，頭亦稍偏，均以此故。在場服務約五年。近以生活費用增高，食量既巨，復有妻子之累，（其妻身不滿四尺，生一子一女，子六歲，女二歲。）月薪三十七元，不足贍生，憂鬱之餘，乃服毒自殺，醫療不及而死。其身體過長，死後棺木成為問題，幸賒得一長八尺許之五棺，勉強入殮，雙腿猶蹉曲棺中云。所遺婦孺，生計無著，惟冀慈善家之施助而已。（八年前中國全國運動會在滬舉行時，特約河南長人王家祿為收票員，蓋仿萬牲園之意。會後返籍，以家貧而食量過大，終於餓斃，其事可與張恩成同慨。）張事《新北京報》記之頗詳，茲撮述大略。

張恩成之萬牲園收票前輩劉長清，曾於民國十七年間為美國電影業者聘去，入明星之林，一時「劉大人」之名頗著，歸後報紙曾載其談話，並謂「劉君身體雖然如此粗大，但是說話非常和藹，儼然一位『尖頭曼』（Gentleman）。」劉氏自謂在美每工作三日薪金百餘元。歸國過滬時，管際安（上海影戲公司監製）、史東山（大中華影片公司導演）曾要求加入，以患病謝絕。（仍回萬牲園之職，未久即逝去。）當與新聞記者談話時，被詢以「據說黃柳霜之妹有嫁先生之意，確否？」答曰：「不確。」蓋其時曾有此項謠傳也。（或謂魏長祿亦嘗出洋，今記憶不清矣。）

清同光間，有詹姓先以長人之資格而出洋，其事頗可述。程麟《此中人語》云：「近有徽人詹五，旅居海上，身長尋丈，軀甚偉，門中出入，必彎腰俯首而過。間或出外遊玩，則觀者如堵，途為之塞云。」所紀殊略，未及其出洋事。陳其元《庸閒齋筆記》云：「詹長人者，徽之歙縣人，身長九尺四寸，人競以長人呼之，遂亡其名，而以長人名。長人業墨工，身長故食多，手之所出不能餬其口之所入，不家食而來上海，依其宗人詹公五墨店以食。食雖多而伎甚拙，志在求食者，論其伎且將不得食，困甚。偶遊於市，洋人諦視之，大喜，招以往，推食食之。食既飽，出值數百金，聘之赴外國，於是乘長風而出洋矣。出洋三年，歷東西洋數十國，旋行地球一周，計水程十餘萬里，恣食宇內之異味。每到一國，洋人則帷長人使外國人觀之，觀者均出錢以酬洋人。洋人擅厚利，稍分其贏與長人，長人亦遂腰纏數千金，娶洋婦置洋貨而歸，昔之長人今則富人矣。同治辛未，余攝令上海，出城赴洋涇浜，途遇長人。前驅者呵之，見其倉皇走避，入一高門，猶傴僂而進。異之，詢悉其故，將呼而問之，乃以澳斯馬國明年將鬥寶，長人又被洋人僱以出洋，往作寶鬥矣。聞長人言，所到之國，其國王后妃以及仕宦之家，咸招之入見，環觀歎賞，飲之食之，各有贈遺，外國之山川城郭宮殿人物，皆歷歷在目中，眼界恢擴，非耳食者可比。噫！昔者一旬三食猶難，今則傳食海外，尊為食客之上，可謂將軍不負腹矣，際遇亦奇矣哉。」

又張華叟《四銅鼓齋筆記》云：「長人詹五，徽州農家子也，父母均以疫死，與妹同居，妹年十三詹年十五也。家貧，為人牧牛，藉以度日。一日從田溝中得大鱔，短而粗。久苦無肉食，商諸妹，殺鱔燃火煨熟，分而食之。夜半，身暴長。五本席地而臥，覺頭足均觸牆。醒已天明，視手肥大倍於往日，失聲狂呼。妹聞聲出視，五見妹身高齊屋頂，大驚，急躍而起，頭觸中樑痛甚，蓋不知己身長亦如妹也。二人偕出，村人咸集，叱為妖。五有族叔，向客漢口，開詹大墨莊，適回家，見五異焉，遂攜五到漢口。時余隨宦在鄂，得一見。其長約一丈，身頗瘦削，頭則大如斗。衣深藍布長衫，食量極宏，贈以大麵餅二十枚，頃刻而盡。觀者如堵，嘖嘖歎為奇。後為西人雇往外洋，觀者每人索金錢一枚。五大安樂，歷遊各國都城，得貲甚厚。在外十餘年，通西語，改裝娶西婦。光緒十三年六月，自英回華，寓滬老閘路，自起新宅，來往多西人。余回家過滬，遇於味蒓園。次年三月，詹乘人力車至跑馬廳，身重事小，從車中跌下，受傷而死。西婦盡得其貲財，另嫁西人而去。其妹自羞身長不類常人，竟於暴長之後一夜服毒自斃云。」二書所紀，互有詳略異同，可參閱。蓋一事而傳說有歧，大抵如是耳。張謂食鱔暴長，頗涉怪異，疑出附會。陳所云「澳斯馬」國，即「奧斯馬加」（Austria-Magyar），時奧大利與匈牙利合為奧匈帝國（聯邦）之稱也。「鬥寶」蓋即賽會（現代式）之意，上所紀容有未盡諦處。以長人資格出洋，「詹長人」要為「劉大人」之老前輩，其時電影事業未興，否則當早呈身銀幕矣。

又據王浩《拍案驚異》云：「婺源北鄉虹水灣詹衡均，身長九尺，頭如斗大，腰大十圍。娶吾祖母俞太恭人之使女節喜為妻，生子四人。長庭九，身如常人，次進九，三壽九，四五九，身長如其父。同治四年冬，夷人聘五九（二十五歲）至夷場，閉置一室，來看者，每夷一洋，每月詹得聘金六十元。五年正月，夷主要看長人，因以九千元包聘長人到英吉利國，代長人娶一妻一妾，同到外國，居為奇貨，亦可怪也。聞將回滬，特記之。」此又一說，所記雖簡單，而書其家世，於其來歷頗明晰。此詹五九蓋即長人詹五，其籍貫為婺源，與歙縣同隸安徽徽州府，因而或傳為歙人也。（歙為徽州府附郭邑，民國裁府留縣，婺源則於民國二十三年劃歸江西，兩縣乃不同省矣。）其父即為長人，兩兄亦如之，不始於彼，且未言有妹事，食鱔暴長之說，其不足信益可見矣。（夷場謂上海租界。）

又瞿元燦《公餘瑣記》所紀長人事云：「道光初，湘城（按謂湖南省域也）有廖大漢、吳大漢者，先後充撫標材官，中丞校閱，使捧大纛為領隊。余童穉時猶及見吳大漢，每過市，身極長者及脇，次者及乳，又次者及臍而已。同治三年秋，有長人至衡山，身丈許，頭面手足大相稱。宿旅店，俯而入，主人為設長榻，蹺其足不能轉側，每藉藁地臥。自言張姓，永州人，家鄉村，素貧，父母蚤喪，僅一妹，長大與相若。幼時狀貌皆不異常人，年十餘歲，偕拾薪於野，經稻隴。見田中黃鱓粗如巨梃，長約八九尺，共擲石斃之，扛之歸，烹而食之，昏昏如中酒，僵臥一晝夜，既醒，覺遍體奇癢，肌膚脹欲裂，搔之搥之仍不適，兄妹相扶而起，則皆暴長。自是飲食數倍於昔，每日需斗米。已無膂力，妹不習女紅，人無肯贍之者，常不得一飽，因與妹分道乞食云。後聞張至長沙，或憐而給之，食果腹者數閱月。旋值賽會，邑人醵錢與之，使裝為無常，周行街市。甫三日，夢神召執役，竟死。舊聞明季靖南侯黃將軍得功微時頗短小，遺產不足自給，傭為人豢鴨，輒無故失去，揣水中有物吞噬，涸水跡之，得巨鱓，沽酒大醑，數日不飢，頓變為偉丈夫，兩臂能舉千鈞。嘗途行遇盜，手格之，皆披靡，因邀入其黨，黃正色拒之。後投身營伍，屢立功，卒為名將。同一食鱓，張則僅易形體，遂以庸人終，亦有幸有不幸也夫。」此所云之永州張氏，與《四銅鼓齋筆記》中之徽州詹氏，籍貫不同，姓氏亦異，當非即指一人，而均為與妹食鱔暴長，情事何其大相類似歟？亦見食鱔暴長之說沿傳頗盛也。（裝鬼而即被神召以死，亦話柄之趣者。）至引作陪襯之黃得功事，無論事之有無，黃氏要非大異乎常人之長人耳。

又俞樾《右台仙館筆記》云：「粵西有姚三者，幼時不異常人。年十八時，偶釣於池，得一魚，無鱗，烹而食之，忽暴病，月餘病癒，則軀體驟長尺許。已而屢病屢癒，病癒體必加長，數年之間，長及一丈矣。然其首仍與常人無異，詢其故，則食魚時棄魚頭未食，一犬食之，俄而犬首亦大倍於前。惜此犬旋為人撲殺，否則亦必有可觀矣。」此書張語怪之幟，其自序所謂「搜神述異之類」、「惟怪之欲聞」暨附詩（徵怪奇之事），所謂「正似東坡老無事，聽人說鬼便欣然。」「不論搜神兼志怪，妄言亦可慰無聊」者是。斯亦其語怪之一，頗怪得有趣，不必更究其言之合理與否矣。所紀之奇魚，未詳何種，惟謂無鱗，鱔固亦以魚名而無鱗者，自可類觀。

《公餘瑣記》所紀之廖、吳兩大漢，以長人而為武弁，前乎此而見於記載者，有張大漢其人焉。

景星杓《山齋客譚》云：「張大漢，淮人，名大漢。身高丈餘，總河三韓靳公見而奇之，召入衙，與之語，蓋村農也。詢其常習武否？曰：善鐵槊。欲試之，期以明日將槊來，曰：昨寄十里外農家，可立取也。許之，瞬息至。命選標下善槊者十餘將，與之校，皆莫能勝。公喜，詢能食幾何？曰：不知，但平生僅二飽耳。叩其故，曰：一日過舅家，舅知其腹粗，具肉腐各十斤，菜三十束，飯斗米以餉，是日得飽。次年春訪叔氏於遠村，叔聞舅語，亦具如舅氏食以給。但惟有此二飽耳，蓋未嘗有三也。公大異之，謂曰：子今至是，飽得三矣。命照前給之。群使好戲，每物增廣，大漢一啜無餘，乃前跪謝曰：拜公惠食，大漢今日真飽矣。公大笑，命補帳下千兵。乘騎足不離地，出唯步行隨公云。」寫來頗為生動，廖、吳之老前輩也。此軍界三大漢，遙遙相對，頗可各傳，惜廖、吳兩大漢事未得其詳耳。靳公蓋謂靳輔，康熙時之名河督，遼陽人，曰三韓者，似以漢時朝鮮有三韓（馬韓、辰韓、弁韓），而遼陽之地於晉至隋時曾隸高句麗之故，然實不免牽強。（所云兵蓋謂千總之職。）

因萬牲園長人張恩成之死，遂連類雜述清代以來諸長人，以資談佐，所引各書所載，姑就瀏覽所及錄之，不能備也。至記載未必盡確，或情事相牴牾，亦足見信史之難焉。

（附誌）右稿草寄後，又見鄧文濱《醒睡錄》，亦略記詹長人事，並言與之同受雇于洋人者更有一羅短人，其說云：「湖北漢陽有一短人，羅姓，約二尺有餘，洋人奇之，雇去作把戲玩賣人觀看，三年，給厚資送歸，娶妻，生子，大如常人。同治十二年，余在漢口親見之，約四十餘歲，唇上有鬚寸許，口音如常人。給食物等件，學洋人口音為戲。」「安慶有一長人，九尺，詹姓，洋人亦雇去，與短人同賣，供人觀玩，得重資而歸。」並錄之，以廣異聞。此謂詹地為安慶，或詹曾至安慶歟。又《公餘瑣記》之記長人，附述黃得功事。按許秋垞《聞見異辭》（此書多紀怪異之事）有云：「硤石鎮民家有畜群鴨於河，每晚檢之，輒少其一，以為乞兒偷匿，勿足怪也。後吳六奇至硤，聞而異之，隨群鴨所之。至夕陽西下，瞥見水紋旋起一潭，鴨隨潭影而滅。次日，吳以一繩繫鴨，影復滅，隨手收繩，釣起巨一條。烹食之，遍體奇癢，令人以竹棒日擊百遍，血出方止。半月後頓生神力，能敵萬夫。後投軍得功，官至提督，此食鱓之驗也。」與黃事頗相似，蓋本一種傳說歧而分屬者也。嘗聞舊時應武試者練功有飲鱓血增力之說，斯或與有相因之關係也。

談林長民

民初政客好蓄長髯，以大鬍子名者頗不乏人，若林宗孟氏（長民），亦其中一有名之人物也。林氏為福建閩侯人，清末留學日本，卒業於早稻田大學政治科，後來之政治生活，基於是焉。當在日本時，即為留學界知名之士，眾皆屬目。曾充留學生公會會長，排難解紛，周旋肆應，翕然被推服。說者謂其有數長：一有才，既具學識，尤善治事。處理公眾事務，秩然不紊，遇有困難，亦能善為應付，解除癥結。一有口才，善於辭令，辯才無礙。一有財，家本素封，交際所需，不匱於用，是以各方酬酢，不感扞格，留學會長之勝任愉快，斯亦一重要條件。（所謂無貝之才濟以有貝之財也。）一有膽，遇事肯擔當，不畏葸。具此數長，用能翹然傑出於同時輩流。留學界中之優秀分子，如湯濟武（化龍）、劉崧生（崇佑）等，均甚相引重，互訂深交。梁任公（啟超）時在日主辦雜誌，發攄政論，林等與通款曲，均後來所謂研究系之中堅也。

歸國後，與劉崧生在閩創辦法政學堂（私立）。時各省設立諮議局（猶民初之省議會），遂充福建諮議局書記長（猶秘書長）。劉氏則由議員而任副議長，同為諮議局之要人，齊名一時，已漸作政治活動。

民國成立，益從事於政治活動，世多知政客中有林長民其人矣。迨袁世凱解散國會，政黨失敗，政客多落寞。民國三年，在所謂總統之下，有參政院之設立，以副總統黎元洪為院長，汪大燮為副院長，林氏則為秘書長。黎本軍人，汪雖久歷政途，而於此類議機關，亦非素習，故院務多倚林以辦。參政院不過袁氏實行獨裁政治時一形式的機關，除奉令承教為機械的動作外，勢難有所發攄。林氏之任秘書長，亦不過無聊中一相當位置，在政治上固無甚意義也。而處理事務，夙具特長，豐采談吐，亦為人所注意，時稱其秀在骨。余於斯際嘗與相晤，見其軀幹短小，而英發之概呈於眉宇。貌癯而氣腴，美髯飄動，益形其精神之健旺。言語則簡括有力，蓋無愧政客中之表表者。

其平生在政界地位最高時，為任段內閣之司法總長。民國六年有復辟之舉，段祺瑞誓師馬廠，興兵入京，以梁啟超、湯化龍為參贊，林氏亦贊畫其間。復辟既敗，段以國務總理重組內閣，梁、湯、林聯翩被任閣員（國務員）。當時全體閣員為：國務總理兼陸軍總長段祺瑞，外交總長汪大燮，內務總長湯化龍，財政總長梁啟超，海軍總長劉冠雄，司法總長林長民，教育總長范源濂，農商總長張國淦，交通總長曹汝霖，湯、梁、林、范號為研究系四閣員。（民初政黨活動時，湯、梁為民主黨領袖。民主黨旋與共和統一兩黨合組為進步黨，與國民黨對立。嗣政黨瓦解，產生許多小政團。憲法研究會為政團之一，中多舊民主黨人物，後來研究系之稱本此。梁、湯以歷史之關係被目為研究系首領，林、范則亦系中重要分子，范較接近於梁，林較接近於湯。）未幾，段與代理大總統馮國璋發生暗潮，（段對南主戰，謀武力統一，馮則主和，陰撓之。）以川湘兩路軍事失敗去職，梁、湯等在閣已頗與段意見不盡合，至是隨段下臺。（段旋再起，另是一局面矣。）林氏之居政府，僅此一度，下臺後鐫一小印，曰「三月司寇」，以為紀念。

在司法總長任時，對同鄉等之求職者，苦於粥少僧多，每向之力言官之不可做，諄勸回家種田。其曾習法學而必須位置者，則特設一機關（其名稱似為法制委員會之類，記不清矣。）以安插之，其中多為清末在閩所辦法政學堂之學生云。其後遊英（似以考察之名義出洋），約二三年而歸，寓北京景山附近，庭中有栝樹二株，故稱所居曰雙栝廬。

林氏能文，兼能詩，書法亦佳。（聞清末赴日留學之前，書法不工，迨歸國，忽已大進，見者頗異之。）遊英歸國居京，時約在民國十一年，其友王蕺孫（世澂）、黃哲維（濬）辦《星報》，林氏常以詩稿送登，幾無日無之。箋紙精雅，書法美秀，切囑另鈔付排，不願使其汙損，然並不收回，《星報》同人每分取藏棄焉。又聞前此蒲伯英（殿俊）與劉崧生相繼辦《晨鐘報》及《晨報》，林氏頗為後援。

林並為白話詩，其鄉前輩林貽書（開謩）壬戌（民國十一年）正月六十生日，壽以詩云：「世俗愛做壽，近來尤喧譁。人人徵詩文，稱述他爹嬤。爹比古賢人，嬤是今大家。若是做雙壽，鴻光來矜誇。我那兒有空，下筆恭維他！彥京好孩子，孝敬老太爺。表章兩三事，事實到不差。分箋來索詩，我詩太搓枒。貽書三先生，認識我的爹。我小的時候，常聽爹咨嗟；稱贊文恭後，個個有才華。後聞先生顯，更乘東海槎。我時在日本，彷彿迎公車。一覽已無餘，公言無迺誇。前事一轉眼，滄海填平沙；先生六十歲，我髮也成華。六十不為老，公健尤有加；我爹早下世，楸樹幾開花。彥京諸兄弟，你真福人呀！做壽來娛親，用意良可嘉。倘若舉音觴，那麼就過奢；門外多饑寒，日暮啼無家！」在其歷來所為詩中，成一別調。（或以「嬤是今大家」之句為疑，因班昭稱曹大家，「家」應讀如「姑」，不宜仍讀本音也。其實「姑」「家」二字，古音本同，後乃相歧。今兩字異讀已久，不必特將曹大家之「家」仍讀「姑」音矣。俞蔭甫（樾）《春在堂隨筆》卷九云：「虞山王應奎《柳南隨筆》，曹大家家字當讀姑，錢宗伯詩誤讀本音。余謂此論亦未是。蓋家字讀如姑，乃古音如此。左傳：姪從其姑，六年其逋，逃歸其國，而棄其家。離騷：羿淫游以佚畋兮，又好射夫封狐，固亂流其鮮終兮，浞又貪夫厥家。並其證也。若以古音讀者，不特大家之家應讀姑，即凡國家室家家字無不應讀姑，若依今音讀，則何不可皆讀如加也。後漢書曹世叔妻傳：帝數召入宮，令皇后諸貴人師事之，號曰大家。章懷注：家字無音。可知唐初並無異讀。《廣韻》《集韻》十一模皆不收家字，不從今音，則曹大家之家字竟無韻可歸矣。唐宋婦人每稱其姑曰阿家，以曹大家例之，似阿家亦應讀姑。然馬令南《唐書》〈李家明傳〉注曰：江斯謂舅為官，謂姑為家。若家必讀如姑，豈官必讀如公耶。」所論通達有致，例證可徵。從知「家」字縱與「姑」字同義時，亦無須讀音同「姑」也。俞說可為讀林氏此詩者解惑，故綴錄之，俾覽觀焉。又「家」均讀如「姑」之古音讀法，今尚有保存未改之處，閩中方音即然。）

民國十四年，段祺瑞在臨時執政任，設國憲起草委員會，以林氏為委員長，林遂又與段氏為緣。是時余見之，形容枯槁，呈老態，美髯卻已薙去，匪復昔年丰采矣。未幾罹郭松齡之難而死，其事甚出一般人意料之外。林與郭無素，其相從由於友人之介紹。郭舉兵後，將大有作為，急欲得一有政治才略之名人相助，時軍勢正順，前途若甚可樂觀，林乃應其延攬入幕，亦欲藉郭之成功而握奉天方面政治上之大權也。（聞郭已示意將以奉天省長借重。）至當時北京情形，則「國民軍」方與段派有惡感，執政府方面要人有被拘捕者。林感於段氏前途不妙，且頗自危，其亟赴郭軍，斯亦為一原因。不圖值郭氏之敗，卒與禍會。蓋軍潰之後，乘鄉間大車而逃，途中遇張（作霖）軍，以機關槍對車射擊，急下車避之，竟仍死於機關槍掃射之下，慘已。時為民國十四年十二月下旬，壽僅五十耳。事後其家多方訪覓其屍骸，終未能得。

當其將赴郭氏之招，知交中泥之者頗多，不聽而往。林白水（萬里）尤甚不謂然，於其行也，在所辦《社會日報》中著論非之，有「卿本佳人，何為作賊」之語。蓋不滿郭氏所為，而深咎其不自貴重顧藉，輕身從之也。

梁任公輓以聯云：「天所廢，孰能興，十年補苴艱難，直愚公移山而已。均是死，容何擇，一朝感激義氣，竟舍身飼虎為之。」警卓沈摯，允為傳作，語中有自己在，回溯政治生涯，悲憤感慨之意深矣。梁久失志抑鬱，於此一傾吐其懷蓄，言為心聲，今日誦之，猶可想見其激昂之態度焉。

漫談蟫香館主人

今歲值壬午，上溯六十年，前一壬午為清光緒八年。是歲為鄉試年分，本科舉人不乏後來有名人物，其最貴顯者為天津徐菊人（世昌），清末之太保大學士，民初之大總統也。嚴範孫（修）與徐同鄉同年，雖人爵之尊，不逮徐氏，而其人生平，實尤可稱。終身事蹟，以興學一端為最大，行誼節概，亦足資士林取範。曩曾略有所紀，以匆匆屬草，資料未備，語焉不詳。頃見《古今》第二期載童君〈記嚴範孫（修）先生〉一文，可補余舊作所未及，表彰先正，蓋有同心。《古今》注意文獻，承來函徵稿，覺關於嚴氏者，尚多可談，因就近歲致力蒐集之資料，更草此篇，以諗當世，而供史家之要刪。蟫香館者，嚴氏書齋名也。

嚴氏興學，始於督學貴州之時。民國十八年三月三十一日陳寶泉在追悼會報告之〈嚴範孫先生事略〉云：……「時當光緒戊戌之前，……首改南書院為經世學堂，聘黔儒雷玉峯主講席，並捐廉購滬楚書籍運黔，照原價發售，捐資墊付運費，貴州新學之萌芽自茲始。……楊兆麟君（字次典，貴州人，官編修）嘗為泉言：『經世學堂開課，適當學政駐省之時，範公每日按時到堂聽講，無少遲誤，雖學子無其勤也。』任滿，奏請開經濟特科。」歸京以迕掌院學士徐桐，請假旋里，後即在津興學，由家塾擴充而為學校，致力地方教育。

〈事略〉云：「清季負海內教育家之重望者，南曰張（謇），北曰嚴，此確論也。惟張為教育界之政治家，嚴則教育界之道德家。其所謂道德者，尤以家庭教育為最著。自律至嚴，門無雜賓，室無媵妾；其教子弟也，和平與嚴肅並用，子弟行事之軌於正者，雖重費不惜，否則必以詞色矯正之。……自家塾擴充為敬業中學，招生百餘人，後以傳學者眾，移其校於南開，即今日之南開學校也。至當日在家塾讀書者，雖人數無多，而成就甚偉。……先生於國民教育尤具熱心，當時天津有私塾而無學校，先生為聯合津中士紳，出資改組蒙養學塾為天津民立第一小學堂，……行之數月，成效甚著。於是官紳聞風興起，本邑卞紳繼設民立第二小學堂，天津府凌公福彭、天津縣唐公則瑀、約公出組織官立小學堂，草具規模，未備也。時直隸總督袁世凱素器公之所為，尤欲以天津學校為全省之模範，於是籌款撥地，任公之意為之，天津教育始為之一振。」

繼遂主直隸（今河北）全省教育。〈事略〉云：「先生於天津之興學，成績既著，於是直隸學校司胡公景桂首薦公自代。先生初不肯應，嗣胡公以最誠懇之情感之，始允；且言須赴日本考察後始就職。甲辰赴日本考察教育，……學校司者（後又改學務處），即……今日之教育廳也，特權力較大。在任一年，以勸學籌款為首務，勸學所宣講所均公所創設。至今雖略易名稱，而其制未廢。此外所創設者，為天津模範小學，天河師範，北洋師範，高等法政，女子師範學堂。造就師資，尤公所注意，居天津時，既推薦赴日習師範者二十人，任省政時，規畫每府除應設一中學外，並應設一師範學堂。去任後師範經費尚未籌集，更設法竭力贊助之。至各縣小學之興替，其權操之州縣長官，故對於州縣官獎誡分明，不少假藉。公居職時，各縣教育無不蒸蒸有起色者此也。斯時袁世凱之器公尤甚。泉嘗謁袁，袁曰：『吾治直隸之政策，曰練兵，曰興學。兵事自任之，學則聽嚴先生之所為，予供指揮而已。』先生曾薦泉與高步瀛君編纂《國民必讀》、《民教相安》二書，以啟發國民之知識，印行十萬冊。此外先生復指導同人編輯《教育雜誌》，中小學教科書等，均盛行於全省焉。乙巳清廷設立學部，被任為學部侍郎。先生雅不欲就，政府敦促之始就道。臨行時聚泉等而言曰：『予此行身敗名裂，舉不可知，所可懼者，予所私立之各學校工廠，未知能保存否耳。（斯時公所私立之學校約五處，工廠兩處。）此後對於興學之事，予只能勉助開辦費，經常費多未確定，久則胡易為繼？』蓋先生興學，具唯一之熱誠，深恐功敗垂成，故不憚言之詳焉。」

其官學部，〈事略〉云：「先生之入都也，同僚甚倚重之。然斯時多囿於官僚積習，欲其能直攄胸臆，為清季教育界開一新紀元，未能也。蓋先生早見及之，故獨注意延攬人材，……以為國家培些許元氣。……其時學制已為奏定章程所限，不能大有更張，故多從實施入手。於京師設督學局，以統一都中教育；設圖書局，以編輯教科及參考各書；設京師圖書館，以搜羅故籍；京師分科大學，以造就通材。提學使之制，亦公所手定者。……先生入都辦事，其周詳審慎之態度，尤為人所難及。從政餘暇，則聘專家開講習會，督率部員聽講。今為時遠矣，同時僚友，有談及先生往事者，謂受先生之指揮，雖受苦而有餘甘云。清德宗逝世，攝政王當國，教育益不理，賴張文襄公（時為管學大臣）左右之，始勉強自安。逮文襄逝世，公確見天下事決無可為，遂謝病辭職。蓋先生之政界生涯，於此終矣。」

此為清季嚴氏自督學貴州暨在本籍辦學以迄服官學部殫心學務之梗概，教育家的嚴氏之重要史料也。

陳嵩若（中獄）曾偕趙幼梅（元禮）同編嚴氏遺詩，更纂有《蟫香室別記》，述嚴氏軼事，甚有致。其可與上文所引〈事略〉參閱者，摘錄如次：

「公光緒甲午督黔學，嘗有剴切勸學示論，後段曰：『本院五千里外奉使而來，夙與爾諸生無一面之親，相知之雅，三年兩試，不得不視文章為進退。然私心所禱祝者，竊欲得樸雅之才，不願得浮華之士。校其文藝以覘其所造，察其氣質以驗其所養，面課其言論以測其淺深，密訪其行誼以覈其真偽。文非一手，不能數題而並工；學不十年，不能當機而立應。澆薄戾傲者，名雖久著，亦黜之以儆效尤；敦篤懿實者，辭或未醇，亦進之以資矜式。優行之舉，選拔之試，亦恃此為棄取焉。勉矣夫！縱本院無真鑒，而鄉里有企評；縱人可欺，己不可誣也。』末申以五事：一勸經書成誦，二勸讀宋儒書，三勸讀《史記》《漢書》及《文選》，四勸行日記法，五勸戒食洋藥。（按洋藥謂鴉片也。嚴氏《蟫香室使黔日記》中，極以此項痼習為憂。）」

「公供職學部，……僚屬雖鈔胥之末，亦靡不假以辭色。趙衰冬日，蓋歷來堂官所未有。」

「公在學部，嘗手書應整頓事宜三則，告誡僚屬：一•守時限也。日本人嘗言：欲知學堂管理之善不善，先觀其時限之準不準。由此例推，知非細故。本部員司，或來或否，或早或遲，頗有自由之習。研究之日如期而至者較多，餘日則參差不齊，漫無節制。大率已午之間，門庭寂然，午前後則讙呼並作矣。司務廳為本部門戶，總務司為各司領袖，此兩處事尤重要，而來遲者最眾。誠恐相習成風，日久愈難整頓，宜於新章發布之初，責成丞參嚴定功過。二•戒諠笑也。辦公非會客之所，亦非閒談之地。即有論議，不妨平心靜氣；若雜坐諠呶，鬨堂笑謔，非惟體制不肅，亦恐擾及他人。每司俱設叫鐘，則指使僕役，自無庸聲威並作。三•崇儉樸也。本部會通飭各學堂裁節冗費，欲踐其言，當自本部始。近日部用稍侈矣；涼棚不已，繼之以冰桶，泳桶不已，繼之以風扇；晏安之途愈闢，則勤奮之機愈阻。即為衛生計，亦但取適用，不須美觀。他如桌椅箱廚，乃至筆墨紙等類，皆宜核實預算；日計不足，積少成多。」

「公於張文襄傾倒甚至。文襄歿日，公在鮑家街京寓，方與趙幼梅夜談，聞報，公戚然動容曰：『此我朝有數人物，奈何死乎！』命駕急往，徹夜未歸。」

嚴氏與張之洞之相得，亦可徵焉。之洞《廣雅堂詩集》，嚴氏曾加手注，於詩中所用典故，注釋甚詳，淹博可觀，影印之《嚴範孫先生注廣雅堂詩手稿》是也。（其子智怡跋語，謂：「是集乃民國八、九年先公家居時所手注，一時流覽，有得輒記眉端，未曾排比。嘗託陳丈筱莊持稿示高丈閬仙，高丈微以詳於典故略於本事為言，先公亦深韙之。第以時過境遷，搜採事實，頗非易易，藏之篋衍，尚待增捕，固未為定稿也。智怡深懼先公手澤之湮沒，……乃先將手稿付之影印，蓋即以此作草本，並代寫官也。」）

其在民國，〈事略〉云：「國變後，雖往來南北，未嘗忘情國事，而出處之界則甚嚴。有章式之贈先生詩云：『八表同昏炳一燈，身肩北學老猶能。垂簾賣卜披裘釣，不數君平與子陵。』先生頗愛玩之，是可以見其志矣。……所最難處者，時袁世凱被選為大總統，而與先生有特殊之知遇也。（袁被免職時，先生獨與之送行，又傳有保留袁之奏摺，惜未見。）袁於清季組閣，即荐先生為度支大臣，先生以非所素習辭之。民國以來，關於國務員之網羅，或見諸明文，或暗中推挽，蓋無役不與，然先生一以淡然處之，不稍為動。惟關於故人交誼，於其子弟之教育，頗為盡力，藉以報袁之知遇焉。先生對於民國建國之意見，欲使孫、黃、袁、梁四派，互相握手，以同策中國政治之進，於民國元二年間，頗有所致力。既見事不可為，乃漫遊歐洲。及歸國而袁政府之專橫益不可制矣。先生自此遇事韜晦，惟於帝制發動之初，爭之甚力，有云：『若行茲事，則信誓為妄語，節義為虛言，公雖欲為之，而各派人士，恐相率解體矣。』逮西南起義，袁頗自危，公首勸其撤去帝號。袁逝世，公曾建議於政府當局，請整頓內外金融。彼時財政紊亂，政綱不舉，竟未見之實行。公亦自是專心教育事業，不甚談國事矣。此後數年間，天津私立第一小學，南開學校，進步皆絕速，（南開學校，除中學外，更增設分科大學及女子中學，學生逾數千人。）則公之用力之所在可知矣。民國七年，更偕范靜生孫子文諸君為美洲之遊。……六十歲後，時製古今體詩，聯合同志，主持城南詩社。斯時尤留意國學，組織存社及崇化學會，延章式之先生及諸名宿主講，蓋鑒於國學日替，姑為補偏救弊之謀，與當年之提倡新學，其用心正無以異。……卒後近者哀傷，遠者驚歎，門人私謚為靜遠先生云。」

晚年事蹟，大致如是。惟謂袁世凱免職時，嚴「獨」送行，稍有未符。當時車站送別者，實尚有寶熙、楊度、劉若曾等也。《蟫香館別記》云：「近人陳藻青《新語林》載：『項成放歸彰德，親故無敢送者，獨嚴範孫、楊皙子便衣送至車驛。袁曰：「二君厚愛，我良感，顧流言方興，我且被禍，盍去休。」嚴曰：「聚久別速，豈忍無言？」楊曰：「別自有說，禍不足懼。」』予嘗親詢公，知當時相送者，尚有劉仲魯、寶沈盦，所言未及朝政，即楊皙子亦未為亢論也。」又關於保留世凱之奏，《別記》云：「宣統御極，項城罷職，公專疏密保其仍留外務部尚書任。疏上留中，公日記中亦未載疏稿。劉芸生挽公詩有曰：『朝焚諫草欲回天。』蓋實錄。然去答予詩，因項城事有句曰：『本為哀朝惜異才。』可喻其指矣。」按此所云答詩，係乙丑（民國十四年）作，凡絕句四首，其二云：「本為哀朝惜異才，幾番鑄錯事同哀。拾遺供奉吾何敢，幸未人呼褚彥回。（來詩有杜陵救房琯太白識汾陽之句。）」其指誠堪共喻也。（其三云：「秀才學究兩無成，技類屠龍況未精。庠序莘莘人艷說，吾心功罪未分明。」興學造士，群情翕然欽重，而此詩自視歉然若斯，兢兢之意亦可見。）

〈事略〉言其少年時代云：「十四歲入邑庠，有神童之目。性至孝，父喪三年不入內寢。」其遊庠為夏同善督學順天所得士，旋食餼。按其會試硃卷所載，係府學廩膳生，非邑庠（縣學）。

壬午捷鄉試，出同考官程夔房；正考官為徐桐、畢道遠、烏拉喜崇阿、孫家鼐副之。《別記》

云：「光緒壬午，公應順天鄉試，同考官程午坡先生夔得公二場經藝卷，歎為典核華贍。頭場首題為『子曰雍之言然』，公以偃陪作起講，程初閱未薦，至是覆閱，知非恆流手筆，即為補薦。正考官徐公蔭軒擊節欣賞，與副考官烏公達峰、畢公東河、孫公燮臣三人傳觀，已定首選矣；嗣以二場禮記題『春秋冬夏風雨霜露無非教也』，公誤將雨霜二字顛倒，群相惋惜，乃改為副榜第一。孫去以貝卷二場無佳者，竭力慫恿，宜仍列正榜，惟名次當稍抑之，畢公亦以為然，遂定為第一百九十一名。」蓋緣經文特佳獲售，而當時曾有波折也。（順天鄉試，順直生員列為貝字號，故曰貝卷。）翌年癸未捷會試，中第三名，出同考官尹琳基房，徐桐又充正考官，瑞聯、張之萬、貴恆副之。覆試二等第七十一名，殿試二甲第十一名，朝考一等第十名，遂入翰林。徐氏迭主鄉會（朝考亦在閱卷大臣之列），與嚴氏師生之誼甚深，後雖以守舊派之立場擯嚴，而嚴猶篤念師門。

〈事略〉云：「座師徐桐惡其所為，盡撤去其翰林院職務，遂請假回籍。然戊戌之變，亦未與其禍，公自輓詩所謂『幾番失馬翻僥倖』者，此其一事也。」《別記》云：「光緒乙未，公奏開經濟特科，實戊戌變政先聲，然公亦以此失歡於座師徐蔭軒相國。公黔軺甫還，徐榜於司閽室曰：『嚴修非吾門生，嗣後來見，不得入報。』然公於徐仍執弟子禮甚恭。後徐死庚子之難，客有述前事者，公泫然曰：『吾師仁人，為人誤耳。』」己酉（宣統元年）嚴氏有〈五十述懷〉詩云：「世變滄桑又幾經，十年風景話新亭。鼎湖影斷朝霞闕（兩宮大喪，尚未奉安），劍閣聲殘雨夜鈴。（距辛丑回鑾未滿十年。）大地山河幾破碎，中興將相遍凋零。河清人壽嗟何及，但祝神獅睡早醒。」「最堪思慕最堪傷，師最恩深友最良。（李文忠師、徐東海師、張豐潤師、貴陽樵師、陳君奉周、陶君仲銘、王君寅皆，均殁於近十年。）築室至今慙木賜，（四師之喪，余適家居，均未會葬。）銘碑何日託中郎？（余欲撰亡友諸人事略，乞當代君子銘誄，以不達於辭，至今未果）。秋陽江漢風千古，華屋山邱淚幾行。逝者全歸復何恨，賸余百感對茫茫。」「兩度瀛山採藥歸，漁竿初志竟乖違。（余癸巳舊句云：「有約環瀛縱游後，萬花深處一漁竿。」今乃自倍其言。）不慚高位騰官謗，可有微長適事機？推轂徒貽知己累，濫竽敢恃賞音稀？百年分半匆匆去，差向人前懺昨非。」「惡風捲海浪横流，秦越相攜共一舟。何屑升沈談寵辱，莫緣同異定恩仇。隨波每忧趨庭訓，（先君有句云：「落紅無力恨隨渡。」蓋喻言也。）補漏彌懷忝祖憂。（先本生王考歿時，余年十三，病中召余榻前，訓之曰：「若兄誠篤，吾無憂；若佻薄，可憂也。古句云：『馬行棧道收繮晚，船到江心補漏遲。』小子慎之！」今三十八年矣，言猶在耳，每一追誦，汗未嘗不發背沾衣也。）五夜捫心乎負負，君親恩重幾時酬？」襟期亦可略睹；第二首見對師友之風誼焉。徐東海師，即指徐桐也；張豐潤師，謂張佩綸。《別記》云：「公嘗應學海堂月課，豐潤張幼樵時為山長，批公卷曰：『五藝再求典實，可借書更作之，幸勿以徵逐之故荒其本業也。』公如命更作，並屢為人誦此批，謂：『後日幸獲寸進，微名師督責之力不及此。』」又云：「有好事者戲為聯刺張幼樵，有『北洋贅婿，南海冤魂』之語。某孝廉錄入日記，公見之，深以文人輕薄相戒，促刪去之。趙幼梅云。」

請設經濟特科之奏，係上於丁酉（光緒二十三年）九月，時尚在貴州學政任也。其《蟫香館使黔日記》，九月二十四日有「是日拜發條陳設科摺」之語，即謂此。（世或以其請開特科而傳為倡廢科學，係出誤會。嚴氏此摺旨在注重提倡科學，並非倡廢科舉。）慈禧回鑾後，雖重採前議，有經濟特科之試，則事類妝點，世不甚重現之矣。嚴氏卒後，其子智怡曾擬將摺稿影印，以貽親友，會智怡卒，未果行。（《使黔日記》為嚴氏督學貴州時所記，始於由京出發，訖於解任回抵京師。其在黔甄才課士暨體卹寒畯諸端，可於此得其大凡。）

嚴氏自乙巳（光緒三十一年）十一月拜學部侍郎之命，至庚戌（宣統二年）二月辭職得請，以後未再服官。乙丑（民國十四年）有〈過教育部門車馬塞途感賦〉詩云：「祇道門前雀可羅，依然轂擊復肩摩。紛紜朝局浮雲幻，沈滯郎曹舊雨多。九食三旬官俸祿，十寒一暴士絃歌。街頭賣餅師應記，又見高軒換幾何。（共和初元，袁樹五嘗謂人云：「學部教育部尚侍丞參總次長司長參僉，十年以來，殆百數十易，惟門外賣湯麪餃者，尚是舊人。」今又隔十餘年矣，個中人又不止百數十易，而賣湯麪餃人故當如舊也。）」想見情致。

王仁安（守恂）序其詩有云：「一日與範孫閒談，範孫笑而問曰：『今人尚新體詩，曾見有工新體者，謂我詩頗與新體近之，是何說也？』守恂笑而答之：『此無他，公之詩，情真理真，不牽強，不假借，不模糊，不塗飾，如道家常，質地光明，精神爽朗，能造此境，又何新舊之殊與古今之異？』相與一笑而罷。」又趙幼梅序謂：「先生之詩，不多作，亦不尚宗派，而天懷淡定，純任自然，溫柔敦厚之旨，每流露於不覺。……蓋非尋常琱章琢句者之可幾也。」於嚴氏之詩，均道得著。

嚴氏雖不以詩鳴，而其詩亦自可傳耳。

《別記》云：「公於丁卯親擬家訓八則：一．全家均習早起，二．婦女宜少應酬，三．夜不出門，四．消遣之事宜分損益，五．少年人宜注重禮節，六．少年人宜振刷精神，七．勿妄用錢，八．周恤親友。」又云：「公論禮，謂宜斟酌古今。鑒於近世喪禮多悖古制，因親擬八則，以詔子侄：一．人死登報紙告喪，不必致卦。二．孝子不必作哀啟；如作哀啟，但述病狀。三．不唪經，不樹幡竿，不糊冥器，不焚紙錢。四．樂但用鼓。五．首七日辰刻發引，即日安葬。六．發引前一日開弔。七．開弔款客，不設酒，不茹葷。八．通知親友，不受一切儀物；如以詩文聯語相唁者，可書於素紙。」又云：「公歿於己巳二月初五日（按民國十八年三月十五日也）。先是，正月間，城南同社以公年七十，方謀徵詩為壽，公乃作避壽辭曰：『壽言之體，有文無實。言苦者藥，言甘者疾。使人諛我，人我兩失。便活百年，不作生日。』其時公已病矣。正月二十一日，病小差，復預作自挽詩。同社咸以為戲言，不圖遂成詩讖也。」均足資研究嚴氏者之參鏡。（其自挽詩云：「小時無意逢詹尹，斷我天年可七旬。向道青春難便老，誰知白髮急催人？幾番失馬翻僥倖，（戊戌失歡掌院，免於黨大之禍。庚子避地未成，免於流離之禍。辛亥棄產，約已立矣，因彼方中悔，反獲保全。）廿載懸車得隱淪。從此長辭復河恨，九泉相待幾交親！」）

〈事略〉述事竟，繫之以論曰：「先生為人，外寬厚而內精明。事變之來，往往觸於機先，故數當危疑之局，而未與於難。自治嚴，遇人則厚；居官時京外餽遺，一概謝絕，而親故之婚喪慶弔，應之惟恐不豐也。交遊遍海內外，至其門者均有賓至如歸之樂，且皆仰為中國教育家焉。其處事之法，細密而精嚴，每舉一事，規模務取其小，及擴而充之，便至於不可限量。國變後，純用間接法以促事業之進步，自居於贊助地位而已，亦時勢使之然也。然於社會之教育實業自治公益等事，無論出於何人，必贊助之，不遺餘力，絕非若前清遺老之流，以苟簡自安者可比。又，慈善事業，尤先生家傳之美風，平時親友之賴以舉火者多矣。庚子一役，全活尤眾，至今路人稱之。近年天津屢驚戰禍，公集合邑中同志，出任維持，地方得免於難，以人望之歸也。公之著述，有嚴氏《教女法》、《歐遊謳》、《張文襄公詩集注》、《詩集》、《日記》等書。詩文不自檢束，散見者雖多，既未暇編訂，先生復謙挹不欲刊行。然先生之自律，以實不以文，竊願觀先生者，應注意其平生事業及實踐道德，無徒以文字間求之也。」尤可覘嚴氏之為人矣。（其著作已有印本者，為《使黔日記》、《廣雅堂詩注》、《教女歌》、《歐遊謳》、《手札》。聞有《自訂年譜》，尚未印行也。）

天津《大公報》有〈悼嚴範孫先生〉（民國十九年三月十六日社評）云：「……以興學為務，……華路藍縷，慘淡經營，……數十年前嚴氏提倡之誠，赴義之勇，飲水思源，有令人不能不肅然起敬者。民國成立以還，……袁世凱炙手可熱之時，北洋舊部雞犬皆仙，獨嚴以半師半友之資格，皎然自持，屢徵不起，且從不為袁氏薦一人。以袁之梟雄陰鷙，好用威嚇利誘，侮弄天下士，獨對嚴氏始終敬禮，雖不為用，不以為忤。……公私分明，貞不違俗，所謂束身自愛抱道徇義者，庶幾近之。繼袁當國者，如黎馮，如徐段，如曹張，或與有舊，或慕其名，皆欲羅致之，而卒不能，其處身立世之有始有終，更可見矣。然以此認為嚴氏以遺老自居，則又不然，蓋從未聞其以遺老招牌有所希冀也。就天津論，以嚴氏資望，儘可操縱地方政治，干預公務；乃嚴氏平居除教育及慈善事業外，惟以詩文自娛，從不奔走公門，一若官僚政客劣紳土豪之所為。門生故舊，多主學務，亦儘可朋黨比周，把持教育，乃從未嘗有私的組織，受人指摘。以天津人事之複雜，派別之紛歧，入主出奴，甲是乙非，乃獨對嚴氏，無論知與不知，未聞有間言，非所謂眾望允孚者歟？跡其狷介自持之處，固有類於獨善其身者流，非今日所宜有；然就過去人物言之，嚴氏之持躬處世，殆不愧為舊世紀一代完人，而在功利主義橫行中國之時，若嚴氏者，實不失為一魯靈光，足以風示末俗。嚴氏其足為舊世紀人物之最後模型乎？在吾人理想的新人物未曾出現以前，對此老成典型，自不能無戀戀之私。有心世道者，或將與吾人抱同感歟！」

所論多中肯。惟嚴氏以年輩論，固可為舊世紀人物之典型，而平日主張新舊學並重，於新的方面，並不落伍，殆未可專指為舊世紀人物也。

辛丑回鑾瑣誌

庚子之役，清孝欽后（西太后）釀成巨變，迨聯軍至京，倉皇挈德宗（光緒帝）奔避至陝。和約之締，創深痛鉅，國殆不國，而事定回京，興高采烈，臣下逢迎，沿途辦差，多所糜費，閹人隨從，交極恣橫，地方官以辦差不力獲咎者，有臨潼知縣夏良材，其事頗可述。

關於此案，辛丑八月二十六日上諭云：「升允奏首站要差，辦理不善，請將該地方官懲處一摺。據稱：本月二十四日，臨潼首站，於應備供應全未辦理，次日新豐中伙及零口住站俱極草率，侍從官員甚或枵腹，該縣輒稱連日有冒稱王公僕從結黨攫食，藉口並不設法，實屬疲玩無能，請將該署臨潼縣知縣夏良材即行革職，並自請議處等語。此次回鑾，送經諭令沿途地方官於一切供應務從儉約，並先期行知定數，內監人等及扈從各官，亦均三令五申，不准稍有擾累情事，朝廷體恤地方之意，已無微不至。乃該署縣夏良材，應備供應漫不經心，藉口搪塞，多未備辦，所有隨扈官員人等不免枵腹竟日，殊屬不成事體。以誤差情節而論，予以革職，實屬咎有應得。朕仰承慈訓，曲予優容，著加恩改為交部議處。升允自請議處，著寬從免議。該撫仍當督飭經過各地方，懍遵前旨，妥為備辦，如有冒名攫食之人，即令派出各營立時查拿，嚴行究辦。」就此諭而觀，夏良材固有應得之咎也。（升允時以陝西巡撫督辦前路糧臺。）

胡延〈長安宮詞〉詠此有云：「繡嶺雲開駐綵旂，行廚日午斷炊煙。去時飢渴來時飽，信是溫涼兩樣泉。」自注：「同鑾前一月，東路五州縣各發帑金萬數千有差，行宮蹕路及隨扈王公大臣供張悉取給於公，不以累縣官。臨潼一尖兩宿，領帑較多。去年聖駕經此，知縣舒紹祥倉卒供應，極為整齊，從官亦皆果腹。本年八月二十四日聖駕還駐華清宮，翌日駐蹕零口，署知縣夏良材竟不為從官設食，王公以下莫不枵腹，以至人人怨怒。巡撫升允劾之，兩聖不欲以供張之故重譴州縣，加恩交吏部議處。良材藉口於兵丁攫食，其實署內僅設一廚，即無攫奪之事，亦斷不足供千人之食也。驪山溫泉，別有一源極寒，浴之已疾。」又甓園居士（劉焜）《庚子西狩叢談》（記述吳永所談）卷四（上）云：「八月二十四日辰刻，兩宮聖駕自西安行宮啟蹕，……冠裳蹌濟，異常熱鬧，……較來時光景，當然大不相同。駐蹕臨潼縣驪山行宮。二十五日由驪山行宮啟鑾，至臨口鎮駐蹕。自驪山至四十里，均臨潼縣境，臨潼令夏良材，絕無預備，乃避匿不出，王公大臣，多至枵腹，內膳及大他坦均不得飽食，（按「大他坦」者，謂閹人所居，因亦以指眾閹也。胡延〈長安宮詞〉注言西安行宮事有云：「內監惟御前供奉者在宮中，餘俱在宮門外東街箭道，謂之大坦坦。」坦坦即他坦，由滿語音譯，無固定之字也。）大他坦且無煙火，夜間殿上竟不具燈燭，上賞內監銀二百兩，令自覓食，此亦絕異之事。上年予在懷來時，拳匪圍城，潰兵四竄，正性命呼吸之際，而兩宮倉猝駕至，予尚能勉力錢去罷罷。」遂有賞銀之事。升允隨扈，聞而亟將夏氏召至，帶往宮門請罪，並具疏劾之。后召見升允，諭以事可從寬。帝亦言，回鑾之如，不宜以辦差罪有司。夏乃得免即行革職之處分，惟仍是罷去也。余所聞如此，意者夏氏辦差容有草率之處，若完全無過，升允頗以剛正見稱，似不應不為申理，遽加參劾。升摺原文未見，其見於上諭者，惟云「王去僕從結黨攫飲」（且加以「冒充」字樣），為閹人開脫，則所謂面子問題耳。當時情形，蓋閹人倡率滋事，王公僕從暨兵丁輩隨而攫掠也。

升允頗以剛正不畏強禦見稱於時，其事有可附述者。后帝在西安時，有一閹人寓所失竊，告長安令某為緝之。越數日，遇令於宮門，詢已破案否？令答尚未，怒而批其頰，令當眾受辱，不能堪，申訴於升允。升允大怒，即往晤總管李連英，語其事，並問曰：「此事總管奏，還是我奏？」升允性素強果，李閹知不能同護，乃曰：「此輩胡鬧，必須嚴辦，即請大人奏聞，一面並由某面奏。」事既上聞，孝欽批交咸寧縣（長安、咸寧二縣均為西安府附郭首邑，民國廢府，裁併咸寧入長安）監禁，德宗更於「監禁」上加「永遠」二字。（時帝稍得發舒，回京後乃文如前，不得有所主張矣。）處置頗為嚴厲，升允風骨亦可於茲略見。（惟回鑾啟程時，此閹仍得釋出，隨同回京，蓋仍由李閹輩為乞恩於孝欽耳。）至回鑾隨扈時，《庚子西狩叢談》卷四（上）云「九月……初五日，自潼關啟鑾，至閿鄉縣駐蹕。……昨日喀爾喀親王那彥圖之親隨，在潼關捲取鋪墊等物，委員候補巡檢李贊元向前阻止，該親隨竟縛而撻之於市。經升中丞據實奏參，奉旨，那彥圖著交理藩院照例議處，其滋事親隨，著升允嚴訊懲辦。此事頗快人意，吉帥之風骨凜然，不避親貴，殊可敬也。……二十日，仍駐蹕河南在洛供應，延方伯給以三萬，怏怏而回，仍就地羅掘以供所需，故一切部署，無不力從豐贍。又以重賂深結李蓮英，終日在李室，手持水菸袋，當戶而立，與出入官員招呼點首，以示得意，豫中同官，皆心鄙之。松撫每告所屬，謂我們河南現在已出了一個紅員，蓋即指文而言。臨潼之草率，此間之繁靡，可謂過猶不及。蓋兩人各有目的，一圖現在之利，一覬將來之名，用意不同，出手因而各異。但論損上損下之區別，則猶覺彼善於此矣。申刻駕入洛城駐蹕。……先是此地預備寢宮，擬請皇太后皇上同居一處。適侍郎桂春在汴，力言無此體制，諸多不便，乃臨時拓地改造。故皇上寢宮甚為逼窄，大阿哥住處尤窄。太后寢宮獨宏敞，後窗外有極大地坑，上安木門，可以燃炭，從地道通入室內，蓋預備在此過冬取暖也。行宮工程，原估二千四百串，現用至三萬餘兩云。十七日，仍駐蹕河南府，奉旨須留駐五天。……十九日，仍駐蹕河南府。……歷覽三龕湧珠泉賓陽洞諸勝蹟，房廊戶牖，並加丹雘，與予夏間經此，已煥然改觀矣。……二十四日早，自河南府啟鑾。」衡量文、夏二人，於文尤深致不滿焉。至謂文悌「殊失將順之義」，實則正是工於將順孝欽之意恉。至謂旨之申儉約戒鋪張，不過表面說法，所謂官樣文章耳？若果出真意，對於文悌之耗民力以事華侈，何未聞加以譴責，且未幾擢官貴州貴西道乎。後入直隸（今河北）境，直督袁世凱窮極奢麗以辦差，深博后寵，倚畀日隆，尤可見矣。（其對夏良材示寬容，乃於「務從儉約」一類話頭敷衍題面也。）后帝寢宮，相形懸絕，則王小航（照，晚以字行）《方家園雜詠》所謂「蔑主惟知太后尊」也。《雜詠》云：「炎涼世態不堪論，蔑主惟知太后尊。丙夜垂裳恭侍立，膝前嗚咽老黃門。」《紀事》：「……保定行宮，太后寢宮，鋪陳華美，供給周備，李蓮英室次之，皇上寢宮極冷落。宮監及內務府諸人趨奉太后事畢，各散去飲博或休息。李蓮英伺太后已睡，潛至皇上寢宮，小閹無一在者，上一人對燈兀坐。蓮英跪安畢，問曰：『主子為何這時還不睡。』上曰：『你看看這屋裡，教我怎麼睡。』蓮英環觀之，時正隆冬，宮中除硬胎之坐褥椅墊靠枕外無他物。蓮英跪抱皇上之腿，痛哭曰：『奴才們罪該萬死也。』蓮英出，旋抱衾枕至，曰：『今夜已深，不能再傳他們。這是他們為奴才所設被褥，請主子將就用之，奴才罪上加罪，已無法。』……」蓋李閹對帝猶知顧念，亦以將來事未可知，帝或有重握政權之一日耳。聞行宮諸室之陳設，李閹室之奢麗，幾與孝欽室相埒，僅不用黃緞，為其差異。若德宗室，乃較之遠遜，此大怪事。袁世凱輩殆已料定德宗難逃孝欽掌握，終無再起之望歟？若大阿哥溥儁，雖曾蒙后眷，欲以代帝，而因其父端王載漪已開罪外人奪爵充發，勢將廢黜，（十月二十日，在開封降懿旨：「溥儁著撤去大阿哥名號，立即出宮，加恩賞給入八分公銜俸，毋庸當差。」聞此人今尚存居北京。）故已被目為贅疣矣。

又聞駐蹕河南府時，值天寒，傳命備木炭，供爐火用。洛陽令某亟選購進呈，閹人斥曰：「此何等物，可供上用耶。」令曰：「此即為本處最上等之木炭，無更佳於此者。」閹曰：「宮中用炭，例有一定尺寸形式，須完全一律。其速更易送來，勿誤要差。」令無奈，挽人疏通，並致賂，始獲原物收進云。

（附）辛丑回鑾瑣誌補遺

李丕之

讀徐一士先生〈辛丑回鑾瑣誌〉，有與家嚴相關之記載，徵引取材，雖係節錄他書，頗與事實略有出入，又以語焉不詳，爰加補贅，用為前朝軼事之餘沫。

庚子之役，聯軍入京，兩宮奔西安。翌年和約媾成，疆吏為謀回鑾時供應妥善計，於行在所經，設皇差支應局，局設委員以司其事。《庚子西狩叢談》所載：「委員候補巡檢李贊元」者，即皇差支應局委員也。時家嚴以奉天附貢，分發陝西，是役適在潼關辦理皇差支應事宜。支應皇差，仔肩之重，事務之繁，自不難想像而得。加以閹璫豪奴，倚勢揚眉，王公恃尊，凌轢小吏，周於應付之苦，雅非局外人所能臆度者。茲就所聞於嚴君者，筆而公之本編，事固無當於文獻，或可有裨於談助也。

支應局之職司，如鑄造金銀餐具，行宮所用之帘帳被褥，及御用各物；此外尚為扈從王公及大臣之位敘一品者備公館洎器用，下此者聽其自營，不遑兼顧也。喀爾喀親王那彥圖為扈從大員之一，行轅中敷設之帘褥等物，皆製以紅緞，加繡團龍於其上，從儀制也。離潼時，其親隨有所謂「管事大臣」者，束之行囊中。家嚴以公帑所置，事後尚待報銷，未便聽其攜去，出而尼之。親隨不從，語多齟齬，辭且侵王。親隨遂向那王報告。王怒，令縛之，親隨遂即縛之。時支應局人員馳告升允，升允著親隨四人持名刺索家嚴去，迨步出行轅，已在升中丞親隨之監護中，自無「撻於市」之理，不難以事理推翻得之。《西狩叢談》所載，或係誤聞誤筆也。家嚴赴陝撫行轅，途經權閹李蓮英寓所。李適立門外，顧詢何往？家嚴盛怒不答，李遂回謂侍閹曰：「小李先生為什麼怒形於色？」（家嚴時年未及卅故有此稱）會有知者，以實對。謁升允，升允頗直其行，不以忤王為罪。返塗仍遇李閹於其門外，呼家嚴與共話，且謂「那彥圖扈從聖駕，尚敢胡為，實屬不知王法。今天吃點虧，不要緊，等機會，大家吹風兒也會吹倒他。」鑾輿既啟，升允遂以白簡劾王。理藩院議處後，有旨：罰俸兩年。評者多謂非李某不能干權貴，非升允亦無以全李某，有骨鯁之上司，斯有骨鯁之僚屬，時論翕然兩美之。

此後，家嚴遂為一般廷臣所注意，如北洋大臣榮祿（為孝欽后之姪，曾兩度倩家嚴為書札。）荊州馬將軍等，咸加激賞，推誠延攬。雖未眾教沐澤，而知遇之感，終身弗諼。嗣貽穀以禮部侍郎出任綏遠將軍，家嚴任其欽差晉邊墾務大臣行轅總辦，相與之關係，蓋亦因緣是役也。

駐蹕潼關時，家嚴因職務關係，與巨璫接觸之機會殊多。此輩以李蓮英為巨擘，啟鑾時，太后輿後李閹以騾車從之，一切要事，王公大臣匆遽中不能奏太后者，先向李閹諮啟，閹輒倨坐車中，頤指手劃，以處萬事！皮學禮及崔玉貴為次要人物，然權變機警遜於李，恒喜以勢屈人。

崔玉貴豢健走毛驢一，日可二百餘里，哈巴狗見一，極纖小玲瓏之致，納之袖中，扈駕入陝，倉卒中將與俱西，所謂性命以之者也。知府衙門為駐蹕之所，知府某，侍衛於二門之外，崔適見之，招手呼之來，詢以：「汝何人何職，終日蹀躞庭中，所典何事？」知府對曰：「卑職即潼關知府某某。」崔聞之遽喜曰：「甚好！汝既是此地知府，有一事須煩尊駕。」導之入門內，指牆下狗矢，著知府持畚帚掃除之，且曰：「老佛爺倘興發出外散步，睹穢物必見責也。」知府不敢多言，懼有罪譴，遂吞聲除之。

當日閹璫之所為，恣橫無狀，筆所難罄，徒知壅蔽內外，從中取事。內則乘間蹈隙，堅忍協謀，窺伺上意，頗能以小人之忠信邀功固寵；外則憑依宮廷，結黨樹權，譸張儕妄，擅作威福。於是倖倖勢長，元良氣消，上下離心，國運潛移。竊以為有清絕祀之條件固多，閹禍實為主要之一。覆亡之實，雖未踵秦漢唐明酷烈之跡，蓋亦僅矣！

兩探花——胡家玉與黃貽楫

科舉時代，以鼎甲為殊榮，殿試一甲凡三人，賜進士及第，（二三甲則曰進士出身，賜同進士出身。）謂之鼎甲。第一名稱狀元，臚唱後即授職翰林院修撰；第二三名稱榜眼、探花，均即授職翰林院編修。以視二三甲進士之選為翰林院庶吉士，下科時散館試前列，始得在翰林院授職者（二甲授編修，三甲授檢討），待遇實為優異。散館之試，為庶吉士一緊要關頭，往往改官主事知縣等而逐出翰林也。惟鼎甲雖經授職在前，已可放督學典試之差，應散館試時地位較為穩固，而亦難絕對保險。如試卷發生疵謬，仍有不獲留館逐出翰林之虞。有清故事，大致如是。道光辛丑探花新建胡家玉，同治甲戌探花晉江黃貽楫，均於散館時改官主事，回首玉堂，同病相憐，談者每並舉之。如龍顧山人（郭則澐）《十朝詩乘》卷十六云：「狀元散館罕斥退，榜探則恒有之。初得改員外，孫淵如後，一甲斥退者悉改主事。胡都憲（家玉）以『烏有先生』誤書『先王』置劣等，吾鄉黃比部（貽楫）以『蔚藍』誤『蔚蔚』置劣等，皆探花也。都憲聞黃事，歎曰：不圖乃得此後輩。」（其〈滄趣樓律賦序〉，有「先王之訛，摘疵一字」語，亦即指胡事。）此探花前後輩二人，洵可相提並論焉。（關於乾隆間丁未榜眼孫星衍己酉散館改主事事，李次青（元度）〈孫淵如先生事略〉（《國朝先正事略》卷三十五經學）云：「五十四年散館試「厲志賦」，用《史記》『鞫鞫如畏』語，大學士和珅疑為別字，置二等，以部曹用。故事，一甲進士改部，或奏請留館。時和珅知先生名，欲令屈節一見。先生不往。曰：吾寧得上所改官，不受人惠也。遂就職。又編修改官可得外郎，前此吳文煥有成案，或謂君一見當道即得之。先生曰：主事終擢員外，何汲汲為？自是編修改主事，遂為成例。」）

胡家玉散館見擯，如郭民所云，由於誤「烏有先生」為「烏有先王」，蓋本諸前人記載。如歐陽宋卿（昱）《見聞瑣錄》後集卷四述及胡事有云：「總憲散館題為『擬司馬相如子虛賦』，賦成，斑駁陸離，動人心目，惟『烏有先生』誤寫為『烏有先王』。倘遇愛才者，則王字出頭一撇，加之甚易。而總憲素負才名，書法尤冠一時，忌之者眾，故特摘其疵累，皆不肯援筆以保全之也」。即亦言「烏有先王」者。（憶他家所記更有同之者，此說傳衍頗盛也。）惟據胡氏所記，則其誤乃「管城先生」而非「烏有先王」。胡氏既於辛丑（道光二十一年）授職編修，未及散館，即於癸卯（道光二十三年）簡故貴州學政。任滿回京，丁未（道光二十七年）始補應散館之試，其自訂《夢輿老人年譜》記丁未散館云：「四月補散館，越日閱卷，穆相居首，予卷分在黃侍郎（琮）處，擬第一，送穆相定前後，置第二。眾見首卷序賦皆有疵，以為不可作館元，白穆相。穆怒曰，由諸公評定。季仙九取予卷細閱，驚而詫。眾視之，則首句有『即墨大夫問於管拔先生曰』，『生』字誤作『王』字也。復白穆，穆曰，此三等卷也。眾曰：寫作俱佳，一字筆誤，置一等後可矣。穆不許，遂置二等二十名後。引見改部屬，分刑部四川司。」其自記如此，當屬可信，不知何以競傳為「烏有先王」也。至其題目，自亦非「擬司馬相如子虛賦」矣。（究係何題，待考。）閱卷諸大臣本以穆彰阿所定首卷有疵，不堪為館元（散館試第一名之稱），言於穆，蓋欲以胡卷易之，不意觸穆之怒，而「管誠先王」適又被季芝昌看出，於是以穆之遷怒致翰林不保，得失之際，此一字之關係，洵非同小可哉。穆彰阿時以文華殿大學士為軍機大臣，閣席樞席，均居領袖，宣宗倚任最隆，有權相之目，宜諸大臣縱有成全之意，難與固爭也。（歐陽氏謂胡疵被摘緣忌之者眾，似未必然。至援筆代改，亦未免言之太易。）

黃貽楫於甲戌（同治十三年）以探花授職編修，丙子（光緒二年）應散館試，又以一字之誤改主事，彼誤於賦，此則誤於詩。詩題為「際天菽粟青成堆（得青字）」。句中誤「拖藍」為「拖蔚」，（非「蔚藍」誤「蔚蔚」。）遂以三等改主事。李蒓客（慈銘）丙子四月二十八日日記云：「錢唐張景祁賦足冠場，而開韻誤書『崔嵬』作『崔巍』，遂置三等第一。黃貽楫詩中『拖藍水滿汀』句，誤書作『拖蔚』，置三等第三。陸潤庠詩首句『一望茫無際』，『茫』字誤書作『芒』。文用『殷其雷』，『殷』字為平聲，而以一等得留。」當時所記如此。蓋此次散館，賦極佳而以一字之誤逐出翰林者，尚有一庶吉士張景祁，（賦題為「擬唐李程日五色賦（以德動天鑒祥開日華為韻）」。）甲戌狀元陸潤庠，如李所云，亦幾遭不測焉。又翁叔平（同龢）丙子四月二十日日記云：「黃貽楫詩中訛「拕藍」為「拕蔚」，遂置三等。嘻，惜哉。」二十二日云：「訪黃濟川編修。散館列三等，詩中訛

讀《崇德老人紀念冊》

近讀《崇德老人紀念冊》（衡山聶氏刊），其目為：（一）欒山公事略，（二）欒山公誡子書，（三）亦峯公辦理新寧余李兩姓械鬥案紀略，（四）亦峯公勘訊趙莫兩姓田坦案稟稿，（五）仲芳公軼事，（七）崇德老人高壽厚福之由來，（七）曾文正公手書功課單暨崇德老人跋，（八）崇德老人書不忮不求詩，（九）亦峯公、仲芳公、曾文正公、崇德老人小像，（十）崇德老人自訂年譜。

崇德老人為湘鄉曾文正（國藩）最幼之女，所謂「滿女」「滿小姐」也。名紀芬，適衡山聶仲芳（緝槼）。諸姊均適名族，而處境皆不佳，惟老人遐齡淑聞，福德兼雄，靈光巍然，世欽人瑞。卒於壬午年十一月二十三日（民國三十一年十二月三十日），壽九十有一，其子其昌、其杰等為刊此珊，用資紀念，嘉言懿行，於斯足徵，洵賢妻良母之模範人物也。

此冊可藉以考見曾、聶兩家之事，而關乎政治暨社會之史料，以及名人軼事，復多寓乎其中。即就史料而論，其價值亦殊匪細，固吾人不可不讀之書也。

曾、聶兩家，其曾氏家世，以文正暨忠襄（國荃）之名著寰區，世多能詳。聶氏家世，則知者較少，實亦湘中望族，其先且於雍乾間已以名德見重矣。《崇德老人自訂年譜》乙亥（光緒元年）所紀云：「初，聶氏自南宋居於江西清江。清初有應禪公者，遷於湖南衡山，是為第十三世。至第十五世樂山公諱繼模，以名德重於鄉里，精醫理，常入縣署獄中，為囚治病，自設藥店，並以藥施之，至老不衰，縣令以公為封翁謝之，而公仍徑行不報。子環溪公（先燾），以乾隆丁巳進士選授陝西鎮安知縣，樂山公馳書訓子，言甚深至，載於《經世文編》。壽至九十三，環溪公亦年七十八始卒。環溪公孫京圃公（鎬敏）、心如公（鏡敏）、蓉峯公（銑敏），聯翩科第，敭歷曹司，均在嘉慶初年，湘南於時稱盛。亦峯公（爾康）即環溪公曾孫也，以咸豐癸丑翰林散館，揀發廣東知縣，歷宰劇邑，累官至高州府知府，補用道員。廣東劇邑，號為難治，公勤恤民隱，循聲昭灼，所刊《岡州公牘》等書，為公一生精力所萃』。可見大略。仲芳為亦峯公子，由監司而躋封疆，歷撫江蘇、安徽、浙江，（冊中稱中丞公。）開缺後丁母憂，以毀卒。（其弟季萱旋亦以哭母兄而逝。）得旨宣付國史館孝友傳，並賜一門孝友匾額，事蹟具詳冊中。

關於樂山公馳書訓子事，〈樂山公事略〉云：「寄書訓子，教以治民教士之法。陳文恭公時為陝西巡撫，見其書大為稱賞，刊發通省官廳，以資策勉。此書後刻入《經世文編》，為世傳誦。」冊載原書，庭訓官箴，深可玩味。以未嘗服官之人，而言之委曲精詳若是，尤為難得，書後附有環溪公跋云：「桂林陳公撫陝時批先君子此書凡三番，初云：『布衣也，表裡雪亮，總由根底深厚，人情物理無不洞悉入微，安得如斯人者出為民福。』既云：『臨潼旅次閱鎮志，再繹此書，理足詞摯，何其真切有味也？直可為居官龜鑑，不僅庭訓可傳已也。』最後云：『祇此一篇，抵過著書數十卷，爰樂為圈法，用廣穀詒。』男燾謹述。」陳文恭（宏謀）為乾隆間名臣，久任疆圻，講求吏治，稱許此書，至再至三，信乎其可傳也。左文襄（宗棠）於此書亦極注意，見〈仲芳公軼事〉。據云：「先君初謁左文襄公於金陵，年方二十七歲。文襄問先君，有名繼模作誡子書者，是府上先代否？先君答是先太高祖。文襄問尚能記憶其文否答？曰：能。文襄曰：『我二十年前於《經世文編》中讀此文，甚為嘉嘆，至今尚能成誦。』即對先君背誦其文數段，先君於其漏落處為正其誤，文襄甚喜，曰：『數典不忘其祖，可嘉也。』」文襄雖以武略顯，固亦重視吏治者。關於以醫術濟人事，〈事略〉更有云：「八十四歲，先燾丁繼母憂歸，以公高年，遂不復出。一日深夜，雪中有敲門乞赴診者，子先燾起應門，告來人曰：『老人年高，深夜不能驚動，候天明來可也。』公已聞聲振衣起矣，即呼子入內曰：『此是生產危急，何可遲誤？』遂著屐偕行。其捨己濟人之心，如此真切，殆醫界所罕有也。」良足風已。

〈亦峯公辨理新寧余、李兩姓械鬪案紀略〉，〈亦峯公勘訊趙、莫兩姓田坦稟稿〉，讀之可見其宦粵政績之一斑，蓋心精力果，尤重民命，異乎俗吏所為也。

曾、聶兩家之締姻，忠襄所主持也。《崇德老人年譜》己巳（同治八年，十八歲）云：「十月間……，余之姻事即定議於此時，忠襄公作伐之函今猶在也，納采、回聘等事皆忠襄公代辦。」又按文正日記是年十一月有云：「接澄沅兩弟信，澄勸送眷回籍，沅擬以晚女許聶家，皆有肫誠顧恤之意。久宦於外，疾病相尋，如舟行海中，不得停泊，惟兄弟骨肉至親能亮之也。」蓋深感其意焉。

《年譜》紀幼時事，如癸亥（同治二年，十二歲）有云：「余幼時頭上常生蝨，留髮甚遲。十一歲始留髮，因髮短年稚，須倩丁婆為余梳頭。其時方行抓髻，須以鐵絲為架而髮繞之。余聞而以意仿製，為之過大，文正見而戲曰：『須喚木匠改大門框也。』文正平日對兒女極嚴肅，惟亦偶作諧語。文正又嘗對歐陽太夫人云：『滿女是阿彌陀佛相。』阿彌陀佛者，湘鄉語云老實相也。」家庭瑣屑，寫來亦有趣致，文正性甚嚴正，卻又以好作諧語著稱也。

文正治家，以勤儉為主，其見於家書家訓及《崇德老人年譜》者，不一而足，雖臻通顯，而於保持勤儉之家風三致意焉。治家之善，令人嘆服。崇德老人自幼親承庭訓，適聶而後，守文正之遺恉，亦以勤儉持家，歷久不衰，蓋文正之遺澤遠矣。

其尤足動人觀感者，文正在兩江總督任時，為家中婦女定一功課單，分食事、衣事、細工、粗工四項，見《崇德老人年譜》戊辰（同治七年，十七歲）云：

> 是年三月由湘東下至江寧，二十八日入居新督署。五月二十四日，文正公為余輩定功課單如左：

早飯後	做小菜熱心酒醬之類	食事
巳午刻	紡花或績麻	衣事

中飯後　　　做針黹刺繡之類　　　細工
酉刻過二更後　做男鞋女鞋或縫衣　　粗工

吾家男子於看讀寫作四字缺一不可，婦女於衣食粗細四字缺一不可，吾已教訓數年，總未做出一定規矩。自後每日立定功課，吾親自驗功。食事則每日驗一次，衣事則三日驗一次。紡者驗線子，績者驗鵝蛋。細工則五日驗一次，粗工則每月驗一次。每月須做成男鞋一雙，女鞋不驗。

右驗功課單諭兒婦姪婦滿女知之，甥婦到日亦照此遵行。

同治七年五月廿四日

家勤則興，人勤則健，能勤能儉，永不貧賤。以侯相之尊，兼圻之貴，家中婦女，乃於此種功課單下勤其操作，使今日所謂新式家庭「摩登」婦女見之，當為失笑。然文正治家之精神（淳樸勤儉），斯實寓焉。今時易事遷，固難盡泥，而其命意所在，仍足師法也。崇德老人能師其意，故克以善於持家聞。此冊特影印文正手書此項功課單之原蹟，並將老人民國三十年跋語（時年九十矣）一併影印。跋語云：「吾家世居湘鄉深山，距河甚遠，地方俗尚勤樸。文正公歷游南北，目睹都市浮華虛偽之習，早知大亂之將至。後居高位，深恐家人染奢惰之習，決計仍返鄉居，以保存勤儉耕讀之家風，此功課單即本斯旨。我國舊日女子習文事者，每每趨向浮華，而厭棄勞作。文正公教余等，於勤儉、早起、衣食工作數事，躬親督責，不稍寬假。常言人之幅澤有限，幼年享用則老年艱窘，凡人均應學多作有益於人之事，況此均分內之事乎？迴思生平所得受用，皆由受此基本訓練之所致也。近來女子教育摹仿西洋，以享樂為目的，視奢惰為當然，其影響於社會國家者已可見矣。因敬刊此單行世，或於民族復興之教育有所貢獻耳。民國辛巳仲秋聶曾紀芬敬識。」詞意極其肫切，知湘人淑世之意深也。

崇德老人之手書影印於冊者，更有所錄文正不忮不求詩。以其垂訓警切而醒豁，為極佳之格言，凡書數過，或以應乞書者，蓋亦含有勸世之意。此為民國三十一年所書。（時年九十有一，即其逝世之歲也。）亦附有短跋云：「同治庚午，先文正公奉命赴天津辦理教案，事機嚴重，慮有不測，手書遺訓，作此二詩，以誡子孫。曰：忮不去，滿懷皆是荊棘。求不去，滿腔日即卑汙。臨難之際，惟以此為訓。其重視可知矣。因敬錄之，以勗後輩。民國壬午年仲春，崇德老人敬書並跋，時年九十有一。」文正書法，無待贅言。老人亦工於書，九十高齡，字畫端勁清潤，無一懈筆，蓋德器福澤，亦可略見於斯焉。

老人適聶之初，蓋亦嘗歷艱困，後乃漸臻康娛之境，其事頗散見於《年譜》。〈崇德老人高壽厚福之由來〉更為綜括之敘述云：「文正公生平以廉儉率屬，誓不以軍中一錢作家用。嫁女以二百為限。先母結褵，在文正公及夫人逝世之後，奩資較諸子為豐。適先祖慈有存款為銀號所倒失，先母遂盡出其所有二千金代償，以舒堂上之憂。私蓄一空，且至貸欠，家計匱乏，備嘗艱辛。先君蒙左文襄不稍懈，設營務處於署內，每日數小時至處辦事，並在處午餐，總會辦皆陪食，其學問之博，謀略之遠，治事之勤，求才之切，皆有不可及者。文襄膳食常有犬肉，一日以箸送犬肉至先君飯碗，先君伺隙潛置案上，文襄見之，即曰：『此名地羊肉，味甚美，何為不食？』先君對曰：『素戒食牛犬，不敢犯耳。』文襄笑而諾之。又明年，蒙委任上海製造局會辦。時廣西越南邊事已萌動，文襄命先君赴滬，夜工加緊造械，除夕前一日奉札即行，不許在家過年也。又兩年，蒙委充總辦。先是局中素無造後膛槍砲之設備，先君在局凡八年，任內造成保民鐵甲兵艦一隻，此為中國自製鐵甲兵艦之始。又仿英國阿姆司脫郎自升降式造成十二寸口徑大炮四尊，分裝於吳淞及大沽兩炮台，此為當時各國海防巨炮最大之口徑也，時所用之工程師為英人彭托，全用中國工匠，造成世界最新之武器。……同時無烟火藥後膛鎗七生的野戰炮，亦皆造成。先君離局後，兵艦及大炮均未繼續，十年前炮廠尚存未完工之大炮一尊，據稱尚係五十年前之半製品云。曾文正公於咸豐季年即延攬科學專家，自製輪船機器。金陵事定之後，籌設上海製造局，招致天算科學人材，如李壬叔、徐雪村、華蘅芳，後又設方言館訓練學生，延英人傅蘭雅君翻譯科學書籍，……當時局中譯印科學工程書籍百餘種。先君離局後，傅君旋去。又數年，譯書之舉遂廢。憶在光緒二十五六年已見無線電愛克司光兩書，以後遂無出版，人亡政息，良可嘆也。民國以來，因造鎗機器已老，鎗廠全停，祇造子彈。光緒末年尚造野戰炮，後亦漸停。機器日老，不復換新，遂使前人艱難締造之規模，全行廢棄，亦國運為之也。……昔年製造局交通不便，先君商之炮隊營統領楊君金龍，利用軍隊，修築馬路，直通法租界，兩旁植楊柳，即今之製造局路。其時製造工人各營弁兵湘人甚眾，遂發起建立湖南會館，初僅三楹，後加擴充，即今日之會館也。」所敘製造局事，為其重要之史料，中國兵工事業之可追遡者也。（製造局兼辦譯書事業，以開風氣而輸入科學知識，亦其時一特色，影響頗巨。）至左文襄之嗜食犬肉，亦名人軼事之罕見他家記載者。（李文忠鴻章有食犬肉之傳說，如《所聞錄》云：「李至倫敦時，於英故將軍戈登之紀念碑下表敬意，將軍之遺族感激之，以極愛之犬為贈，此犬蓋於各地競犬會中得一等賞者也，以此贈李，蓋所以表非常感謝之意。不意數日後得李氏謝柬，中有云：厚意投下，感激之至。惟是老夫耄矣，於飲食不能多進，所賞珍味，感欣得沾奇珍，朵頤有幸云云。將軍之遺族得之大詫，報紙喧騰，傳為笑柄。」此無稽之談也，西人夙盛傳華人均喜食犬肉，故有此謠耳。若文襄之事，聶親見之，則信而有徵矣。所聞錄為民初上海發行中國圖書局編印之《滿清稗史》所收，未詳輯者為誰何。）

《崇譜》所述，可相印證，並及崇德老人之謁文襄與文襄所以款接故人之女者，亦足使讀者深感興味。　壬午（光緒八年）云：「是年春，中丞公隨左文襄出省閱兵。……來寧就差，亦既兩年，僅恃湖北督銷局五十金，用度不繼，遂略向左文襄之兒媳言之，非中丞公所願也。是年始奉委上海製造局會辦，進見之日，同坐者數輩，皆得委當時所謂闊差而退，文襄送客，而獨留中丞舍小坐。謂之曰：『君今日得無不快意耶？若輩皆為貧而仕，唯君可任大事，勉自為之也。』故中丞公一生感激文襄知遇最深。是年年終，奉文襄命趕製過山炮百尊，限日解寧，竟未遑在寧度歲也。」又云：「文襄督兩江之日，待中丞公不啻子姪，亦時垂詢及余，欲余往謁。余於先年冬曾一度至其行轅，在大堂下輿，越庭院數重，始至內室，文襄適又公出。余自壬申奉文正喪出署，別此地正十年，撫今追昔，百感交集，故其後文襄雖屢次詢及，余終不願往。繼而文襄知余意，乃令特開中門，肩輿直至三堂。下輿相見禮畢，文襄謂余曰，文正是壬申生耶？余曰：辛未也。文襄曰：然則長吾一歲，宜以叔父視吾矣。因令余周視署中，重尋十年前臥起之室，余敬諾之。嗣後忠襄公至寧，文襄語及之曰：滿小姐已認吾家為其外家矣。湘俗謂小者曰滿，故以稱余也。」曾左夙交，後雖相失，舊誼仍在。因文正而厚其女及婿，談吐之間，亦見老輩風韻，佳話可傳。文正長於文襄一歲，文襄固久知之。同治元年壬戌，文正以兩江總督拜協辦大學士之命，文襄時官浙江巡撫，例於閣臣自稱晚生，而致書文正，請仍循兄弟之稱，謂僅幼於文正一歲也。迨文襄西征奏績，以陝甘總督協辦大學士，旋晉大學士，光緒元年乙亥答忠襄（時官河東河道總督，與書文襄循例自稱晚生）書（見《文襄書牘》），舉前事為言云：「來示循例稱晚，正有故事可援。文正得協揆時，弟與書言，依例應晚，惟念我生只後公一年，似未為晚，請仍從弟呼為是。文正覆函云，曾記戲文一齣，恕汝無罪。兄欲循例，盍亦循此。一笑。」此為曾左雅謔之關乎年齡者，文襄是時忽對崇德老人發文正生年之問，似非耄而偶忘，殆故示懵懂（俗所謂倚老賣老），以作談資歟？

至老人所云湖北督銷局差，為湖廣總督李勤恪（瀚章）所委，譜中亦述其事。辛巳（光緒七年）云：「其時李勤恪公瀚章為鄂督，中丞公囑余於過武昌時以世誼謁李太夫人於節署。李太夫人在寧時，故與歐陽太夫人相過從，相距十年，中更多故，一見即殷殷款接。次日札委督銷局差，月薪五十兩，由制軍之如夫人親送至舟次。余以舟中狹陋，力辭其報謁，特移舟於漢陽以避之，不意其仍渡江而至也。制軍又派炮船一艘護送至寧。……」則所謂「曾李一家」，題中應有之義也。

仲芳中丞佐理製造局事，李勤恪（興銳）時為製造局總辦，意不謂然，嘗具稟左文襄以沮之。《崇譜》甲申（光緒十年）云：「初李君興銳為製造局總辦，曾稟文襄，欲不令中丞公駐滬，預送乾薪。文襄拒之，並催中丞公速到差，不令在寧少留。李後為人稟訐，羅列多款，文襄密飭中丞公查覆，中丞公復委員密查。覆按所控，多有實據。中丞公將據以稟覆文襄，稿已成，旋又毀之，別具稿，多為李彌縫洗刷。繼而李以丁憂去，居滬病足，中丞仍時往視之，未嘗以前事介懷也。」按文襄書牘，關於聶任局差，有壬午覆李書云：「聶仲芳非弟素識，其差赴上海局，由王若農及司道僉稱其人肯說直話，弟見其在此尚稱馴謹，故遂委之。又近來於造船購炮諸事，極意講求，機器一局，正可藉以磨勵人才，仲芳尚有志西學，故令其入局學習，並非以此位置閒人，代謀薪水也。來書所陳曾侯舊論，弟固無所聞。劼剛聰明仁孝，與松生密而與仲芳疏，必自有說。惟弟於此亦有不能釋然於懷者，曾文正嘗自笑坦運不佳，於諸婿中少所許可，即栗誠亦不甚得其歡心，其所許可者祇劼剛一人，而又頗憂其聰明太露，此必有所見而云然。然吾輩待其後昆，不敢以此稍形軒輊。上年弟在京寓，目睹栗誠苦窘情狀，不覺慨然，為謀藥餌之資，殯斂衣棺及還喪鄉里之費，亦未嘗有所歧視也。劼剛在倫敦致書言謝，卻極拳拳，是於骨肉間不敢妄生愛憎厚薄之念，亦概可想，茲於仲芳何不獨然？日記云云，是劼剛一時失檢，未可據為定評。傳曰：『思其人猶愛其樹，君子用情惟其厚焉。』以此言之，閣下之處仲芳，亦自有道。局員非官僚之比，局務非政事之比，仲芳能則進之，不能則稟撤之，其幸而無過也容之，不幸而有過則攻之訐之，俾有感奮激厲之心，以生其歡欣鼓舞激厲震懼之念，庶仲芳有所成就，不至棄為廢材，而閣下有以處仲芳，亦有以對曾文正矣。弟與文正論交最早，彼此推誠許與，天下所共知，晚歲凶終隙末，亦天下所共見。然文正逝後，待文正之子若弟及其親友，無異文正之生存也，閣下以為然耶否？至於薪水每月五十兩，具稟會後銜，均非要義，弟自有以處之，不必以此為說也。」語極懇到，蓋眷念故交與栽成後進，均深具熱情焉。泚與文正交期終始，亦有光明磊落之概。當文正之逝，文襄家書與子孝威有云：「滌侯無疾而終，真是大福。（贈太傅，謚文正，飾終之典，極為優渥，所謂禮亦宜之也。）惟兩江替人，殊非易易，時局未穩，而當世賢能殊不多覯，頗為憂之。」（壬申三月。）又云：「曾侯之喪，吾甚悲之，不但時局可慮，且交遊情誼亦難恝然也。已致賻四百金，輓聯云：『知人之明，謀國之忠，自愧不如元輔。同心若金，攻錯若石，相期無負平生。』蓋亦道實語。見何小宋代懇恩卹一疏，於侯心事頗道得著，闡發不遺餘力，知劼剛亦能言父實際，可謂無忝矣。君臣朋友之間，居心宜直，用情宜厚，從前彼此爭論，每拜疏後即錄稿咨送，可謂鉏去陵谷絕無城府，至茲感傷不暇之時，乃復負氣耶？知人之明謀國之忠兩語，亦久見章奏，非始毀今譽，兒當知我心也。喪過湘干時，爾宜赴弔，以敬父執。牲醴肴饌，自不可少，更能作誄哀之，申吾不盡之意，尤是道理。明楊武暖與黃石齋先生不協，石齋先生劾其奪情，本持正論。後謫戍黔中，行過枉渚，懼其家報復，微服而行。武陵之子長蒼（山松）聞之，亟往起居，怡然致敬，呈詩云：乃者吾翁真拜賜，異時夫子直非沾，奭猶有意疑公旦，奚卸由來舉解狐。（後兩韻不復記憶，《沅湘耆舊集》中可取視之。）此可謂知敬其父以及父之執者。吾與侯所爭者國事兵略，非爭權競勢比，同時纖儒，妄生揣擬之詞，何直一哂耶！」又書牘中答袁筱塢（保恆）有云：「曾侯戞然而止，幾生修到。弟輓之云：『謀國之忠，知人之明，自愧不如元輔，同心若金，攻錯若石，相期無負平生。』蓋亦道實也。頃接來書，知飾終之典備極優渥，朝廷恩禮勞臣，有加無已，滌侯有知，亦當感激圖報來生。惟兩江局勢宏闊，嗣事頗難其人，為可念耳。」（壬申）又答劉峴莊（坤一）有云：「戡亂之才，殊難屈指，而曾侯之逝，於時局尤覺非宜。橫覽九州，同侶存者無幾，宇宙之大，豈可無十數偉材錯落其間，念之心痗。』（同上）披瀝肝膽之言，衷懷尤備見矣。後來文襄對文正雖仍不免有不滿之口吻，則氣矜之隆，未泯爭名之念，不願見謂為文正系下之人物，又當別論耳。至「大福」「幾生修到」云云，乃自懷晚節之意，時負西征重任，事尚未了，前途蹉跌堪虞也。

曾惠敏（紀澤）奉命出使時，於仲芳中丞有貶詞。（不願令其隨使，語見《曾侯日記》，辛巳已有申報館排印本。）即李以為言，而左文襄謂「劼剛一時失檢，未可據為定評」者也。《崇譜》壬午云：「初，惠敏之出使也，中丞公本有意隨行，以陳氏姊壻在奏調之列，未便聯翩而往，不果。但本年春間來電調往，則以堂上年高，不聽遠離，余又方有身，不克同行，復不果。郭筠老曾為往復代酌此事，其手函尚在。」是惠敏所見已與昔異矣。迨惠敏不朝後，《崇譜》己丑（光緒十五年）云：「是年忠襄公奏保中丞公以道員留蘇補用，並交軍機處存記。得保後赴京引見，惠敏公在京邸，手畫朝日江山於紈扇，並題詩贈行。其詩如次：朝暾出海月斜初，五色烟雲飾太虛。憑我丹青摹造化，祝君緋紫啟權輿。陽關四句唱三疊，天保六章圖九如。詩畫送君情趣永，攜歸兼當大雷書。」尤寓引重之意。（詩亦見惠敏詩集，題為〈題所畫聶仲芳觀察妹丈扇〉，末二句作「詩畫證余情趣永，攜歸兼代大雷書。」有三字不同，蓋後經改定者。）

文正同治十一年壬申二月卒於兩江總督任，《崇德老人年譜》所述情事云：「是年正月二十三日，文正公對客，偶患足筋上縮，移時而復。入內室時，語仲姊曰：吾適以為大限將至，不自意又能復常也。至二十六日，出門拜客，忽欲語而不能，似將動風抽掣者，稍服藥旋即癒矣。眾以請假暫休為勸，公曰：請假後寧尚有銷假時耶？又詢歐陽太夫人以竹亭公逝世病狀，蓋竹亭公亦以二月初四日逝世也。語竟，公曰：吾他日當俄然而逝，不至如此也。至二月初四日，飯後在內室小坐，余姊妹剖橙以進，公少嘗之，旋至署西花園中散步。花園甚大，而滿園已走遍，尚欲登樓，以工程未畢而止。散步久之，忽足屢前蹴。惠敏在旁，請曰：納履未安耶？去曰：吾覺足痲也。惠敏亟與從行之戈什哈扶掖，漸不能行，即已抽搐。因呼椅至，掖至椅中，舁以入花廳，家人環集，不復能語，端坐三刻遂薨。二姊於病亟時禱天割臂，亦無救矣。時二月初四日戌刻也。」所述有為諸記載所未詳者。文正之逝，類所謂無疾而終者，故文襄云然。俞蔭甫（樾）《春在堂尺牘》是年與兄壬甫有云：「還杭後聞人言曾文正師事，乃知真靈位業中人，來去分明，固自不同。其身後事皆自料理楚楚，然後歸真。二月朔梅芳伯入見，勸暫請假，公笑曰：吾不請假矣，恐無銷假日也。至誠前知，豈不信夫？」亦可參閱。蓋預忖將不久留於世，身後諸事，早經料理，無待臨終之際也。文正秉賦素強，胡文忠（林翼）嘗稱其精力過一世人。乃以兵間積瘁，功成而後，憂勞未已，加之辦理天津教案，苦心不為輿論所諒，自謂「外慚清議，內疚神明」，隱痛尤深，天年以損。年甫六十有二，遽為歷史上人物，不克大展抱負，於政治上建立宏規，實中國之大不幸。

《崇譜》關於文正、忠襄置產之事，亦有所述。己未（咸豐九年）云：「忠襄公於是年構新居，頗壯麗。前有轅門，後仿公署之制，為門數重，鄉人頗有浮議。文正聞而馳書令毀之。余猶憶戲場之屋脊為江西所燒之藍花回文格也。」甲子（同治三年）云：「文正在軍未嘗自營居室，惟咸豐中於家起書屋，號曰思雲館。湘俗構新屋，必誦上梁文，工匠無知，乃以湘鄉土音為之頌曰：『兩江總督太細，要到南京做皇帝。』湘諺謂小為細也，其時鄉愚無知，可見一斑。忠襄公每克一名城，奏一凱戰，必請假還家一次，頗以求田問舍自晦。文正則向不肯置田宅。澄侯公於咸豐五年代買衡陽之田，又同治六年修富厚堂屋費七千緡，皆為文正所責。文正、忠襄所自處不同，而無矜伐功名之意則一也。」又云：「文正官京師時，俸入無多，每年節嗇以奉重堂甘旨，為數甚微。治軍之日，亦僅年寄十金、二十金至家。及功成位顯，而竹亭去已薨，故尤不肯付家中以巨資。至直督任時，始積俸銀二萬金。比及薨逝，惠敏秉承遺志，謝卻賻贈，僅收門生故吏所醵集之刻全集費，略有餘裕，合以俸餘，粗得略置田宅。」文正、忠襄性行不盡同處，於此亦可略見。忠襄構新居，營建擬衙署規模，蓋不免豪傑闊疏之病。若工匠俚頌，雖可笑，卻頗有趣，在當時國人心目中，文正固中國第一人也。俗傳有勸文正帝制自為者，為文正所拒，實則文正以忠義激厲將士，以綱常名教倡率群倫，使果作異圖，何言以對同志及部下乎？稍知文正為人及其時情勢者，必不能以此說進也。（有彭剛直玉麟以此相勸之說，最謬。）

惠敏之秉承遺志謝卸賻贈，其見於左文襄家書者，如壬申六月與子孝威、孝寬等有云：「曾文正之喪，已歸湘中，致賻不受，劼剛以遺命為言，禮也。」又見於《李文忠朋僚函稿》者，如壬申二月致曾劼剛（紀澤）栗誠（紀鴻）有云：「謹備聯幛，並賻儀二千兩。極知清風亮節，平生一介必嚴，豈敢漫以相溷？惟受知如鴻章之深且久，竊祿最厚，若不稍助大事，亦太靦顏。乞勿以恆情視之，即賜睿存為幸。」三月致曾劼剛有云：「吾弟守不家於喪之訓，堅卻賵賻。第思師門素無蓄積，即蒙賞銀兩，計歸葬卜地一切，禮文周備，需費尤多，若尋常知交，自概屏絕，如鴻章兄弟等，誼同骨肉，仍不敢遽遺多金，亦慮有累清德，此戔戔者豈尚弗蒙鑒納耶？」於文忠且然，他更可知矣。

《崇譜》又述及忠襄軼事，亦甚有致。庚寅（光緒十六年）云：「猶憶先年忠襄公大閱來滬，查視製造局，局中供張筵席，遵諭以筵設於我宅，並云：余忌口，祇吃肉湯煮白菜，別無所須。諸兒於是初謁叔外祖，老人顧而樂之云：吾在湘應試時，考生均衣竹布長衫呢馬褂，汝等正與此輩考相去相同，檢樸可風，可與吾同餐也。更衣之頃，中丞公傳索宮保之小帽，忠襄公笑曰：無須。言次即從袖中取舊瓜皮帽一枚，冠之於首。今猶憶其帽汙敝不堪，即此可見忠襄公平日服御之所講究也。」寫來情態宛然。

關於珍玩者，《崇譜》丙寅（同治五年）云：「文正在署中，無敢以苞苴進者，故太夫人無珍玩之飾。余所憶者，為黃提督翼升之夫人堅欲奉太夫人為義母，獻翡翠釧一雙，明珠一粒。某年太夫人生辰，又獻紡綢帳一鋪。此帳吾母留作余嫁奩之用，余至今用之未壞也。又邵位西丈之夫人因避寇率子女至上海，文正公聞之，派輪船威靈密迎邵夫人並二子及已嫁一女至安慶，每月贈銀二十兩，俾得賃居。後因邵夫人及長子相繼逝世，其次子及婿送靈回浙，其女獨處，文正命拜歐陽太夫人為義母，暫居署中，其女以其逃難時衣中所藏珍珠一粒為贄，此珠旋以贈忠襄夫人。忠襄夫人嘗有纍金珠花一副，為部將某回鄉後所獻，號為珍貴，此外所藏器玩，無非玉瓶如意之屬，亦未見珍奇異常之物。」此可糾俗傳湘軍下金陵後洪宮珍異悉入曾氏之誣。李伯元（寶嘉）《南亭筆記》云：「曾忠襄為文正介弟，攻金陵既破，搜遺敵，入天主府，見殿上懸圓燈四，大於五石瓠，黑柱內撐如兒臂，而以紅紗飾其外。某提督在旁詫曰：此元時寶物也，蓋以風磨銅鼓鑄而成。後遂為忠襄所得。……聞忠襄於此中獲資數千萬，蓋無論何處，皆窖藏所在也，除報效若干外，其餘悉輦於家。」又云：「忠襄既破南京，於天王府獲東珠一掛，大如指頂，圓若彈丸，數之得百餘顆，誠稀世之寶也。忠襄配以背雲之類，改作朝珠，每出熠熠有光，奪人之目。忠襄病篤，忽發喘哮之症，醫者謂宜用珠粉，倉卒間乃脫其一，碎而進之，聞者咸稱可惜。又獲一翡翠西瓜，大於栲栳，裂一縫，黑斑如子，紅質如瓤，朗潤鮮明，殆無其匹，識者曰：此圓明園物也。」若斯之類，良可噴飯。

甲申（光緒十年）之役，上海方面亦因而震動，《崇譜》是年云：「是年七月，法人侵入馬江，擊沈中國兵艦數艘，惟揚武艦曾還擊數炮，雖揚武終被擊沈，法提督孤拔亦被我軍炮擊陣亡，法人諱莫如深，中國反毫無所知。其時北洋連日來數電，云法人欲來佔製造局，全局震動，紛紛遷徙。潘鏡如家遷蘇，蔡二源家遷租界，其餘遷租界遷寧波者不勝紀載，並有中途遭搶劫者。適有賣珠翠之嫗曾存翠簪一枝於我處，聞信急來取去，云明日即來攻局矣。余雖聞知，亦惟付之天命，並不知著急。一日中丞公忽云，余已定得一船，宜略為擇要檢點細軟行李，預備緊急時即率小孩等婢媼上船避往松江。余云：君將如何？中丞公云：余有守廠之責不能走也。余曰：余向不以自己性命為重，死亦同死，不必搬動。中丞公云：君雖不畏死，其如諸兒何？余聞其言自有理，不覺涕泣，略事收拾，並未登舟，後亦未聞警報。八月，張太夫人因聞上海風聲緊急，且知余方有身，遣一僕來滬接吾回湘。其時法人已將議和，故亦未行。」是役並未波及上海，而上海方面已驚擾如此，蓋海疆寡備之故。李文忠於桂滇陸路大勝之後，以「見好便收」為言，亟成和局，置清議之責備於不顧，實深以沿海為慮也，於此亦可由一隅而見其概焉。

《崇譜》止於辛未（民國二十年），時年八十也。（八十以後事，其女婿瞿宣穎撮要附述於譜後。）是歲談所見八十年來婦女妝束之變遷（附有圖說），並及飲食風尚之類，可珍之社會史料也。

民國二十一年老人有〈廉儉救國說〉，自述旨趣，由其子其杰撰文（附載於《崇德老人八十自訂年譜》）陳述古今中外成敗得失之故，證之以事效，語重心長，亦甚可讀。中有云：「余生值咸豐初年，粵亂初起，先文正公……初以鄉紳任團練，後則總制各省軍務，統兵至十餘萬，以廉率屬，以儉治家，誓不以軍中一錢寄家用，竟能造為風氣，與一時將吏以道義廉潔相勉循，故克和衷共濟，戡定大難。一二在上位者，克己制欲，而其成效有如此者。先公在軍時，先母居鄉，手中竟無零錢可用，拮据情形，為他人所不諒，以為督撫大帥之家不應窘乏若此。其時鄉間有言，修善堂殺一豬之油止能供三日之食，黃金堂殺一雞之油亦須作三日之用。修善者，先叔澄侯企所居，因辦理鄉團，公事客多，飯常數桌。黃金堂則先母所居之宅也，此即可知當時先母節儉之情形矣。厥後居兩江督署，先公常欲維持鄉居生活狀況，平日衣服不准用絲綢。一日客至，予著羽紗襖，錠有闌干。客去而文正公入，以目注視，問母云：滿女衣何華好？母亟答云：適見客耳。羽紗洋貨，質薄而粗，價比呢廉，比湖縐更廉矣，所錠闌干，南京所織，每尺三十文耳，平日亦著此襖，外罩布褂，見客則去罩衣。先公所定章程，子女婚嫁皆以用二百金為限，衣止兩箱，金器兩件，一扁簪，一挖耳，一切皆在此二百金中。予等紡紗績麻，縫紝烹調，日有定課，幾無暇刻，先公親自驗功。昔時婦女鞋襪，無論貧富，率皆自製，予等兼須為吾父及諸兄製履，以為功課。紡紗之工，予至四十餘歲，隨先外子居臬署時，猶常為之。後則改用機器縫去，三十年來此機器常置座旁，今八十一歲矣，猶以女紅為樂，皆少時所受訓練之益也。余所以瑣瑣述此者，蓋社會奢儉之風，皆由少數人所提倡，貴人妻女實為奢侈作俑之尤，且每為男子操行事業之累，故先公對於予等督責如是之嚴也。余既早受此等訓育，終身以為習慣，選購衣料，常取過時貨，因其廉也。憶甲午年在泥道署中，先嫂曾惠敏公夫人來署，見余所買花邊式樣陳舊，因言：此物無人用矣，今所行洋花邊，花色鮮美，勝此十倍。予曰：予已見之，且代人買過，然價視此數倍。余所買者，雖已過時，余自愛之，且喜其價為中國所得，金錢不外流也。嫂笑云：靠你一人所省，能有幾何？余曰：雖然，若人人能如是著想，或皇太后能見及此，而不愛洋貨珍玩，則所省多矣。蓋時值慈禧太后六旬萬壽，各省督撫紛紛在滬採辦各國奇巧之物，以為貢品。……」錄資與冊中所紀合觀。

余曩讀《崇德老人八十自訂譜》，即感覺甚深之興味，以為其人可傳，所述諸事，更足資治史之考鏡，其價值不僅在家乘一方面。茲於老人逝世後，復獲讀《崇德老人紀念冊》，年譜而外，並有其他數種，有裨文獻，益非淺尠。讀後漫為談述，輔以他項資料，用作引申，或可為讀斯冊者之一助歟？

老人諸子，以雲臺（其杰）為最有名。（曾任上海商會會長。）初為基督教徒，繼則皈依佛教，持戒甚嚴，不獨茹素，並常絕食。中年辦《家言旬刊》，多糾正物質文明之失而提倡中國固有文化之言論。又嘗著《人生指津》，風行一時。近年因衰疾，以科學方法研究中藥。其事可附述，爰據所知，綴誌其略。

談梅巧玲

清季北京名伶梅巧玲，譽噪一時，領四喜班，眾情翕服，其為人尤任俠尚義，軼事流傳，頗見諸家記載。如孫靜庵《棲霞閣野乘》卷七云：「梅巧玲，字麗茶，貌極豐豔，演青衫花旦，皆極盡能事。工漢隸，略能詩畫。咸豐末，有某太史者，故世家子，以揮霍傾其貲，極眷巧玲，嘗負巧玲債二千金，未能償，以病卒僧寺中。其同鄉某君者，為折柬召諸鄉人，集殯所，謀集貲送其喪。諸鄉人各道貧苦，無肯先下筆者，日晡所集不及百金，某君舌幾敝矣。忽門者報巧玲至，諸人相顧愕眙曰：是殆為索逋來歟？彼若見吾輩醵貲狀，或即向吾輩索取，可若何？言未竟，巧玲已素服入，哭盡哀，移時，始輟涕向諸人曰：太史生前嘗負我二千金，今既亡矣，母老子幼，吾尚忍言舊債耶？即出券懷中，向柩前一揖，就燭焚之，徐又出一紙授某君曰：聞太史喪歸尚無貲，謹賻金三百，為執紼之助，恨所操業賤，未能從豐以報知己耳。語畢拭淚而去，諸人者乃相顧無人色。巧玲卒於光緒辛巳壬午間，生平以姓梅，故酷嗜梅，葬於京東某村，墓上樹梅三百株，其遺命也。巧玲少子肖芬，亦工畫蘭，今都下諸伶，色藝以梅蘭芳為冠，即肖芬子也。」蓋佳話流傳，有如此者。（梅謂所操業賤，在當時可如此說，今則伶不賤矣。）《棲霞閣野乘》於民國二年出版，其時梅氏孫蘭芳在伶界已大紅矣。又民國五年出版之《中華小說界》第三卷第六期，載《思荃館筆記》（撰者署跛公），亦有一則，與《野乘》所述相同，蓋出一源，惟肖芬作幼芬。若然，是與嘗與梅蘭芳齊名之朱幼芬同名矣。至墓上樹梅三百株之說，未知是否果為事實，抑出傳者附會之詞。北京少梅樹，風土不甚相宜也，植三百株於墓，若能成長如南中，頗非易易耳。梅氏卒年，此云在光緒辛巳壬午間，未能確指，按梅實卒于壬午（光緒八年），今歲又為壬午，相距恰為甲子一周，亦伶界之一紀念也。

六十年前，當梅氏卒後，李蒓客（慈銘）於其出殯日有所紀，見其《荀學齋日記》丁集下，光緒八年壬午十一月初七日云：「孺初來，敦夫來。是日四喜樂部頭梅蕙仙出殯廣慧寺，聞送者甚盛。下午偕兩君出大街至其門首觀之，則已出矣，遂雇車歸。蕙仙名巧齡，揚州人，以藝名，喜親士大夫。余己未初入都時，曾一二遇之友人坐上，未嘗招以花葉。及今二十餘年，解后相見，必致殷勤，霞芬其弟子也。余始招霞芬，蕙仙戒之曰：此君理學名儒也，汝善事之。今年夏，余在天寧寺招玉僊，玉僊適與蕙仙等群飲石安門外十里草橋，蕙仙謂之曰：李公道學先生，汝亦識之，為幸多矣。此曹公議，遠勝公卿，然余實有媿焉。自孝貞國卹，班中百餘人失業，皆待蕙仙舉火。前月十七驟病心痛死，其曹號慟奔走，士夫皆歎惜之。蕙仙喜購漢碑，工八分書，遠在其鄉人董尚書之上。卒時年四十一。」又云：「蕙仙後更名芳，字雪芬。」對梅氏，蓋甚稱其善，且頗寓知己之感（其辭若有歉焉，其實乃深喜之），一腔牢騷，亦借此略一發攄之。李氏擅文學，通掌故，浮沉郎署，沈冥廿載，久以知音者稀不獲大用自傷也。如所云，梅對李固甚推崇，而「理學名儒」「道學先生」之頭銜，加之李氏，未為甚合，或僅梅氏之世故詞令耶？要之，梅自為伶人中雅有書卷氣者，年甫逾四十遽卒，宜士夫同聲歎惜焉。梅蓋江蘇泰州（今泰縣）人，故揚州府屬也。董尚書謂董恂，甘泉（揚州府附郭邑，今併入江都縣）人，夙以工八分書著聞者（久官戶部尚書，是年正月以京察罷官）。梅名巧玲，久稱於世，此曰巧齡，又曰更名芳，當非無根之談，齡玲音同，或本作巧齡歟？其字蕙仙（或作慧仙，以音同而通用也），亦人所習知，更字雪芬，則知之者較少矣。《棲霞閣野乘》謂字麗芬，未知是否即由雪芬傳誤，抑並有麗芬之字也？李氏未言焚券致賻之義舉，惟書其於國喪停止演戲時賙濟班眾事，亦略見其為人。

李氏門人樊雲門（增祥）〈梅郎大母陳嫗八旬壽序（並詩）〉云：「……余丁卯計偕，郎之王父慧仙，有盛名於鞠部，藝之精不必言，其任俠好義，往往為朋輩所稱述，僉謂得於內助為多。蓋嫗以笄年適梅，同籍江南，氣含烟水，北地燕支慕慧仙者十人而九，而高柔疋敬賢妻，未嘗涉平康一步。既長四喜部，同部百數十人，並受約束，若子弟畏父兄然。以吾眼見，兩遇遏密，它部伶人星散，唯四喜全部衣食於慧仙，百日之內，盡出所蓄以贍同人之窮乏，嫗亦搜篋助之。及歌館重開，所部諸伶皆感其德施，畢力獻藝。先師李會稽歎曰：使今之將帥馭兵如梅伶，則萬眾一心，髮捻不足平也。同治初，有選人與慧仙善，券貸二千金，未到官而歿於京邸。舉殯賵之日，親賓雲集，而慧仙亦至，眾疑其索逋來也。慧仙拜訖，出券就燭焚之，揮涕出門而去。歸語嫗曰，曩貸金時，假汝條脫以足之，今並汝金亦罄矣。媼曰：君能行誼，吾獨不能捨此戔戔者耶？茲事五十年前都下盛傳，今知者鮮矣。長官不足，繼以永歌。其詩曰：荊十三娘有後身，仙姝節俠舊曾聞。一雙蕚綠金條脫，都向馮驩券裡焚。（其一）……」述梅氏義行，兼及內助之賢焉。所謂兩遇遏密，指清穆宗（同治帝）及幸貞后（慈安太后）兩次大喪（同治十三年及光緒七年）劇場停演事也。（陳慎言《天和閣聯話》云：「名伶梅畹華之祖母陳，為名伶陳金爵之女，梅巧玲之婦，以相夫焚券夙著義聲。先二子，雨田、竹芬，皆有時譽，早逝，晚歲撫育孤孫，遂使負盛名，為梨園之冠。於甲子五月十一日卒，年八十五歲。一時海內名流題輓，頗多佳構。……王書衡聯云：相夫義行高焚券，修契嘉辰罷舉觴。樊山老人則填〈金縷曲〉一闋，推崇備至。」可參閱。民國八年舊曆三月初三日，畹華曾在北京織雲公所為其祖母祝八十壽，故王聯及之也。）

又梁溪坐觀老人（張祖翼）《清代野記》卷上云：「咸豐季年，京伶胖巧玲者，江蘇泰州人，年十七八，姓梅，面如銀盆，肌膚細白，為若輩冠。不甚嫵媚，而落落大方，喜結交文人，好談史事，《綱鑑》《會纂》及《易知錄》等書不去手。桐城方朝朝覲，字子觀，己未會試入京，一見器之，自是無日不見，非巧玲則食不甘、臥不安也。其年方之妻弟光熙亦赴會試，同住前門內西城根試館，方則風雨無阻，日必往巧玲處。雖無大糜費，然條子酒飯之費亦不免，寒士所攜無多，試資盡賦梅花矣，不足則以長生庫為後盾。始巧玲以為貴公子，繼乃知為寒畯，又知其衣服皆罄，遂力阻其遊，不聽，然思有以報之。會試入場後，巧玲驅車至試館覓方，方僕大罵曰：我主身家性命，送一半與□□

了，爾來何為？巧玲曰：爾無穢言詈我，我來為爾主計。聞爾主衣服皆入質庫，然否？僕悻悻曰：尚何言，都為你！巧玲曰：質券何在？僕曰：爾貪心不足，尚思攫其當票耶？巧玲曰：非也，趁爾主此時入場，爾將當票檢齊，攜空箱隨我往可也。於是以四百餘金全贖之，送其僕返試館而別。次日方出闈，僕告之，感激至於涕零。及啟笥，則更大駭，除衣服外，更一函盛零星銀券二百兩，滕以一書云：留為旅費。如報捷後，一切費用，當再為設法。場事畢，務須用心寫殿試策，俟館選後再相見。此時若來，當以閉門羹相待，勿怪也。方閱竟，涕不可仰，同試者皆咄咄稱怪事，即其僕亦眙愕不知所云，第云：真耶真耶，真有此好□□耶？方大怒曰：如此仗義，雖朋友猶難，爾尚呼為□□耶？場事畢，方造訪，果不見。無如何，遂閉戶定課程，日作楷書數百字而已。榜發中式，日未暮，巧玲盛服至，跪拜稱賀，復致二百金，謂方曰：明日謁座師房師及一切賞號，已代為預備矣。方不肯受，巧玲曰：爾不受，是侮我也，侮我當絕交。方僕一見巧玲，大叩其頭，口稱梅老爺，小的該死，小的以先把爾當個壞□□，那曉得你比老爺們還大方。巧玲聞之，笑與怒莫知其可也。及館選，巧玲又以二百金為賀。方曰：今真不能再領矣。且既入詞林，吾鄉有公費可用，不必再費爾資。始罷。孰知館選後未匝月即病故，巧玲聞之，白衣冠來弔，撫棺痛哭失聲，復致二百金為賻，且為之持服二十七日。人問之曰：爾之客亦多矣，何獨於方加厚？巧伶曰，我之客皆以優伶待我，雖與我厚，狎侮不免。惟方謂我不似優伶，且謂我如能讀書應試，當不在人下。相交半年，未嘗出一狎語，我平生第一知己也，不此之報而誰報哉？從此胖巧玲之名震京師，王公大人皆以得接一談為幸。……方之僕名方小，族人之為農者，鄉愚也，故出言無狀如是。」寫來興會淋漓，頗饒趣致，其情事有寫得似《品花寶鑑》之寫蘇蕙芳（影指李桂官）與田春航（影指畢秋帆）處，亦可作小說讀。至梅之此項義舉，似與樊、孫所述焚券云云亦為一事，惟傳說有異同耳。（張氏並述及其子乳名大鎖者，為京師胡琴第一，譚鑫培深倚之。大鎖即雨田，蘭芳之伯父也。）

關於梅氏此項義舉，既多見稱述，事當有之。乃諸家所述不一致，樊、孫之言相近似，亦有小節之異，張氏則另是一種說法，無所謂焚券矣。（卻未必是兩件事。）大抵一事而經眾口輾轉傳說，再致互歧。他書似尚有記此者，未暇細檢，或歧中又有歧也。此事情節，並不複雜，而亦易歧若是。醒醉生（汪康年）《莊諧選錄》卷二云：「西人狀傳言之易錯云，使十餘人圍坐，甲與乙耳語告丙，丙又告丁，如是轉輾，復至於甲，則其言必大謬誤。此語最為切當。」雖說得不免太過，而傳衍小異或至大異，理固有然已。

梅氏卒于光緒壬午十月十七日，予告刑部尚書桑春榮（字柏儕，道光壬辰翰林，本浙人，宛平籍），亦於此數日內卒于京邸（有詔賜卹，予諡文恪），壽八十有二，適倍於梅。桑、梅二人，一貴官，一名伶，均屬京師有名人物，同時逝去，好事者為合撰一聯，頗工巧，一時傳播都下。十餘年前，友人某君嘗為余誦之，今竟不克舉其詞。垂老健忘，衰徵可喟也。（桑氏為道光二年壬午科舉人，至光緒壬午，鄉舉重逢，鹿鳴重宴，其孫雋恰又以同治庚午優貢中此科舉人，甲子一周，祖孫為先後同年，亦一時傳為佳話者。）

（附）〈談梅巧玲〉補遺

趙叔雍

頃讀徐一士先生文，談梅巧玲事，勝朝遺跡，為之神往。余生也晚，僅與文孫往還，初未嘗能涉開、天之盛況。但幼侍庭闈，所習聞於先公之掌故至夥，茲撮其足以補本文之遺佚一二則，以為《古今》補白，兼就正於一士先生。

梅巧玲義舉，初非一事。先公官粵東時，輒與同官往返，互述清苦。有銓粵之散館翰林李君，每告先公曰：「食貧自守，固屬廉隅，但余在京清苦，此行並資斧亦付闕如，友生籌措，殊不足數，不得已以告之梅巧玲，巧玲假吾三百金，始治行裝。今來此半載，尚未及還，彌為悵歉，此後誠不知如何得了也。」因此知巧玲豪俠，對於京朝士夫，每多佽助。各家傳說不一，實緣事而異，並非小節之不同也。

梅氏之死，與桑春榮先後無幾日，都人士為撰輓聯曰：「庾嶺一枝先折；成都八百同凋」所以扣梅、桑二字，不過工巧而已。先公述此聯時，並述別一聯：「趕三已死無京丑，李二先生是漢奸。」蓋趕三為北京名丑，與羅百歲齊名，其死時與李合肥同時。李以辛丑之役，憂勤致疾，卒於賢良祠，其所以保全國家於一髮千鈞之際者甚大，而都人士不為曲諒，輒致浮謗，號曰「漢奸」，因撰斯聯以辱之。實則庚子之變，若不得李之忍辱負重，則瓜分迫於眉睫，宗社早付邱墟矣。虛憍之氣，為國家之累者，匪伊朝夕，附記及此，又不禁慄慄以懼矣。

巧玲體肥碩，技則至精，所演《盤絲洞》作半袒妝，尤為都人士所劇賞，蓋宜於環肥之劇也。先公謂光緒五年在京，屢觀其《盤絲洞》、《探親相罵》、（與趕三配，趕三騎真驢上臺。）及《五彩輿》（鄢茂卿事）諸名劇，轟動九城。其時宮中時時傳差演劇，慈禧太后及光緒均加殊賞。都人士以梅體碩，因稱之「胖巧玲」。宮中演劇時，帝后談及其名，亦以胖巧玲呼之。易實甫〈梅郎曲〉中涉巧玲事，有「市人皆稱梅老板，天子親呼胖巧齡。」蓋記實也。

先公於光緒十四年再赴京師，其時梅年事已長，但掌戲班，夙已輟演，亦不應招赴讌會。惟吾鄉盛勗人（盛宣懷之父）與之至好，一日約先公杯酌，並邀巧玲至，且鄭重語先公曰：「梅老板久不外出應酬，特約來，俾一相見。」其時京朝風會，伶工子弟多出預文酒之會，是日來者十餘人，均其後輩。迨巧玲至，諸子弟為之肅然與行請安禮，巧玲逐一撫循，且問其師父近狀何如？班中營業何如？親切有味，子弟見其靄然之狀，又如對嚴親慈師。言次盛謂梅老板善八分書，何不乞其揮藻楹帖。先公因以屬之，旬日後即送一聯來，上款題某某先生，下款「梅芳」二字，饒有漢隸意味，惟甚拘謹耳。其日衣藍衫黑快靴，出言溫恭得體，舉止落落大方。盛極繩其掌班時，厚遇同班及散財義舉，則唯唯不敢當。蓋其時風尚，伶官多好與名士達人往還，挾以增重，並不措意於饋遺，即欲覓資斧，亦輒取之於親貴達官，決不課之於寒士。方其來往時，廝養均稱梅老板而不名，此易五詩之本事也。

畹華既以劇藝名世，方其南來謁先公時，因為述同光間事，畹華敬受而聆之。及其行也，先公命於舊篋中檢覓楹帖，越三日而不可得，蓋南船北馬，不知遺落何所。以稟先公，彌為扼腕，曰：「倘能得之，應屬畹華，加一小跋，以誌三世論交之盛事也。」忽忽述此，蓋又幾二十餘年，先公謝賓客者亦已五載，日月居諸，滄桑變迭，秉筆雜記，誠不勝其「往來成古今」之感矣。

再談梅巧玲及其他

余前為文，談梅巧玲事，以其卒年恰在前一壬午，其人又頗可傳，故於昔人記載，就一時瀏覽所及，引述數則，聊以應景，實則對其事所知殊少，亦未遑詳為考索也。頃讀趙叔雍先生〈談梅巧玲補遺〉，承以當時都人所撰梅桑一聯相示，為之一快，深感見教之意。至謂「就正」於鄙人，非所敢當。惟以謙沖之度可佩，不敢辜負，爰更略為芹獻，藉副雅命，尚望加以指教。（即鄙人他稿，亦望叔雍先生有以教之，以比來記憶力減退，撰述時恐有誤也。）

叔雍先生謂「先公於光緒十四年再赴京師，其時梅年事已長，但掌戲班，……吾鄉盛昂人（盛宣懷之父）與之至好，一日約先公杯酌，並邀巧玲至」云云。按梅氏卒於光緒八年壬午，似無疑義，不應光緒十四年尚在人間，恐係叔雍先生臨文記憶偶誤（或一時筆誤），非斯年之事也。（盛宣懷之父康，字昂存，號旭人，此作昂人，蓋字號可通用同音之字也。常州音「昂存」與「旭人」全同，北京音則「昂」「旭」相同，「存」「人」相異。）

又謂「慈禧太后及光緒均加殊賞。」按梅氏晚年，光緒帝尚幼，（梅卒之歲，帝年十二。）且甚不喜觀劇。如《翁文恭日記》光緒五年己卯（時帝九歲）有云：「萬壽，上在寧壽宮，未嘗入座聽戲，仍到書房云：鐘鼓雅音，此等皆鄭聲，不願聽也。聖聰如此，豈獨侍臣之喜哉。」（「雅音」「鄭聲」，蓋即在書房受教於師傅者。）又光緒十年甲申（時帝十四歲）又云：「太后萬壽，長春宮演劇，上只在後殿抽閒弄筆墨。太后出御臺前黃座，上未出。」其對演劇之態度，亦可略見其概，似未必對梅曾加特賞也。既長，或傳其好音律既賞識余玉琴，不論確否，均與梅無關矣。

梅氏義名久著，叔雍先生謂其「義舉初非一事」，良然。惟拙稿引孫靜庵《棲霞閣野乘》與樊雲門壽梅妻序所記者，同為焚二千金之借券，情事又小異而大同，謂為一事而傳述有小節之異，似亦尚未為甚謬。至張遯先（祖翼）《清代野記》一則，不同處較多，或另係一事，亦未可知。（張氏此書，敘事多興會淋漓，惟失考處不少，其紀斯事，言桐城方朝覲為咸豐己未膺館選，而按諸《館選錄》等書，此人未與其列。當更考之。）

頃偶見北京《立言畫刊》第一百零六期（民國二十九年十月五日出版），有〈梅巧玲義行〉一篇，（撰者署「小梅。」）據云：「馮君蕙林嘗為余述巧玲事曰，梅老板掌四喜多年，待人接物，和藹平易，士大夫均爭相交納。每有喜慶堂會，從不計泉刀，不較酒醴，間有不足開支時，則剝己身所得者，潤及同人，事畢後，永不登階求謁，即或因他事干求，不得不代為緩頰者，亦必語竟匆匆而去，蓋恐落故意前來索值之嫌也。四喜底包各角，所掙包銀，均比他班較厚，計眷口授金，俾能闔家餬口。偶見有首如飛蓬者，知其阮囊已澀，故意趨步就之與語，暗以錢鈔數百，偽為握手以遞人，耳語諄諄囑之曰：「剃剃頭，勿致若輩齒冷也。」斯時雖無梨園公會，正樂育化會之組織，然每逢精忠廟會之期，各班伶人，勿論正配角一律詣廟拈香，宛若清明節北俗之吃會者然。（北方風俗，值清明節日，闔族人麕集家祠堂，飽餐一二日，齊至族冢供祭，名曰吃會。間有族人遠移他方者，屆期亦來認族。中國大家族制度，由此可見。）是日雜耍大鼓，應有盡有，以助娛樂。伶世家子者，及挾有多資者，恆借此機以炫富，錦服駿馬，睥睨同儕，爭相點曲，一擲數金，鼓姬含笑前迎，軟語道謝，大丈夫固當如是耳。一般清貧者流，遠避垣角，莫敢仰視若輩，雖屏息不作一語，而心中未嘗不黯然傷神，愧恨孔方之不光臨我手也。巧玲必一一餽贈，計足一曲之資，以全體面，其憐貧有如此者。」亦頗可資談梅事之參考。

〈補遺〉附及「趕三已死無京丑，李二先生是漢奸」一聯，余所憶及者，則為「楊三已死無蘇丑，李二先生是漢奸」。楊三為崑曲名丑，其人稍前於趕三。李合肥久被人詆為漢奸，會楊三死，譫者遂為此聯，蓋與趕三無涉。惟趕三與李氏另有一段話柄。甲午之役，李獲褫奪黃馬褂三眼花翎之譴，趕三於北京堂會戲某劇中抓詞逗哏，有「脫去黃馬褂拔去三眼花翎」之語，觸李子之怒，大受窘辱，未幾得病而死，亦未至辛丑也。（關於楊三之聯及趕三之事，均曾見記載，一時不及檢查，姑就所憶略述之，難保無未盡確處。）庚子之變，李受命於危難之際，入京議和，朝野目為救星。（在京人士，當創深痛鉅之餘，仰望尤切。）盡瘁而死，群情悼惜，斥為漢奸者蓋尟矣。

李合肥庚子議和，寓賢良寺（在東安門外冰渣胡同，距今東安市場甚近）。翠年《辛丑和約》甫

時已有類乎飛機之實物見於中國天空。吳薌厈（熾昌）《續客窗閒話》云：「機巧之法，盛於西夷。緣彼處以能創新法取士，欲官者爭造法器，窮工極巧，愈出愈奇，不第供耳目玩，且有切於實用者。魏地山明府語予曰：丙午謁選在都，九月上旬，偶出厚載門，鼓樓前，見過衢無數人咸翹首跂足仰望，鬨詫異事。予因隨眾所指處矚目，見半天一物，如舟無楫，如車無輪，長約三四丈，寬丈許，蓬蓬然四圍如有旂幟，距地數十丈，看不甚明，由東北來，盤旋若鳶翔，忽墜下洋銀十餘，人爭拾之，未幾往西南迅逝，小如一葉，又如一星，轉瞬不見。說者曰，此飛車也，泰西所製，車中人以千里鏡窺視下方，城郭人民，歷歷在目矣。或曰，他國有如是奇器，恐其以數百輛載精卒數千人，飛入都邑，將不能禦，亦不及防，城郭守具。皆無用矣，豈不殆哉？薌厈曰：否否，此物藉風而起，須風而行。如我國之紙鳶，有大至丈餘者，非大風不能起，風微即落。夫紙竹至輕之物，尚不能收放自如，況笨重如車耶？起即非易，收亦甚難，風力稍偏，即不能如意起落，況我軍亦有轟天砲等火器足以仰攻耶？君毋作杞人憂也。」此書成於光緒元年乙亥（西曆一八七五），所指丙午當為道光二十六年（西曆一八四六）。其時距西洋之有飛機尚遠，而言之歷歷，居然已有類似之物東翔於中國，彼為幻術，此乃若預言矣。雖稱魏氏自言目睹其事，仍是一種訛傳，齊諧志怪，固不妨逞奇聳聽耳。至所載議論，可見當時人見解之一斑，現代之事，固非所知也。斯物所擲為銀元，供人拾取，使其小小發點洋財，亦甚可笑。又吳氏視西人之製新器，同於中國人之應科舉，目的在乎做官，可稱為西洋「舉業」，而如吳敏軒（敬梓）《儒林外史》第十三回〈蘧駪夫求賢問業〉，馬二先生對蘧公孫所談不做舉業「那個給你官做」者，斯尤奇妙之論。

康更生（有為）光緒三十一年乙巳（西曆一九〇五）遊巴黎，登氣球，所撰《法蘭西游記》（《歐洲十一國游記》第二編）中有云：「登球至二千尺，飄然御風而行。天朗氣清，可以四望，俯瞰巴黎，紅樓綠野如畫。……此事非小，他日製作日精，往來天空，必用此物。今飛船已盛行於美，又覺汽船為鈍物矣。至於天空交戰，益為神物，……聞法人有製飛鳶，可跨人而攜行李，亦自此而推之，要必為百年後一大關係事。」此所謂飛鳶，即近已盛行而製造甚精之飛機也，其關係作戰籌事者固已甚鉅，奚待百年乎？世變之亟，從可知矣。

近得讀文載道先生〈關於風土人情〉，覺甚雋永。作者蜚聲文壇，余素孤陋，對其作品所見未多，意其於此類文字尤擅勝場也。此篇有云：「我有時想，食味的真正價值，怕不在於食品的本身，主要還在食品中的風土性和它的誘惑力，以及食時的情調，由此而引起食者的心理與情緒的配合，這樣才稱得到『享受』，而『生活的藝術』也備於此中了。」云云。讀之深具同感。按劉廷璣《在園雜志》卷一云：「東坡云：謫居黃州五年，今日北行，岸上聞騾馱鐸聲，意亦欣然。鐸聲何足欣，蓋久不聞而今得聞也。昌黎詩：照壁喜見蝎。蝎無可喜，蓋久不見而今得見也。予由浙東觀察副使奉命引見，渡滹河，至王家營，見草棚下掛油㸐鬼數枚，製以鹽水合麵，扭作兩肢，如粗繩，長五六寸，於熱油中㸐成黃色，味頗佳，俗名油㸐鬼。予即於馬上取一枚啖之，路人及同行者無不匿笑，意以如此鞍馬儀從，而乃自取自啖此物耶？殊不知予離京城赴浙省，今十七年矣，一見河北風味，不覺狂喜，不能自持，似與韓蘇二公之意合也。」亦頗有致，似有可與此相印證者，特載道先生之論更為精湛耳。（油炸鬼，即今北京所謂麻花兒也。余昔在濟南，彼處稱此物曰油果子，或簡稱曰果子。至彼處所稱之麻花兒，北京則曰脆麻花兒，又天津呼油炸鬼為油條。）

拙稿〈談長人〉引《山齋客譚》所紀之張大漢及《公餘瑣記》所紀之廖大漢、吳大漢，謂此軍界三大漢頗可合傳。茲又按龍顧山人（郭則澐）《十朝詩乘》卷十九云：「幼時聞先王父按察公言，曩撫部徐清惠建節莅閩，所至攜一材官，軀幹奇偉，其長如曹交。嘗從清惠過吾家，門低，楣及其胸，軀俯乃得入。鄰里聚呼觀長人，庭為之塞。清惠言是趙姓名桓，北通州人，曩於北直治團練，其人為勇目，喜其魁梧，特拔之，相從久矣。近閱江弢叔《伏敔堂集》，有詠趙桓詩云：春秋長狄久絕種，趙桓忽生通州鄉。量以工部營造尺，乃有八尺九寸強。折床毀椅坐臥窘，戴頭起立愁觸梁。僂而出門走入市，肩齊於檐頤過牆。背後群兒戲相逐，誤入胯下如門廂。來經滬上眾夷駭，願欲貢之英國王。可憐輿馬不能載，持自闊步衢路旁。卻防泥印大人跡，致令方士欺漢皇。或更指為帝之武，小儒箋釋彌荒唐。又愁他日秋井塌，專車一骨考莫詳。臨洮大人五無霸，以今準古其相當。記讀前史五行志，是名人疴為不祥。雖然今世用人法，以貌魁岸為才長。其長在身人所識，必有遭遇殊尋常。即無戰功獵大貴，保汝支食三人糧。弢叔時以佐職客閩，侘傺寡合，故藉抒抑塞之感。」是又一趙大漢也，可合稱清代軍界四大漢。

關於《御碑亭》

《御碑亭》夙號名劇，名伶演之，足娛視聽，在藝術上自有其相當之價值也。惟斯劇情節，似不無可商者。

近者，斯劇已攝成電影，出現於銀幕，當更為藝術上之一種發展。〈華北影壇新供獻——《御碑亭》評介〉（見民國三十一年十一月二十日北平《電影報》有云：「《御碑亭》一劇，又名《金榜樂》，是一齣具有教育性的家庭悲喜劇。譬如劇中柳生春的『正誠』與孟月華的『貞節』，都是值得人模仿和欽佩的。這裡不但教人向善，而是更能發揚出東方固有的美德。此片的演員都是舞台上的超越角色，有著相當的實力。此外不論劇本、攝影、錄音、佈景、燈光，都是力求完美。這是一部極有價值的、蓄著無限意義的京劇影片，值得一看，特為推薦給古城的觀眾。」蓋除表示關於藝術方面諸事之精美外，並介紹其道德上之意義、價值及效用。此種論調，固多數談劇者之見解也。余曩作劇話，曾論及斯劇，聊為舊話之重提，以就正於當世。

余自幼即喜觀劇，（近十餘年，興致闌珊，乃極罕涉足劇場矣。）然於音律等等缺乏基本之知識，亦不過隨便看看，隨便聽聽而已，對此道實門外漢也。談劇文字，所作甚少。民國二十七年九月，《新北京報》主者忽敦約逐日為撰此類文字，辭以不能，則固請，謂在談劇之標題下無論說些什麼均所歡迎。余乃有《愛吾廬劇話》之作，每日寫一小段，至翌年三月始止，為時蓋逾半載，實余文字生涯中一特例。所談不涉及板眼、腔調之類，不敢強不知以為知也。惟於劇情等時有揚搉，或談有關戲劇之掌故，亦或由談劇而闌入其他，如俗所謂「跑野馬」者，（今談〈關於御碑亭〉，而述及余之作劇話，亦可謂「跑野馬」矣！）適成其為余之劇話而已。（當其時，某君語余曰：「甚喜君之劇話，每日必閱之。」余曰：「君懂戲乎？余於此道實門外漢，隨意漫談，固不足言劇話也。」某君曰：「我不但不懂戲，且尚不看戲；所觀者為君之『話』，不管『劇』不『劇』也！」似可反證此種不具戲劇基本知識之劇話，不足為真的劇話。）其論戲情者，有《御碑亭》一篇，即對傳統的見解而作翻案。時有自言「不會評戲」之王君（署名「里人」）先對斯劇加以討論，余更起而論之。王君之作，題曰〈偶然想起〉，見於《北京益世報》（民國二十七年十二月九日），其文云：

第一，先得聲明，我不大喜歡看戲，更不會評戲，這裡說的雖多少與戲劇有關，其實是另外一件事。

某年月日，我曾看過一齣叫做《御碑亭》的戲。戲的情節大略這樣：一位投考的舉子，中途遇著暴雨，跑到御碑亭裡躲避。這時另有一個不相識的婦女也在亭子裡避雨，兩人不交一言的過了一夜，次日天明雨歇，各自散了。這個舉子投考時文章做得不好，卻因為在御碑亭裡不曾做下虧心的事，有陰功，所以中了進士。

我想神的賞罰和人間的應當差不多，都該以行為作標準。譬如「奸淫」要受罰，因為「奸淫」是一種惡劣的行為，同時卻沒聽說因為「不奸淫」而受賞的。因為「不奸淫」是絕對消極的靜止的狀態，根本不成一種行為。

傳說蜀先主時曾一度禁酒，人家藏有酒具的都要受罰。一天和法正外出，遇見一個走路的，法正說：「這人犯了奸淫罪，該死！」先主很驚訝說：「怎見得他犯了奸淫罪呢？」法正說：「因為他有淫具。」於是先主一笑會意，從此便除去「酒具」之罰。夫不淫而有淫具，不該受罰；反之，有淫具而不淫，也不該得賞。這道理很淺顯，不消細說。

因此想到，這種戲劇不但不能提高道德標準，反而把作者的卑鄙完全暴露了。他把不調戲良家婦女，這種最低限度常人應有的態度，認為難能可貴，算作一件陰功，不正反映出自己的齷齪可憐嗎？中國的戲劇，本來淺薄俚俗的居多，不必深論。然他所表現的這一類的思想，常和名賢集、陰隲文、關聖帝君勸善文一類相副而行，深入人心，也有些可怕。

余既見此，乃於「劇話」中亦談斯劇，分五日寫登，其文如左：

《御碑亭》，向號為提倡道德之名劇，然理實難遇，余昔年曾略論之。頃於本月九日《益世報》瓊林版，得見「里人」（王君）之〈偶然想起〉，論此劇益明快，……語氣雖若近刻，而自是通達之論。此劇不但有將道德標準降低之弊，且將女子寫得太軟弱、太無能。通常女子體力雖較遜於男子，然豈真如《紅樓夢》中對於薛寶釵、林黛玉之詠諧的形容，一口氣可以吹化、吹倒耶？一女子與一男子相值於無人之地，縱男子有軌外之行動，女子何便毫無抵抗之力，且不作抵抗之想，（柳生春不過一文弱書生耳。）而只有如孟月華所唱「倘若是少年人他淫惡心盛，那時節倒叫我喊叫無門。」「倘若是少年人心不正，豈不失卻我的貞節名」乎？果如是，女子貞節之失（完全被動的），亦太易易矣。（十二月十二日見報）

此劇之本事，見於小說者，似《貪歡報》（又名《三續今古奇觀》）中有之。此書多描寫淫褻之事，而以果報為說，蓋諷一勸百，故以淫書而被禁止（坊間曾見有刪節之本）。其中各篇，不描寫淫褻之事者，或僅此一篇，似係開卷第一篇也。

人人常演之《御碑亭》劇，於此書所寫，蓋已有所修正。此書似謂孟月華回家後，作詩一首，有當時彼人如果相迫只可從之之意；劇中所演，則詩句不同，所以尊重其人格也。又，劇中柳生春有「我若離開此處，要有歹人到來，如何是好」等白，蓋不但不侵犯，兼有保護之意，似為書中所無，編劇者殆亦覺但不侵犯未可即認為應中進士之大陰功，故加此耳。雖然如是，全劇猶不免欠通處。此劇或係根據他書所載之此項相傳的故事，茲姑就此書言之耳。——（十三日見報）

王君謂：「傳說蜀先主時曾一度禁酒，人家藏有酒具的都要受罰。一天和法正外出，……於是先生一笑會意，從此便除去「酒具」之罰。夫不淫而有淫具，不該受罰；反之，有淫具而不淫，也不該得賞。……」取譬亦頗妙，所以申示不應將「不奸淫」（常人應有的態度）看作類乎奇蹟之優卓的行為也。

惟所云法正，乃簡雍事。《三國志》〈簡雍傳〉：「時天旱禁酒，釀者有刑。吏於人家索得釀具，論者欲令與作酒者同罰。雍與先主遊觀，見一男女行道，謂先主曰：「彼人欲行淫，何以不縛？」先主曰：「卿何以知之？」雍對曰：「彼有其具，與欲釀者同。」先主大笑，而原欲釀者。」蓋符於王君所論賞罰「該以行為作標準」也。至王君謂為法正事，或以法正傳有諸葛亮「法孝直若在，則能制主上令不東行」之嘆，而聯想偶失，亦未可知。其人之為誰氏，於此題無關宏旨，茲順筆及之，非敢有吹毛求疵之意，聊為曝獻而已。——（十四日見報）

此劇中，有道一聞妹淑英之報告，便斷定「那黑夜，在碑亭，定有隱情」，而「難留下賤人」，遂不顧「實實難捨結髮人」，「思想恩愛淚難忍，孤單淒淒悶愁人」，遽然為「從前恩愛一時盡，若要相逢萬不能」之休妻的舉動，已夠荒唐矣；而淑英初聞月華述夜之事，亦即先有「聽他言，不由我，心中暗笑。有幾個，柳下惠，心不動搖」之測度，蓋均不信一男一女黑夜相遇於無人之處，而能無苟且之行為。將一般人之道德標準降低到如是，不誠如王君所謂「把作者的卑鄙完全暴露了」乎？

有道聞妹言而立即休妻，以其「定有隱情」，斷斷乎不可恕也，卻又語妹以：「哎呀，方才是你多口，惹出這樣事來！從今以後，要你閉口無言，才是我的妹子！」其意若曰，雖有「隱情」，只要自己不知，亦屬無妨，惟妹不應不將「孤男寡女」同在碑亭一宵之事代為對己隱瞞耳！亦可笑之甚。——（十六日見報）

有道休妻，自屬荒唐，而月華被考官褒以「賢德烈女」「難得」云云，亦殊溢美而不倫，是又將一般人道德標準降低之故，蓋以為不為勾引男子之蕩婦，便算「難得」之「賢德烈女」耳。

科舉時代，因果者每藉考試之事而張其說，雖意在勸善，而盲試官卻可引以解嘲，謂文劣而入彀者當是本身（或先世）有陰功（或命運之佳）也。此劇寫生春之中式，賴朱衣神出現，亦勸善之意。紀昀《閱微草堂筆記》喜談因果命運之類，而《灤陽消夏錄》卷五有云：「李又聃先生言：昔有寒士下第者，焚其遺卷，牒訴於文昌祠。夜夢神語曰：『爾讀書半生，尚不知窮達有命耶！』嘗侍先姚安公，偶述是事。先姚安公咈然曰：『又聃應舉之士，傳此語則可；汝輩手掌文衡者，傳此語則不可！聚奎堂柱有熊孝感相國題聯曰：赫赫科條，袖裡常存惟白簡；明明案牘，簾前何處有朱衣！汝未之見乎？』」雖猶以立場不同為說，而二者之不相容性固甚著矣。

關於此劇，猶有餘義，以已接連五天，姑止於此。——（十七日見報）

然則此劇竟可一筆抹殺乎？斯又有未可一概而論者焉。除藝術上自有其優點足供欣賞外，更可作為研究舊時代社會思想之一資料，以其本為基於舊時代社會思想之產物也。社會重視科第，重視貞操，談因果報應者藉「一舉成名」之光榮，為修己敦品之勸勉，乃有此類傳說暨戲劇之流行。驟視之若天道報施不爽，足令人束身規矩不敢為非，細按之則矜凡人所應持守者為奇跡卓行，於理難通矣。（降低道德標準。）所謂「人禽之界」，不宜即看作道德遠高乎常人者與所謂「衣冠禽獸」者之界也。談因果報應者，以勸善懲惡相揭櫫，非無苦心，特所示於人者或不盡合理，斯固可為其一例已。

提倡道德，誠當務之急，特未可專恃此類因果報應之說耳。頃又思之，斯劇主旨，在揭明貞操之重要，誡人勿犯淫行。所欲風示觀眾者，蓋以不淫之獲善報，反映出犯淫則獲惡報，高第以獎不淫，即所以示酷罰將用以懲淫，垂戒在此。我國傳統的戲劇（所謂「京劇」之類），詞句或情節欠通者不少，然大都可以節取，或關乎社會背景，或關於民間意識，每含有史料（抽象的）等價值，是在觀者之審為抉擇焉。（觀眾如不深求，則對斯劇亦可僅生貞操宜重淫行宜戒之感，而於劇中不合理處弗予措意也。）

右所論乃就戲劇的《御碑亭》言之，未必即適合於電影的《御碑亭》也。電影的《御碑亭》，〈評介〉又有云：「在這古老的都城中，京劇一向是占有相當的勢力，以其牢不可破的陳腐方法演出，適合於一般觀眾的口味，若干年來，仍然保守著古老的淺浮演法，所以京劇始終沒有任何新的演進！……為了舞臺觀眾的一種習慣心理，而想利用電影來著手改良京劇，闡揚京劇。……這次又攝成了這部《御碑亭》。」如所云，大有「破陳腐舊套」之意，對於斯劇，不僅「闡揚」，而且「改良」，俾有「新的演進」，或將原來之欠通處加以不少之更易，而具變通盡善之成績歟。

關於《御碑亭》一劇故事之來歷，又據天津《庸報》（民國三十一年十一月三日）「滿庭芳」版載〈《御碑亭》故事來源考〉云：「《御碑亭》一劇演王有道休妻故事，《續古今奇觀》中載此事，題為「王有道疑心棄妻子」，裡面的故事與現在舞臺所演絲毫無異。王有道因妻子避雨御碑亭，一夜未歸，疑其與同避雨之柳生春必有尷尬之事，因此而不問皂白即寫休書棄之，遂構成冤柳公案。幸遇試師申嵩，為之證明，完好如初。這個故事流傳很久，……多不直王有道之所為。偶讀明之《慾海慈航錄》記載一事，情節與此劇甚相似，但未說明為王有道之妻，亦未言及姓王之故事。原文為：「明天順間，某生浙人，讀書山中。一日歸途遇雨，遙見前有漢光武廟，趨赴之，先有一少婦在焉。生乃拱立一隅，目不流盼。抵暮雨益猛，勢不能行，遂各面壁而坐。雞鳴雨止，某生先行，婦感其德，歸以告夫。夫亦儒生，竟以瓜李之嫌出之。」故事是如此，但沒說明以後是否又破鏡重圓。以情節而論，乃與御碑亭前半之情節相同。另據明人《不可錄》載：「杭學庠生柳某，因探親遇雨，投宿荒園內。先有一少婦避雨，生竟夕無異志，拱立簷外，至曉而去。少婦乃庠生王某妻也。婦感生德，以告其夫，夫反疑而去之。後王獲鄉薦，適與柳生同房，因話避雨事，王乃感歎，迎其妻完聚，且以妹為柳續絃。」《不可錄》所載與現在京劇所演相同，但也沒說明王有道及柳生春，只言王某與柳某，且無以後申嵩判明之經過，不過均可以為御碑亭劇本的來源而已。」所述可資參稽。《續古今奇觀》之名頗生，或言《續今古奇觀》耶？惟《續今古奇觀》（一名《拍案驚奇》）中似無比篇，疑亦指《三續今古奇觀》。要之，此項傳說之流衍，由來已久（情事亦遂不無異同），《御碑亭》劇本係直接根據何書所編，殆不易確斷也。

我的書法

我幼年多病，九歲即廢塾課，仗著父兄隨時教導，得以略知文理。可是讀書而不習字，成了習慣，所以我的字寫得很壞，（其實還夠不上說壞，寫字數十年，對於字之應該如何寫才算合式，至今不懂。）凡見過的都知道。現在寫發段關於我寫字的舊事，以博《古今》讀者一笑。當年因字壞受窘的情形，回想如在目前，似亦可為今日青年中不喜習字的一種鑒戒也。

「文章是你自己做的嗎?!」

我十五歲那年，山東巡撫周馥在省城（濟南）開辦一個「客籍學堂」（後來升格為「客籍高等學堂」），招收外籍學子。家中為我報名，叫我應考。所考的只是作一篇文。我於作文是初學，聽說考試的時候至少要有三百字才叫做「完篇」，進場以後，見到題目，努力湊成功三百多字。起草既畢，在卷子上謄清，又大大的為了難。字的惡劣不像樣，且不必說，對於一個格內裝進一個字的「天經地義」，就苦難恪守，只好竭力對付著寫，往往兩個字佔三個格，甚至筆畫多的字一個字便佔滿了兩格。寫完了，自己越看越不像樣，沒法子，也只好交了卷出場。出榜以前，心中忐忑不定。等到看榜，居然取在前列。

行過開學禮之後，本堂（校）監督（校長）曾叔吾先生按著考取的名次一一傳詢。我上去的時候，見他先翻看試卷，又抬眼把我打量一下，問道：「文章是你自己做的嗎？」蓋因我年齡既小，字跡又甚惡劣，疑心考試時或有「槍手」的情弊也。我覺得很窘，膽子小，不敢多說話，只低低的答了一個「是」字。他又看了我一限，似乎仍然不大放心，又問了兩三句旁的，我於「毛骨聳然」中退下。（後來甚蒙叔吾師賞識，屢加獎擢。時承勗以講求書法，實為愧對。）

拇指與小指

開始肄業之時，教我這一班的中文（國文）教習（教員）是徐守齋。第一次堂課（在教室作文），作了一篇短文。隔了一二天，蒙他大圈特圈，心中當然一喜。他一本一本的發完了，叫我上前，對我伸出一隻手，豎起大拇指頭，說道：「你做的這一篇，在班裡是這個！」說著，縮回拇指，另把小指豎起，道：「你寫的字，在班裡是這個！」言畢，全班都笑了。這使我於高興之中深覺愧窘。（守齋善於詼諧，授課的時候常說點笑話，引起學生興會。）

「書法不講，惜哉！」

第二次堂課，又作了一篇，字數較多。上次文後未加批語，這一次又加了批，原文記得是：「筆陣縱橫，識力超邁，為東堂特出之才。書法不講，惜哉！」獎勵之餘，喟然興嘆，態度誠懇而嚴重，不是說笑話了。其如「孺子不可教也」何！（「東堂」是「東講堂」的簡稱。當時教室叫做「講堂」，按其方位稱「東講堂」「西講堂」等，這一班在「東講堂」授課。）

當時讀了這個批語，未嘗沒有愧奮之心，但是因為不喜習字，早成習慣，並覺著缺乏基礎，從頭學起練起，已太遲了，（其實還不算太遲。）所以一直自暴自棄的下去。（不過漸漸的勉強做到一個字佔一個卷格而已。）後來年紀越長，越不易再講此道了。假使守齋師現在見我寫字寫了幾十年還是這樣糟法，更不知他要如何歎惜矣！

「鴉塗不堪！」

我寫的壞字，久而久之，師長們看慣了，也就不大注意，好像「見怪不怪，其怪自敗」似的了。不過有一次，我又忽然受了一個打擊。這次打擊，並非中文教習所給予，卻是理化教習「大發雷霆」，頗出意料之外。

事情是發生於某次學期考試。當下學期開始之後，考試的卷子發交學生們閱看，（看完仍繳回存案。）我在我的理化卷子（忘記是物理還是化學了）內看見橫批著四個很大的字：「鴉塗不堪」！知道向來不大看見我的「書法」的理化教習賈紫庭師發了怒了。（分數上也似乎因此特別扣了幾分。）同學們見到的，無不大笑，我又受窘一次。

中文教習已經「見怪不怪」，不大理會我這個字的問題了，理化教習卻來大挑其眼，豈非有點像俗語所說的「狗拿耗子，多管閒事」乎？但是不應當這樣想。紫庭師所施於我的這種觸目驚心的訓戒，是我應該非常感謝的。

圈點遮醜

一方面，這回中文教習籍陸僔師所看的兩本卷子（一經義，一史論），卷內一行一行的連圈夾著密點，極為絢爛，並有大加嘉獎的眉批總批。惡劣的字體，經這樣一烘托，便好像不怎麼難看了。圈點可以遮壞字的醜，實有如此情形也。（不過醜總還是醜，遮遮而已。）

說到這裡，引一段書。南亭亭長（李寶嘉）《文明小史》第二十四回〈太史維新喜膺總教，中丞課吏妙選真才〉有云：「……撫臺收齊卷子……又打開一本，卻整整的六百字，就只書法不佳，一字偏東，一字偏西，像那七巧圖的塊兒，大小邪正不一。勉強看他文義，著實有意思，……心裡暗忖：『捐班裡面要算他是巨擘，為何那幾個字寫得這般難君看？』隨即差人請了王總教來，把卷子交給他，請他評定。這番王總教看卷子，……提起筆來，先把金子香的卷子連圈到底。說也奇怪，那歪邪不正的字兒，被他一圈，就個個精光飽湛起來！……」圈字遮醜，寫來頗能傳神，真是「說也奇怪」了。（這回小說中所寫的情事，可正該用著曾叔吾師所詰問的「文章是你自己做的嗎？」）

「添注無，而塗改亦未嘗有也！」

在「客籍高等學堂」畢業之後，到京應學部的考試。臨場患病，力疾入場，寫的字比平常還壞。當考中文某一門時，（經、史、文、兵、記不清是那一門了。）同學杜召勛兄的坐位正在我前面，他回頭向我的卷子一望，縐縐眉，搖搖頭。其時不更交談，交卷下來之後，他對我說：「我以為你總該要寫得稍為好些，那知更不像樣了！」我說：「你當然寫得很好。」他笑著說：「添注無，而塗改亦未嘗有也！」他本是壬寅年的舉人（十七歲就中舉），寫作俱佳，這次考試，四門中文卷，在匆促的時間裡，寫得異常整齊，概無添注塗改，這個工夫真可佩服。至於我添注塗改了多少，那就不用說了。

科學時代，應鄉會試的，必須在卷子上自己注明添注幾（字），塗改幾（字），無則注以

「無」。相傳有一笑柄。一位應試的，很細心，某場卷子寫畢，居然一個添注塗改也沒有，應當注上「添注無，塗改無」六個字。他當時一高興，掉起文來，注的是：「添注無，而塗改亦未嘗有也！」他這一高興不大要緊，卷子交上去之後，就因為「犯規」而被「貼出」，不完場就落第了！杜兄之語，是根據這個笑柄而來，有趣得很。

在校的時候，中文教習孫竹西師曾對我說：「你的字不如杜生。」我說：「豈但不如而已哉？」

「就是寫得亂點兒！」

民國初年，我在北京，胡孟持兄從濟南來信，託我替他訪購某一種帖。（他是我的內兄，素來講究書法，喜歡碑帖之類。）我因為對於此道是大大的外行，恐怕弄錯了，就回信辭謝。後來在濟南見面，談及此事，我說：「我不會寫字，從來沒臨過帖，完全不懂，大哥派我這個差使，豈能勝任呢？」他微笑道：「你的字很好，就是寫得亂點兒！」詞令頗妙，可稱蘊藉而「幽默」。

竊比老王！

那個老王？湘綺老人王壬秋是也！他論書法有云：「余自廿五以後，迄今五十年，日書三千，作字以億兆計，然無他長，比人加黑耳。雖復淡墨輕煙，色如點漆，故曰入木三分，筆重故也。」拿我這樣「鴉塗不堪」，而要上攀湘綺，自然是荒乎其唐的瞎說，然而下筆卻也甚重，字跡也稱得起「比人加黑」，只是「漆黑一團」罷了！打一個諢，就此收科。

《古今》一周紀念贅言

當文壇消沈寂寞之際，刊物中乃突有《古今》出而與世相見，使讀者眼界頓開，爭先快睹，文化界因之呈一種活躍之狀態，斯誠事變以後文藝史上所可大書特書者。「飢者易為飲〔食〕，渴者易為飲。」蓋刊物之稍能饜望者，即可博得歡迎。況如《古今》之內容充實，氣象光昌，為出版界放一異彩，其擁有甚多之愛讀者，風行一時，眾口交譽，蓋實至斯名歸焉。此種現象，豈幸致哉！

《古今》創刊於去歲三月，月出一期，至第九期（十月十六日出版）起，更由月刊而改為半月刊，每月兩期，其質的方面與量的方面，均益足使人滿意。其不懈益進之精神，有如此者，自創刊以迄今茲，遂於奮勵進行中已屆周歲矣。此固甚值得紀念之事。第十九期之特出「一周紀念號」，以示歷久不忘，宜也。

《古今》第十七期載〈一周紀念號向讀者徵文啟事〉有云：「本刊之出，一鳴驚人。」誠哉其為一鳴驚人也，願善葆此不懈益進之精神，努力邁往，行見二周、三周……發揚光大，久而彌昌焉。勉之勉之，一飛且沖天矣。

由《古今》而回憶事變前之上海定期刊物，有可述者。東南人文素盛，上海尤薈萃之區，加之交通之便利，物資之豐厚，舉凡出版業務之發展，遠地作品之徵集，在在均易於為力，以故文藝定期刊物亦於此種環境下發榮滋長，蔚呈盛況。其以散文小品一類文字見稱於時者，如《論語》以「幽默」鳴，頗令讀者耳目一新，銷行甚廣，內容多可喜，而論者亦或謂其專載諧謔一路作品，取材不免單調，閱讀之際，除足供消遣外，所得似較少。繼之而起者，則有《人間世》，更對小品文特別提倡。其所揭櫫者云：「小品文可以發揮議論，可以暢泄衷情，可以摹繪人情，可以形容世故，可以札記瑣屑，可以談天說地，本無範圍，特以自我為中心，以閒話為格調……善冶情感與議論於一爐……《人間世》之創刊，專為登載小品文而設，蓋欲就其已有之成功，扶波助瀾，使其愈臻暢盛……除遊記、詩歌、題跋、贈序、尺牘、日記之外，尤注重清俊議論文及讀書隨筆，以期開卷有益，掩卷有味。」旨趣如是，內容亦頗能相副，不僅「有味」，實兼「有益」，故較《論語》尤得讀者之重視。《人間世》停刊較早，而當其將次停刊之時，即復有《宇宙風》代之而興，宗旨相近，而又一新其陣容。所揭櫫者云：「雜誌之意義，在能使專門知識用通俗體裁貫入普通讀者，使專門知識與人生相銜接，而後人生愈豐富。《宇宙風》之刊行，以暢談人生為主旨，以言必近情為戒約，幽默也好，小品也好，不拘定裁，議論則主通俗清新，記述則取夾敘夾議，希望辦成一合於現代文化貼切人生的刊物，所以不專談幽默，正是以慶幽默之成功，無論何種寫作，皆可有幽默成分夾入其中，如此使幽默更普遍化。」於《人間世》及《論語》之長，蓋兼取之，尤有後來居上之概，間出特輯，亦博好評。又有

《談風》一種，較後起，內容亦頗良好，體裁似亦以近之。惟創刊未久，即值事變，所見僅數期，印象未深。此外更有可特書者，則有《逸經》一種，標明「文史」刊物，宣布宗旨曰：「《逸經》之宗旨，乃在供給一般讀者們以高尚雅潔而興趣濃厚，同時既可消閒復能益智的讀品，並圖貢獻於研究史學及社會科學者以翔實可靠的參考資料，務期開卷有益，掩卷有味。」並謂性質是「純粹的史藝與文學的刊物」；文體是「長短不拘，語文并用，莊諧雜出，雅俗共賞」；取材是「今古盡收，譯作皆有」；內容是「不尚清談，不發空論，必求言中有物，華而且實，使能篇篇可讀，期期可傳」。蓋文與史兼重，而所載作品，頗側重於史的方面，「太平天國」史料之搜輯研究，尤其特徵。至文字方面，雖莊不廢諧，而大體言之，體裁固較趨嚴肅也。出版以後，亦甚得社會歡迎，其成績，尤為治史者所讚許焉。滬杭密邇，聲息相通，有異軍特起之《越風》一種，出版於杭州，揭同人信條四項曰：「一、不張幽默惑眾。一、不以巧言欺世。一、不倡異說鳴高。一、持惟真憑實據和世人相見。」其內容蓋以史為主体，並於浙省文獻，更特加注意。就其命名觀之，即可覺其上承浙東學派之遺風，且富於鄉土意味。（出有《西湖特輯》。）既以反「幽默」為信條，尤足見其文字方面之嚴肅性。當時《越風》內容亦頗可稱，允為之江之名刊物，而銷行各地，則似未逮上舉滬上各種廣溥，蓋地域與性質均不無關係耳。

以上所列上海（附杭州）諸定期刊物，蓋聊取可資論及《古今》之揚榷者，作簡單之引述，就所見略舉而已，其未見及偶見而印象太淺者，不敢妄談也。

當諸家刊物，竟起爭鳴，其情狀可云極一時之盛，乃事變遽起，風流雲散矣。數年以來，景象蕭索，嗜讀諸刊物者，忽忽若有所失者已久。去歲三月，復見《古今》創刊於滬上，「入門下馬氣如虹」，打破沈寂，令人精神陡振，讀者忻慰之情，來暮之感，蓋交集焉。《古今》之發刊詞云：「古今中外，東西南北，形形色色，無奇不有。在幾千年的歷史中，世界上產生了多少英雄豪傑和名士佳人，發生了多少驚天動地地可歌可泣的事蹟。過去的都成史料，現在的有待紀錄，未來的則無從說起……所謂歷史，整個的就是一部人類的千變萬化和喜怒哀樂的紀錄……我們除了一枝筆外，簡直別無可以貢獻於國家社會之道。因此，我們就集合了少數志同道合之士，發起試辦這個小小的刊物，想在此出版界萬分沈寂之時來做一點我們所自認尚能勉為其難的工作。我們這個刊物的宗旨，顧名思議，極為明顯：自古至今，不論英雄豪傑也好，名士佳人也好，甚至販夫走卒也好，只要其生平事跡有異乎尋常不很平凡之處，我們都極願盡量搜羅獻之於今日及日後讀者之前。我們的目的在乎彰事實，明是非，求直理，所以不獨人物一門而已，他如天文地理，禽獸草木，金石書畫，詩詞歌賦諸類，凡是有其特殊的價值可以記述的，本刊也將兼收并蓄，樂為刊登。總之，本刊是包羅萬象無所不容的。」開宗明義，所昭告於眾者若此。蓋其範圍宏大，包孕繁富，所謂「上下五千年，縱橫九萬里」。蘄向所在，足見大凡。要其注重之點，固尤為史的方面之致力也。體裁風格，則深具引人入勝之能事，似前舉各刊物之長處，類皆有所採取，而更自有其特色。所登作品，大都以輕鬆清新之筆調，為雋婉流利之談吐，文質相劑，情韻不匱，凡是讀者，當能辨之，無待煩言。至《古今》之工作，以視前舉各刊物，則殊有難焉者。此一時，彼一時，今昔相衡，不可同日而語，亦無待煩言而解。《古今》對局之苦心孤詣，當為世所共喻矣。（縱或稍有未盡使人滿意之處，緣是似亦未宜遽作求全之責備。）

《古今》第十七期，標明「散文半月刊」。此後內容，似將側重在文的方面，與前之重史稍異。惟「文」與「史」雖若各有其分野，而「文」之含義本多，「史」之領域亦廣，二者實有息息相通之關係，固可分而不盡可分也。初民於狩獵辛勞之餘，圍火困坐，燔食所獲，於煙焰中快談祖先之英雄事蹟，興酣更以歌唱舞蹈繼之，此蓋文學與歷史之共同的起源。「文」「史」就其發生上言之，可稱為一對孿生子，其後雖漸分化，而關係仍屬密切。大史家每具文心，大詩人亦多史筆，司馬遷與杜甫即為最顯著之例証。史學家劉子玄、章實齋，於所作《史通》、《文史通義》中，論史勻衡文並重，尤足見兩者界域之不易劃分。迄於最近，盛唱以科學方法治史，史學乃與文學判為兩途，成為社會科學之一部門。此在學術上固為一種進步，然以過於重「事」而輕「人」，重常則而輕變象，充類至盡，幾將以歷史統計學為史學之正宗。流弊所及，「史」只剩留枯燥的名詞數字，「文」只剩留浮飄的感情。其實「文」與「史」畢竟均以人類生活為其對象，史書之佳者，特具意境，正與文藝無殊耳。要之，「史」不可無性靈，「文」亦不可無實質，否則治史將等於掘墳，學文亦將等於說夢，其影響殆可致民族活力與熱情之衰退，非細故也。是以治史者不宜僅以排比史跡為已足，尤宜注意於抉發史心。文藝作品之有資於史學者，有時或迂於碑版傳狀之類，因後者每只是事跡的鋪陳，前者每可見心情的流露，此杜甫、元好問、吳偉業等之作，所以稱為詩史歟！且不僅客觀之作，可為珍貴之史料，即屬於純主觀者，苟能審為體味，亦可洞悉其時代精神，歷代作品中，其例亦自不乏也。（嘗與何梅岑先生談及「文」「史」問題，每就鄙說加以引申，此節頗採其語。）「文」「史」關係，略如上述。《古今》今雖以「散文」相揭櫫，吾知其於「史」的方面，（或具體的，或抽象的。）必仍能使讀者獲得不少之裨益。即以第十七期而論，其有裨於治史者豈鮮乎！（散文小品，其用或優於高文典冊，以其簡明而生動，易於引人入勝也。）

余治史既無所成，為文尤筆舌拙滯，頻年東塗西抹，實無足道，《古今》創刊之後，徵及拙稿，以備一格，雅意殷拳，勉效綿薄，大懼無以副讀者之望也。（《古今》於拙稿時有過譽之介紹語，厚愛可感，然實非所敢承。）茲以一周紀念，復徵言於不佞，誼弗可辭，語難中肯，拉雜書此，贅言而已。

（原載《古今》1943年第19期）

荔枝與楊梅

夏日佳果，荔枝最負盛譽。粵、閩均產荔枝，四川亦有之。白樂天（居易）〈荔枝圖序〉云：「荔枝生巴峽間。樹形團團如帷蓋，葉如桂，冬青，華如橘，春榮，實如丹，夏熟，朵如葡萄，核如枇杷，殼如紅繒，膜如紫綃，瓤肉瑩白如冰雪，漿液甘酸如醴酪。大略如此，其實過之。若離本枝，一日而色變，二日而香變，三日而味變，四五日外色香味盡去矣。」名文狀名果，珍美嬌貴，寫來極其不凡，讀之使人饞涎欲滴。詩句則白氏之「嚼疑天上味，嗅異世間香」，杜牧之（牧）之「一騎紅塵妃子笑，無人知是荔枝來」，蘇子瞻之「日啖荔枝三百顆，不辭長作嶺南人」，為世傳誦，亦均足為此果聲價上之渲染。其它見於紀述及歌詠者，多不勝舉，類皆甚致嘆美，他果罕其倫比也。

然不喜荔枝而加以貶詞者，亦非無其人。如梁應來（紹壬）《兩般秋雨盦隨筆》卷三云：「余向慕嶺南荔枝之美。戊子二月至廣州，三月至潮陽，其時荔枝尚未實也。偶於大令王潛庵先生（鼎輔）席上談及之，先生曰：『子毋然！荔枝於北不如葡萄，於南不如楊梅，徒浪得虛名耳。』余初聞而未信，比還至惠州，舟中啖之，果然，乃知先生之語真定評也。因為詩紀其事，中有句云：『媵來西域才為婢，賣到南村合是奴！』」即對荔枝大加貶抑，不辭唐突焉。（戊子蓋謂道光八年。）

更考之，則前乎梁氏者，毛大可（奇齡）亦對荔枝甚表不滿。毛氏《西河詩話》卷二云：「予在閩食欐支，值五月將晦，以急歸不能待，連日購食，終不愜意。土人謂候早故味劣，又謂遠佳故近惡。予不謂然。夫時近夏仲，不為先候，猶是外府所致，殼紅肪白，如卵如晶，衣掀肌見爪到液流之際，不為失稔，而吞納一過，津溜氣腥，大不如人言所云，則直謂之曰不大佳可耳。時同食者，諸暨駱士遴，予門楊臥，皆謂予言然，各紀以詩。張杉嘗云白楊梅佳於欐支。予未食欐支時，嘗問杉其味。杉曰：『子第食楊梅差似，但比白楊梅小減耳。』予謂寧食楊梅勿食欐支。楊梅出予邑最佳。唐鄭公虔云：『越州宵山有白熟楊梅。』宵山者蕭山之誤。」毛、梁二氏之說，可云同調，異乎向來對荔枝之品評，蓋口之於味，固有難於盡同者。

楊梅產江浙等處，亦夏果之有名者，特聲譽猶稍遜於荔枝耳。江文通（淹）〈楊梅贊〉云：「寶跨荔枝，芳軼木蘭。懷蕊挺實，涵黃糅丹。鏡日綉壑，照霞綺巒。為我羽翼，委君玉盤。」推崇楊梅，雖已以跨荔為言，然似借荔枝以重楊梅之聲價，與毛、梁輩之特貶荔枝，意義上蓋為有間。至江後之詠述楊梅者，多以荔枝相擬，固絕好之陪襯也。為荔枝與楊梅爭長，事有趣者，如陶秀實（穀）《清異錄》云：「閩士赴科，臨川入赴調，會京師旗亭，各舉鄉產。閩士曰：『我土荔枝，真壓枝天子，釘坐真人，天下安有並駕者？』撫人不識荔枝之未臘者，故盛主楊梅。閩士不忿，遂成喧競。

旁有滑稽子徐為一絕云：『閩誇玉女含香雪，吳美星郎駕火雲。草木無情爭底事，青明經對赤參軍。』」可供噱助。（臨州為撫州治。）

毛、梁不喜荔枝，前此則文徵明（壁）不食楊梅，事亦可述。閻秀卿《吳郡二科志》文苑中列文氏，所紀有云：「食性多禁，尤不喜楊家果，人或笑之，作解嘲詩。其詞曰：『南風微微朝夜吹，暑雨未到此山口。此時珍果數何物，五月楊梅天下奇。纖牙彷彿嚼冰雪，染指頃刻成胭脂。論名列品俱第一，我不解食猶能知。天生我口慣食肉，清緣卻欠楊梅福。冰盤滿浸紫葳蕤，常年只落供今目。千金難致漠北寒，北人老去空垂涎。渠方念之我棄捐，食性吾自知吾偏。十年枉卻蘇州住，坐令同儕笑庸鄙。幾回欲作解嘲詩，曾未沾唇心不死。葉生生長楊梅塢，眼看口啖日千顆。願從君口較如何，補作西醃楊梅歌。』」自謂食性之偏，說法與毛、梁之貶荔枝不同。

毛、梁所紀，一軒楊梅而輊荔枝，一兼謂荔枝不如葡萄。汪鈍翁（琬）之論，則正美楊梅以擬葡萄。其《說鈴》云：「客指燕地蒲萄，問予吳中何以敵此。予答曰：『橘柚秋黃，楊梅夏紫。』言之已使津夜液橫流，何況身親剖摘？」又云：「昔陳昭問庾信蒲萄味何如橘柚，信曰：『津夜液奇勝，芬芳減之。』尉瑾曰：『金衣素裡，見苞作貢，向齒自消，良應不及。』然則蒲萄、橘柚舊已齊名，獨未有以楊梅敵者，止見江淹一頌耳。既已齒及，足令此果長價。」名果品題，亦足備覽。

蘇子瞻似嘗於名果之擬荔枝，右楊梅而左葡萄，蓋或言西涼葡萄可對閩廣荔枝，蘇氏以為未若吳越楊梅也。又憶宋人詠楊梅有「味方河朔葡萄重，色比盧南荔子深」之句。均可作汪說之補充資料。

一個小型方志

故都新（國）舊（廢）曆兩度新年廠甸臨時市集，書攤櫛比，（舊新年以歷史及氣候之關係，尤較盛。）上自文化大師，下逮吾輩窮酸之流，多蹀躞其間，冀有所遇，上者力足以得善本珍籍，下者卑無高論，不過隨分搜訪，聊過書癮而已。今歲二次，余均以身體不適，未能多往，且是寒不克久作徘徊，各僅匆匆一二過，不足以言逛廠甸也。其間偶於一小書攤上得一油印小冊子，曰《齊家司志略》，寥寥十餘頁，已黯敝。此書之性質，實一小型之方志。齊家司者，據書中「輿地」門云：「齊家司係順天府宛平縣分司，地在縣之正西，距京一百六十里，南界房山，北通懷來，西與涿州之三坡相連，東與縣屬之王平司、石港司並相接，南北七十餘里，東西七十餘里，重嶺疊嶂，深谷逶迤，舟車不通，懋遷有無者，肩挑背負。」蓋宛平縣轄境之一部分，而分治於齊家司巡檢者。此類小型方志，向頗罕見。

書為司人王金度於光緒初年所撰，分輿地、山川三則、城郭二則、土產、風俗、里社、田賦、傜役、衙署、祠宇、經費、形勝、武備、歷官、鄉賢、墳墓、友弟、節義三則、古蹟十九門，而以「齊家司屬八景」殿焉。後附其門人王旭（字曉村，亦司人）續稿，為名宦祀及續鄉賢三則。金度之略歷，著於《續鄉賢》中，文云：

> 王先生，諱金度，字式如，居宛平齊家司東北山裡。父文廣。先生初入塾，即有志好學。本鄉無明師，就學懷來縣，受業於孝廉侯先生名國選，二十歲補弟子員，又二年食餼，館於門頭溝，與文生馬貢園名翰如，暨其弟文生雲章名相如，並教讀之遵化州文生魯靄嵐名瑞山，文藝博觀，注評互正，如舊相識，繼而俱赴京城設帳，文益進。咸豐八年戊午，先生舉於鄉。九年己未恩科，雲章舉於鄉。同治元年壬戌，雲章中式禮闈，由庶常授編修，撥御史。先生仍館於京師數年，其文名品學，為冀京兆所稱許，與太史忠斌等相友善，而與雲章交，志合情投，尤契且久。屢試禮闈未第，遂不求仕進。先生立身行事，敦本尚德。生平無急言遽色，暇則終日默坐，無惰容，及酬接則善氣迎人。事親篤孝，兄弟怡怡。鄉人有為不義者，惟恐令先生知之；鄉中過有爭論，聞先生一言立即解紛，閭里薰其德而善良者眾。自京師歸，館於房山之南北窖村，主平司之板橋村各有年，惜主本鄉之講席日少。教人不尚嚴急，人自樂學。為文闡發實義，寄託遙深。講解精詳，貫通經史，並誨以玩索《四書朱注》，研究《近思錄》，尤樂稱先賢明道程子，其覺悟不止以言見也。學者稍有怠荒，一見先生道貌，侍側慚恧，好學之心，自油然而生。生平不喜著述，惟晚年奉府諭著《齊家志

略》一書。司之巡檢呈於府，周京兆覽而讚美，書聘先生進府署，助修順屬諸志，聘書到而先生卒已兩閱月矣。先生卒於光緒八年壬午，年五十四。未有子，以弟之子成信為嗣。

如所云，金度蓋一當時在順天頗有文譽之鄉里善人也。其友馬相如，官至陝西按察使；此書有其光緒三十二年所為序，弁於卷首。

此書敘事雖簡，而筆致雅飭可觀。如「山川」門紀百花山云：

> 群山萬壑赴都門，其西南諸峰，悉從百花山起脈。山峙司之西南，高十六七里：一支東下，為達摩嶺，婉蜒為大安山大寒嶺峰口庵，至石景山前之小黃河止；一支南下，為房山縣之大房山。無名花草，遍山取妍，三時不絕，故山名百花。雞鳴後登造絕頂，望東海日出處，勢如噴火，初升如千葉紅蓮，約大畝許。當夏秋驟雨，山頂赤日當天，俯視人寰，諸峰盡失，陰雲密布，足下雷聲轟轟，俄而開霽，眾壑水流，四圍柯墟，歷歷在目，始知山下雨矣。

狀物生動，寫景工倩，可為一則好小品文字。

大凡言地方名勝者，類有所謂八景。景而必八，已成通套，方志往往有之。齊家司雖僻壤乎，書亦特備八景，所敘如下：

（杏花春雨）清明節，杏花開放，漫野遍山，迷離無路，芳香襲人。得有微雨，土人以為有秋之兆。（按「土產」門首列杏子，謂：「杏子成熟，可當一秋。」）

（靈桂秋波）即靈桂川。立秋後眾壑水趨，晶瑩數十里，石子磷磷，游魚可數，清波可愛。

（白鐵晚晴）夏秋苦雨連綿，白鐵山後，天痕微露一線，即當晴霽。

（百花曉日）百花山，雞鳴後登造絕頂，望東海日出處，勢如噴火，初升如千葉紅蓮，約大畝許，奇觀也。

（西峰積雪）西靈山，在齊家司西，界涿之三坡，踞群峰之峻。伏庚始盡，遙望峰項，已有雪色。

（南澗伏冰）馬蘭村南澗，雖當溽暑伏庚，堅冰不解，土人以為萬年冰。

（古寺鐘聲）靈嶽寺，鄰近七八村，相隔四五里，晨鐘一擊，村落皆聞。

（板橋霜信）靈桂川各渡架搭板橋，約數十道。秋時曉行，雞聲月色之餘，板橋人跡，霜信最早。

寫來亦頗楚楚有致，可稱為小型之八景。

「風俗」門有云：「石田山隴，稼穡艱難，人以奢麗為大戒，男子不飾邊幅，婦女不施脂粉，布衣濯浣以為禮。孝友慈睦，意實懇懇，而不為靡文。戶皆土著，人各謀生，無巨富亦無奇貧，無為僕隸妾奴者。」是雖瘠區，而不失為善地焉。

「墳墓」門載「皇明忠烈毛將軍墓」碑，毛蓋明末抗敵不屈而死者也。碑文云：

將軍諱立芳，浙之餘姚人，以鎮撫科效勞於易州兵憲幕下，緣沿河中統乏人，借將軍揚麾鎮之。將軍之治沿河也，以崇禎二年七月受事，拮据營務，殫厥心力。迨仲冬而敵人犯，震逼京師，散掠攻圍，內外不通，殆幾兩月；將軍防守甚固。三年孟春，洪水口、小龍門悉報警，將軍率眾出禦，曾不逾時，與同官守口張炳、張桂奇，合兵出戰。方出口至老龍凹，布陣未定，虜已馳數騎衝我軍，將軍急拒之。繼而虜齊至，跳梁健鬥，揚塵迷目，冰雪難行，士卒失利，將軍與二張同被擄。挾將軍降，誘以厚利，期為先驅，同入洪水口。將軍怒罵，自刎而卒。本地士民爭捐資購棺殮之，復捐爽塏之地以葬，且持牘請於道府，期為代題旌揚，而朝議尚有待而未果也。仲春竣其葬事，將軍兩嗣，長寶哥，次金哥，俱在齡幼，諸士民復以墓碑請；予嘉其意而敘其顛末。予固暫代守戎事者，恨不能挽而起之九原也。然虜雖戕將軍之生，追殲於牛角嶺，將軍之憤少伸，而忠魂亦可瞑目矣。是為記。巡撫保定標下聽用，署馬水路參將府事，前任永寧參將，都指揮劉灝撰。崇禎、歲次庚午、仲夏端陽之吉立。捐墓地人談元，談樸。（碑額字「忠義流芳」。墓碑在輯寧門外路北。）

民族英雄，自是值得表彰者。明崇禎二年，清太宗大舉進攻，由喜峰口入，薄京師。毛立芳即死於是役。

「友弟」門云：「張公名璩，字玉衡。其先楚人，明永樂中遷靈桂川之馬蘭村，遂家焉。其兄經歷江西，中道而亡。嫂有他志，公義留之。嫂曰：『叔若無夫婦之歡，奴即守！』公曰諾。公僅一子，未滿歲，令嗣其兄，終身不入妻室，遂絕嗣。」讀之慘然。古不以寡婦改嫁為可恥，例證甚多，不勝枚舉，自程頤、朱熹輩鑄成一種宋儒禮教，傳衍後世，於是改嫁不獨為寡婦自身之辱，且為其亡夫及家門之辱，阻遏改嫁，乃成為盛德事矣。張之嫂欲改適，見尼於張，激而直以「夫婦之歡」為言，其志已決，其情亦甚可憫。張則確認非奪其志而迫其守，不足以保持其從一而終之大節，不足以保待亡兄與家門之聲譽，且不足以保持綱常名教之尊嚴，乃毅然以自絕「夫婦之歡」為抵制之武器，以杜嫂口，並「不孝有三，無後為大」之儒家信條，亦弗暇顧焉；至其妻本居事外，在此叔嫂相持之僵局下連帶而被犧牲，亦絕「夫婦之歡」，（諺所謂「守活寡也。」）尤屬無端受累，不知張亦興「我誤妻房」之慼否。「友弟」門僅此一人，金度之意，蓋以其難能斯最可貴，特揭舉而褒之，以風當世耳。書至此，不禁聯想而及於桐城派古文大家梅曾亮之〈書楊氏婢〉。其文云：「楊氏之寡妾，以貧故，不安於室，嫁有日矣。未嫁前一夕，呼其婢不應者三，怒曰：『汝，我婢也，何敢如是？』

婢叱曰：『我楊氏婢耳！汝今誰家婦者，曰我婢我婢！』妾方持剪刀，落於地。起，環走房中，至天曙，呼其婢曰：『汝今竟何如？吾復為爾主矣！』婢叩頭泣，妾亦泣，竟謝媒灼不行。後將嫁其婢，婢曰：『人以我一言，故忍死至今；我亦終不去楊氏門！』亦不嫁。妾之夫，楊勤恪公錫紱子也。」可貴由於難能，梅氏書此，當亦不外斯意，正可合看，而字裡行間，尤適充分呈露其不自然、非人情之態，令人覺此種宋儒禮教之可畏。此名門之婢，蓋服膺程頤「餓死事小，失節事大」之訓至深者也。（所引梅氏此文，係就適在手頭之王文濡評校音注本王先謙《續古文辭類纂》錄之。錄畢，見文濡眉批云：「淫風甚而閨德喪，恨不起先生於九原，多作此種文，為之教貞！」讀之肅然而又喟然。）

王伯恭《蜷廬隨筆》有云：「袁爽秋……女適高子衡觀察爾伊——世為杭州首富。子衡四十餘以疾卒，袁夫人欲改適。子衡之弟爾嘉號子羨……跽請於嫂：『幸無奪志，家非不足於財者，有侄數人聽擇為嗣，且年近五十，寧又更貽家門羞也？』袁氏曰：『君言誠有理，惟貞節之說，迂儒不近人情之譚也，吾當力破此戒，以開風氣，無庸更為煩聒！』於是嫁一大腹賈去。子羨後與吾相見京師，尚垂涕而道也。」此高家之事，亦可與彼張家之事對照而觀；袁氏則打破宋儒禮教而斷行己志，使叔無如嫂何者也。至所嫁為何種人——大腹賈抑非大腹賈，不關守或嫁之根本問題。要之寡婦之守或嫁，應尊重其本人之志願，他人不宜加以強制。「奪志」一詞，每用以指寡婦改嫁，實則願守而強以嫁，固可曰奪志，願嫁而強以守，亦何獨不然？若願嫁即嫁，猶之願守即守，只可云如志，不能云奪志也。（伯恭《隨筆》，此一則見於民國初年北京某報。某報曾載其若干則，題曰《王蜷翁蘭隱齋筆記》。後伯恭名筆記全稿曰《蜷廬隨筆》，凡五卷。闞鐸於其卒後所印一冊，不分卷，乃全稿之節本，此一則未錄入。）

紀昀《姑妄聽之》卷四有云：「《春秋》有原心之法，有誅心之法……里有少婦，與其夫狎昵無度，夫病瘵死。姑察其性佚蕩，恒自監之，眠食必共，出入必偕，五六年未嘗離一步，竟鬱鬱以終。實為節婦，人不以節婦許之，誅其心也……此婦心不可知，而身則無玷，〈大車〉之詩所為『畏子不奔、畏子不敢』者，在上猶為有刑政，則在下猶為守禮法，君子與人為善，蓋棺之後，固應仍以節許之。」此種被強制守節之禁錮的節婦，真難乎其為節婦矣！紀氏以輕宋儒，被崇尚宋學之桐城派宗師姚鼐斥以「猖獗」，其筆記對宋儒理論，恒持懷疑或譏評之態度，此處之仍以節許彼禁錮而死之節婦，意蓋亦示不滿「講學家責人無已時」，動為「誅心」之刻論，然不敢謂應開籠放鳥，聽其改嫁，徒斤斤於節不節，實猶泥於此種朱儒禮教，未能跳出程朱之手掌耳。

連類而及，拉雜誌之，「跑野馬」與「打死虎」之誚，或不免歟。

（原載《逸經》1936年第4期）

《清史稿》與趙爾巽

民國三年，內戰甫止，袁世凱欲以文事飾治，議修清史。趙爾巽既應招至自青島，遂受清史館總裁之聘。（後稱館長。）任職十餘年，《史稿》粗就而卒，蓋可謂始終其事者，臨終遺書，於斯極示惓惓，誠晚年心力所寄也。其表侄奭良，實與斯役，為爾巽所撰行狀中，紀其任職經過有云：

清史館開，屬以總裁。公曰：「是吾志也。」公深念一代有一代之事，始有一代之史。有清關內外垂三百年，事績既多於往代，變遷亦甚於前朝，列帝精勤為治，手批章牘，成為家法，又與歷代垂拱者有間。又史以昭法戒，心當據事直書，遠年之遺事，或待野史而後詳，兵戎之方略，或翻中旨而後備。公近取翰苑名流，遠徵文章名宿，廣搜密檔，博採圖經。開館之日，魚魚雅雅，禮容極盛。奭良屬以事辭，未能趨蹌將事，而耳熟猶能詳也。始公請於項城曰：「往代修書，即以養士，欲援曩例以縶逸賢可乎？」項城諾之。公按籍而求，聞名而致。其人或久之乃至，或竟不一至，或數年得一文，或竟不著一字。公皆禮貌有加，餼廩勿絕。公日一到館，校視已成文史，間有勒削。嘗一日閱至二萬字，精力滂魄如此。宏納士流，士有一技之長，一言之契，無不錄之廡下。其有悉心考索，矜慎下筆，刻期成文者，尤深敬異。庚申三月，有西館編比之舉。丙寅九月，又有修正紀、傳、志、表之舉。兩月一交課，二年而視成，較之前事，少嚴少密。此及數月，而公病矣……先是項城歿後，館中經費驟減十萬，其後遞減，月至三四千。此三四千者，猶不時至，或參以國庫券、公債票之類，損折難計，拮局日形。公知司邦賦者不足與爭，乃乞撥於諸軍帥。諸軍帥慕義樂善而重公之名德，如龍江吳將軍、山東張將軍，皆慨輸鉅款，山東發棠之請，至於再三，其它義助甚眾。今大元帥主持於上，為之籌畫料撥，尤詳以巨。公念祈請不可以屢為，修正刻期尚遠，即修之亦未必果正也，莫若速付剞劂，告一結束；既而曰：「吾不能刊《清史》，獨不能刊《清史稿》乎？」會袁京卿潔珊自遼陽來，公夙契也，慨然以身任之，即就館發刊。七月十日以瑞學士所修《宣統本紀》付奭良修改，且追促之，十日而畢，呈稿於公，少有增珊〔刪〕，送稿館中。八月病復作，自知不起，七日亟覓袁君至，付以刊資，曰：「有不足者，君任之。」是夜加丑，公遂長逝矣，實民國十六年九月三日也……享年八十有四……自丁巳以來，每至越甲有鳴，館門輒閉，公恐成書受毀，護持維謹，極勞神思，故其急於發刊者，亦欲少釋危責也。

於爾巽與《清史稿》之關係，擴寫頗盡致。爾巽耄年矻矻，以勤斯職，《史稿》之成，端推首功已。雖斯書以違悖潮流，致遭禁抑，而網羅一代事蹟，要為一部大著作，未嘗不可作史料觀，（此書自有相當價值，其內容當更論之。）爾巽之勞，未可沒也。

奭良，字召南，素頗究心文史，有八旗才子之目，二十九歲，即官奉天東邊道，後在湖北荊宜施道任，被劾降官，再起為江蘇淮揚海道。辛亥革命軍起武昌，江北提督段祺瑞至彰德謁袁世凱，俾護提督印務，旋清江浦兵變，跳而免。家豐於財，選色徵歌，以豪侈著。入民國後，業漸替，竟至生計艱窘。爾巽引參史事，為館中負責人物之一，史館既結束，奭良益困頓無憀，賴友人資助度日。嘗設館講《莊子》，聽講者醵資為束脩，月共銀三十圓耳。民國十八年卒於舊都，年逾七十矣。所著有《野棠軒文集》、《野棠軒摭言》、《史亭識小錄》等，於清代史料、史館情事，時有述及，堪供考鏡。上引所為〈爾巽行狀〉中修史部分，自史館開館，以迄《史稿》付刊，可與金梁〈清史稿校刻記〉（附見梁所印《清史稿光宣列傳》）所述：

> 甲寅年始設清史館，以趙爾巽為館長，修史者有總閱、總纂、纂修、協修及徵訪等職，先後延聘百數十人，別有名譽職約三百人，館中執事有提〈調〉、收掌、科長及校勘等職，亦逾二百人，可謂盛矣。開館之初，首商義例。館內外同人，如于君式枚、梁君啟超、吳君士鑒、吳君廷燮、姚君永樸、繆君荃孫、陶君葆廉、金君兆蕃、朱君希祖、袁君勵準、王君

> 桐齡等，皆多所建議。參酌眾見後，乃議定用《明史》體裁，略加通變……其取材則以《實錄》為主，兼採國史舊志及本傳，而參以各種記載與夫徵訪所得，務求傳信，不尚文飾焉。庚申初稿略備，始排比復輯。丙寅秋，重加修正。自開館至是，已歲紀一周，其難其慎，蓋猶未敢為定稿也。丁卯夏，袁君金鎧創刊稿待正之議，趙公韙之，即請袁君總理發刊事宜，而以梁任校刻，期一年竣事。梁擬總閱全稿，先畫一而後付刊，乃稿實未齊，且待修正，只可隨修隨刻，不復有整理之暇矣。是時留館者僅十餘人，於是公推以柯君劭忞總紀稿，王君樹柟總志稿，吳君廷燮總表稿，夏君孫桐、金君兆蕃分總傳稿，而由袁君與梁校閱付刊……惜倉猝付刊，不及從容討論耳……是秋趙公去世，柯君兼代館長，一仍舊貫。歲暮校印過半，乃先發行。至今夏全書告成，幸未逾預定之期……《史稿》本非定本，望海內通人，不吝指教。當別撰校勘記，為將來修正之資。幸甚，幸甚。戊辰端節，金梁。

參閱，以相印證。

爾巽館長之任，由柯劭忞竟其緒，本居館中修史要職，且以所著《新元史》負國內外重名者也。而奭良深不滿之，有貶詞。如〈再覆夏閏庵書〉（與〈爾巽行狀〉均見《野棠軒文集》），謂：「前此二十五日之會，鳳公間語弟曰：『館長拳拳，而慎於專屬，殆難成事。余不自揣，請以本紀及各志見付編輯，期以二年畢事，薪俸在所勿論。其列傳及表，館長托之閏庵、晉卿諸公，（其時晉卿在旁。）諸公義所不辭，則可以有成矣。』弟當告之館長，次日又作小啟申言之，會值喬遷，暫從輟議，事局平定，諒相諮商矣。」附跋云：

柯公自任之說，以告館長，不答。次日又言之，並遞小啟。館長曰：「君等以其為《元史》而信之耶？彼亦假人為之耳。且置之。」次年丙寅九月改組，柯分修本紀，凡四閱月而得太宗一紀，屬余參訂。余見其橫塗豎抹，不可辨識，蓋就鄧孝先原稿，粗加點竄，即付之館中，館中人不能識，請之柯，柯亦不辨識也，乃請李星樵、金雪孫為校理之，兩太史均在，可證也。率易若是，何以修？及柯代理館長，將余所修六朝本紀，不尋事義，隨意塗抹。其《雍正》《乾隆》論中均牽及聖祖，大失謹嚴之意。又於《道光朝紀》袒穆而黜林。其它脫漏訛謬者，所在多有，（余校勘中詳言之，在金息侯所，索之不付。）史錄中略言之。乃服趙館長之遠識，而余之輕信也。

誤信柯言，不止一事。在西館時，一日偕行至東館穿堂門，謂余曰：「今上本紀，不可不修也。」其後館長屬瑞學士修《宣統本紀》成書，又令余刪潤之，經館長鑒閱，略有更定，送至館中發刊。迨柯代領受事，乃曰《宣統紀》不必修，眾議不可乃止。蓋二三其德如此。

所述如是，且謂爾巽亦嘗譏之焉。其可信之程度如何，當再考之。

世凱之設館修史，本含有借是延攬勝朝遺老山林隱逸之用意，猶之清初修《明史》故智。爾巽以「援囊例以縶逸賢」之說進，在世凱自屬「正合孤意」，宜其有針芥之契，而優予經費，供「養士」之用也。爾巽曾由勝清東三省總督改任民國奉天都督，其作青島寓公時，實已不能以遺老論，惟尚與遺老為緣耳。余嘗聞人談及當時情事。世凱擬以爾巽為清史館總裁，而以于式枚、劉廷琛副之，命總統府秘書吳鏐賫函至青島延致（時青島為遺老萃集之地。）此三人者，清末—總督—侍郎—京卿，且均起家翰苑者也。爾巽得函，意甚欣然，即往訪式枚，詢其就否。式枚曰：「公意如何？」爾巽曰：「當視君與幼雲意見為從違。」如二君允北上，亦當勉為一行。」式枚乃曰：「既如是，公可先詢幼雲肯就否，某將以幼雲之意見為意見。」蓋明知廷琛必不肯就也。爾巽旋往訪廷琛。廷琛以其父與爾巽為同治甲戌會試同年，待以父執之禮。爾巽語以來意，並曰：「我輩均受先朝厚恩，今逢鼎革，所以圖報先朝者，惟此一事。修史與服官不同，聘書非命令可比，似可偕往致力於此。」廷琛咈然曰：「年伯已視袁世凱為太祖高皇帝耶！歷朝之史，均國亡後由新朝修之，今大清皇帝尚居深宮，何忍即為修史？年伯如以為可，則與袁世凱好為之；小侄不能從，晦若當亦不能從也。」爾巽更欲有言，廷琛曰：「願勿再談此事，否則當恕小侄不接待矣！」爾巽太息而去，復往勸式枚，式枚亦固拒之；爾巽遂獨北上。世凱慰之曰：「得公來，此事可成矣，固知公不忘先朝也。晦若、幼雲不免拘執太甚，聽之可耳。」爾巽既受事，十餘年中，恒以報答先朝為言也。（奭良所為〈行狀〉，謂：「至於皇室，尤極惓惓，力所能至，必圖安全。本年鄉舉重逢，拜『燕桂重勞』之額，躬詣天津申謝，事君盡禮，淺人不知也。」爾巽會仕民國，頗為遺老所譏，茲特為作斡旋語。）比卒，廷琛挽以聯云：「恩重先朝，秉筆亦報先朝，人間何事未忘情，列聖典謨千載鑒。」「父殉國難，介弟又遇國難，地下相逢應痛哭，九州豺虎一龍潛。」自是復辟派要人之口吻，而於其修史之舉，若已加諒解焉。或謂下聯有微詞，言有愧其父與弟也。（介弟指趙爾豐。父文穎，咸豐間在山東陽谷縣知縣任殉難。）式枚著有《纂修清史商例按語》（民國五年出版之《中國學報》第五冊曾載之），商榷體例，蓋雖不入史館，而於此事亦未忘情。

段祺瑞為臨時執政時，為優待前輩起見，任爾巽為臨時參政院議長，年八十二矣，精神猶強固，惟患重聽。院開幕日，祺瑞親蒞致詞。當由執政席至演台，他人於其往返之際均未行敬禮，爾巽獨起位肅立示敬，見者咸稱其恭謹。副議長以湯漪任之，祺瑞之意，蓋恐爾巽篤老不勝主席之勞，而漪則久為國會議員，且會充憲法起草委員會委員長，諳習議場故事，俾可代主議席；爾巽則雅不願僅領空名，每開會必躬自主席，報告開會畢，始退而由漪代，以進行議事。（以患重聽，會邀漪坐議長之旁以自佐，漪嫌類秘書，未之允。）即不開會

關於《清史稿》

前撰〈《清史稿》與趙爾巽〉一稿，（見本刊第二期。）言及爾巽臨終遺書，於《史稿》極示惓惓。頃偶在故紙堆中，睹當時錄存爾巽遺書之原文（稱〈《清史稿》發刊綴言〉），覆閱益見其對斯之情緒與態度，因更移錄左：

爾巽承修清史十四年矣。任事以來，慄慄危懼，蓋既非史學之專長，復值時局之多故，任大責重，辭謝不獲，蚊負貽譏，勉為擔荷。開館之初，經費尚充；自民國六年，政府以財政艱難，銳減預算，近年益復枯竭，支絀情狀，不堪縷述，將伯呼助，埶借俱窮，日暮途遠，幾無成書之一日。竊以清史關係一代典章文獻，失今不修，後來益難著手，則爾巽之罪戾滋重。瞻前顧後，寢饋不安，事本萬難，不敢諉卸。乃竭力呼籲，幸諸帥維持，並敦促修書同人，黽勉從事，獲共諒苦衷，各盡義務，竭蹶之餘，大致就緒。本應詳審修正，以冀減少疵類，奈以時事之艱虞，學說之龐雜，爾巽年齒之遲暮，再多慎重，恐不及待。於是於萬不獲已之時，乃有發刊《清史稿》之舉，委託袁君金鎧經辦，數月後當克竣事。誠以史事繁巨，前史每有新編，互證得失。《明史》之修，值國家承平，時歷數十年而始成，亦不無可議之處，誠戛戛乎其難矣。今茲《史稿》之刊，未臻完整，夫何待言？然此急就之章，較諸《元史》之成，已多時日。所有疏略紕繆處，敬乞海內諸君子切實糾正，以匡不逮，用為後來修正之根據；蓋此稿乃大輅椎輪之先導，並非視為成書也。除查出疏漏，另刊修正表外，其他均公諸海內，與天下以共見。繩愆糾謬，世多通人。爾巽心力已竭，老病危篤，行與諸君子別矣，言盡於此，以上所述，即作為《史稿》披露後向海內諸君竭誠就正之語，幸共鑒之。

中華民國十六年丁卯八月二日，趙爾巽，時年八十四歲。

蓋病歿數日前所書也。雖有回護之語，而深示歉然之意。「未臻完善」也，「急就之章」也，「疏略紕繆」也，「並非視為成書」也，固自知其難饜人望，而以「竭誠就正」之態度，屬望於「君子」「通人」之「切實糾正」、「繩愆糾謬」。臨死哀鳴，亦頗足令人惻然動念，而略寬其責備耳。

清史館開館之初，經費饒裕，爾巽以「養士縶賢」之說，上契袁世凱之衷，故一時領執筆之名義者，坐領厚薪飽食而嬉者不乏，奭良所謂「公按籍而求，聞名而致。其人或久之乃至，或竟不一至，或數年得一文，或竟不著一字。公皆禮貌有加，餼廩勿絕」也。館中其它人員，亦不免冗濫，金梁所謂「館中執事有提調、收掌、科長及校勘等職，亦逾二百人，可謂盛矣」也。其後以經費不繼，局勢動搖，慮以無結果而終，（此是爾巽有責任心處。）乃亟亟作交卷之計，賴「諸帥」之「維持」，俾以「急就之章」，粗了一樁公案，以卷帙論，以性質論，自是一部大著作，而實際上猶是草稿，故只可以《清史稿》名。縱不以違悖潮流而遭禁錮，其有待修訂整理者尚不尠，特以視王闓運主持之國史館，曇華一見，未有隻字之成績，結局猶為差勝。爾巽文名不足望闓運，史學亦遠不逮，得此或稍足解嘲歟。金梁近撰〈袁王合記〉（見《實報半月刊》第十二期），記袁大化、王樹楠事、于樹楠任清史館總纂事有云：「近人每責《史稿》，謂以民國官修清史，不應立言多背時制，而不知史館修史十餘年，實未成書，及議校剔，實臨時集款，購稿分印，未用官款一文，不宜以官修官書為衡也。特倉猝報成，不免疏陋，實多可指耳。然當時亦頗注意，即如《洪秀全傳》，為晉老手稿，其中賊、匪等字，均已校改為敵字，即此可概其餘矣。」為《清史稿》辯護，亦頗持之有故，然有清史館乃有《清史稿》，清史館有十餘年之歷史，未可專以最後時期之臨時集款，而謂未用官款一文也。（使清史館自始即注重效率，努力進行，人不素餐，款不虛糜，其成績當不止此。）至概餘之論，則各人看法不同；《史稿》未敢完全不顧時勢，惟於潮流有欠順應，以致被禁。（《史稿》執筆者雖多追懷先朝之勝清達官，而其中曾仕民國者固不少，即如爾巽、樹楠等，皆嘗為民國之官。）

爾巽自謂「非史學之專長」，雖若謙詞，蓋亦實話。館中人物以「史學專長」見推，宜莫柯劭忞若，以有《新元史》在也。奭良乃深譏之。孫思昉君來書，謂：「柯鳳老之《新元史》，碻為名著。晚年耳目聰明，惟手顫艱於作書，偶一為之，輒不可省，即自審視之，亦或不識，事則有之。奭君以愛憎立論，吾斯之未能信矣。」文人相輕，往往而然，兩人之生意見，或亦因是。（劭忞不能自辨其字，古亦有之。宋釋惠洪《冷齋夜話》云：「張丞相好草書而不工，當時流輩皆譏笑之，丞相自若也。一日得句，索筆疾書，滿紙龍蛇飛動，使侄錄之。當波險處，侄罔然而止，執所書問曰：『此何字也？』丞相熟視久之，亦不自識，詬其侄曰：『胡不早問，致余忘之！』」與劭忞之事雖不盡類，然可云後先相映成趣也。）奭良病劭忞之欲去《宣統紀》，金梁於〈袁王合記〉中，述樹楠之力爭此事，謂：「余等校刻《史稿》時，有議刪《宣紀》者，眾爭不得；晉老獨至余室，持杖擊案，大聲責余何不力爭。余慰以必不使刪此紀。乃問何說，余曰：『余初持《史記》今上本紀之說，主者駁以此出褚補，然既名今上，必馬遷自定，本無可駁，今當更以《春秋》定哀為斷矣。』晉老始色霽稱善，謂：『此事全在君矣。』後果以此定議。一朝完史，晉老一言之力也。」所云主者，未知是否亦指劭忞。（劭忞與金梁素善。）金梁所撰《宣統本紀》贊有云：「虞賓在位，文物猶新，是非論定，修史者每難之，然孔子作《春秋》，不諱定哀，所見之世，且詳於所聞，一朝掌故，烏可從闕？儻亦為天下後世所共鑒歟。」即解釋不刪《宣紀》之故也。

馬其昶亦與修史，撰〈晚清諸臣傳〉。民國十九年卒，章炳麟挽以聯云：「一朝史事付蕭至忠，雖子玄難為直筆。」「晚歲文章托李遐叔，想穎士別有勝懷。」上聯譏爾巽主修史之事，而對《清史稿》示不滿也。（下聯指其昶門人李國松。）炳麟於並世文人，少所許可，而對其昶尚相視不薄。（如清末〈與人論文書〉有云：「並世所見，王闓運能盡雅，其次吳汝綸以下，有桐城馬其昶為能盡俗。」並謂：「俗……非猥鄙之謂……世有辭言襲常，而不善故訓，不綦文理，不致隆高者，然亦自有友紀，窕儇側媚之辭薄之則必在繩之外矣。是能俗者也。」民國十餘年間與其昶書有云：「平日觀先生文字，亦謂世人所能為，此觀文士手筆，求愜心者千百不得一，返觀尊作，異如孤桐絕弦，其聲在塵境之表矣。」）頃於思昉處獲見所藏其昶〈清史館大臣傳稿〉六篇，為胡林翼、丁寶楨、曾國藩（紀澤附）、李鴻章（瀚章、鶴章、昭慶附）、張之洞、林紹年諸人，蓋即錄存所繳諸史館者，其昶更有刪訂處，而原稿已於《清史稿》所列不盡同，當是館中加以改削耳。容就兩本對勘之。

（原載《逸經》1936年第6期）

〈關於《清史稿》〉補

林紓以一老舉人而自矢勝清孤忠，頗思入清史館，參與修史之役，未遂其願。其跋《滿洲老檔》（金梁所編）云：「我朝發祥漠北，入關以後，世祖，聖祖，以深仁厚澤洽於民心，至今舉踵思慕。臣紓以犬馬餘生，八謁崇陵，豈惟顧戀國恩，亦我列祖列宗親學重士，淪浹人之肌骨爾。向者清史館既立，總裁趙爾巽亦敘名及紓，後寢其議。臣紓家貧無書，復不能制為私史，以闡揚先皇帝之聖德，晝夜隱痛，但為紀哀之詩，紓其黍離之悲斯而已。宣統庚申，舉人臣林紓謹跋。」庚申，約當民國九年也。其他文亦每言謁陵事，以表忠清之悃；而不獲致力清史，實其遺憾。然觀所為筆記，喜言清代掌故，時有疏僻，史才固未易言耳。紓卒於民國十三年，清史館為作專傳，列諸《史稿・文苑》，而稱其「忠懇之誠，發於至性，念德宗以英主被扼，每述及，常不勝哀痛，十謁崇陵，匍伏流涕，逢歲祭，雖風雪勿為阻……誓死必表於墓曰『清處士』。」一如其所自負者，亦足慰其志已。（〈紓傳〉聞亦馬其昶手筆，謂其「任氣好辨」，頗碻。）

（原載《逸經》1936年第7期）

談徐樹錚

北洋派軍人知名者，有秀才數人焉。小站老輩，王、段、馮曾有三傑之號，其一即為秀才，馮國璋也。自吳佩孚崛起而為北洋派後勁，聲威傾動一時，吳秀才之大名，尤為一般人所津津樂道。（齊燮元亦秀才出身，地位嘗與佩孚相若，而名望不逮。）北洋派段系要人徐樹錚，知名先乎佩孚，當所謂直皖之戰，皖軍之徐，直軍之吳，各為其軍重鎮，同為人所注目，雖雙方一勝一敗，（此役，樹錚當東路，戰方利，西路主力戰，段芝貴大敗，奔逃，勝負之局乃定。）而其時二人頗有齊名之概。考樹錚之出身，十三歲即進學，為蕭縣縣學生員，（且於十七歲補稟。）亦是清末黌門之客，與佩孚之履歷有同焉者。曹錕之銜命攻湘，佩孚以破竹之勢抵衡州，聲名大起，樹錚為聯絡暨鼓勵計，訪佩孚於衡，作〈衡州謠〉以贈，其詞曰：

……

久聞群賊相戒語，吳公兵來勢莫禦。

吳公何人吾不知，但盼將軍自天下。
群鴉暮噪啄人肉，吳公破賊何神速！
癡虜膏血被原野，黠者棄城遁荒谷。
斬馘追奔降貸死，吳公之來為民福。
馬前瞻拜識公貌，恂恂乃作儒者服。
閭巷無復夜叩門，軍令如山靜不紛。
流亡略已還墟邑，安業猶能庇所親。
吾男被兵死郊外，陷身為賊亦何怪！
妻女生歸繞膝行，人間此樂得難再。
吳公愛民如愛軍，與愛赤子同殷勤。
吳公治軍如治民，情感信藉由天真。
在軍整暇不自逸，雍容雅度尤無匹。
靜坐好讀《易》，天人憂患通消息。
起居有常禮，戟門廝卒嫻容止。
筆千管，墨萬定，看公臨池發逸興。
香一縷，酒盈卮，時復彈琴自詠詩。

老民幼嘗事書史，古今名將誰及茲！
昔祝吳公來，今恐吳公去。
願似寇君借一年，悃悃此情為誰訴！
為誰訴，留公住！
吁嗟吳公，爾來何暮！

讚不絕口，頌揚備至。斯時兩秀才雖未即真訂深交，而形貌之間頗相親厚也。未幾佩孚通電主和，引軍北返，旋有直皖之戰，兩秀才從此參商，不再聯歡。佩孚雖以落伍而絕緣政治，今猶矍鑠健在，樹錚則橫死已逾十年矣。

樹錚以諸生上書山東巡撫袁世凱，條陳時政及練兵事宜，世凱以屬段祺瑞，遂為祺瑞記室，甚見倚信。其後留學日本士官學校，卒業歸國，祺瑞方官江北提督，以為軍事參議。辛亥之役，祺瑞受命督師，以為總參謀。民國成立，祺瑞為陸軍總長，以為軍學處處長，調任軍馬司司長，兼管總務廳事；部中要政，多出主持，號為祺瑞之靈魂。蔣作賓時官陸軍次長，莫能與競也。尋擢陸軍次長，益專部務，與當時外交部曹汝霖，交通部葉恭綽，財政部張弧，並稱最紅之四次長焉。會有財政、陸軍、交通三部參案，乃調簡而為將軍府事務廳長。（時祺瑞兼管將軍府。）世凱營帝制，上書諫之，弗省，因勸祺瑞引退觀變。迨世凱死，黎元洪繼任大總統，祺瑞為國務總理，樹錚任國務院秘書長

（仍兼將軍府職），在國務會議席上，多所主張，內務總長孫洪伊，不謂然，以為秘書長非閣員，不過以事務官列席閣議，何得恃勢越權，每面折之，於是大哄。此為院內之爭。至對於元洪，祺瑞入樹錚之說，以為內閣制之大總統，惟蓋印於內閣所辦大總統令稿而已，一切不當過問，元洪方面，則謂大總統居元首之地位，要政理應與聞，不能浸為蓋印，於送請蓋印之件，時有詰問，祺瑞不悅，遂罕入總統府，專由樹錚持稿索蓋印，態度強硬，屢與元洪齟齬。總統府秘書長丁世峰則助元洪面斥樹錚，於是黎、段之間，惡感日深。此為府院之爭。兩事息息相通，黎、孫固相合以對抗段、徐也。僵局相持莫解，元洪乃電招北洋派長老徐世昌至京，初意擬令代祺瑞，世昌見祺瑞絕無退志，乃躬任調停，以洪伊免職、樹錚罷院秘書長（專任將軍府事務廳長）暫解僵局，而府院之扞格未祛，終為後來大政潮之張本，樹錚自係此樁公案中之最要人物，關係大局甚巨，緣是其名益大著焉。（此事內容複雜，限於編幅，不能詳述其原委，茲略就其輪廓言之而已。）王樹楠所撰〈樹錚家傳〉，敘此謂：「君任秘書長，過事持正，不稍徇人意，嚴抑奔競，絕僥倖，用必其才，人皆畏忌之，陰構府院之隙，君遂自免去。」孫宣所撰〈行狀〉，所敘略同。段祺瑞所撰〈神道碑〉，謂其「法度謹嚴，不肯稍徇人意。」不言府院生隙事。柯劭忞所撰〈墓誌銘〉，謂「以議論不合自免去。」不言其它。章炳麟〈大總統黎公碑〉云：「時公久失兵，而北洋軍勢未衰，嫮侮跆藉，無所不至；而國務總理段祺瑞袁氏稱制時，獨弗順，功亦高，其秘書長除樹錚緣傅《約法》，謂凡事當聽國務院裁決，總統徒畫諾耳，每擬令直入府要公署名。公任丁世峰為府秘書長，與相枝柱，事稍解，未平也。」兩說孰為較近事實，史家當有定論耳。（丁世峰後辭職時，發表辭職書，於府院之爭，言之頗詳，雖一面之詞，而亦可供參考。）

民國八年取消外蒙自治，為樹錚得意之舉，威稜遠儧，雄略驚人，雖未幾局面驟更，前功盡棄，而當時樹錚之於外蒙，措置之果決，制馭之嚴厲，魄力之偉大，規畫之閎遠，眾口一詞，盛業交稱，蓋庶幾大丈夫得志於時者之非常勳績。今日撫時事而念疇曩，尤足令人興斯人不作之歎。孫宣所撰〈行狀〉，述其事云：

己未，蒙古邊警亟，公念西北荒徼，屏藩中原，依若唇齒，其廣漠險要，繫國家安危甚大，鎮暴讋奸，首在屯兵，因條陳治邊要略，遂奉西北籌邊使兼西北邊防總司令之命，八月入蒙。是時蒙古自治，佛汗專暴，蒙民苦虐政，莫知所訴，聞公持節南至，師行有紀，皆望風相攜扶迎候，公所止輒停車以勞之，父老童稚滿車下，莫不感悅。王公剌〔剌〕麻以下數千人，皆徒步出庫倫東四十里，拜伏道左。公既至，大會王公剌〔剌〕麻宣德意，賜束帛，悉除一切酷稅。佛汗乃自請撤治，不復抗議條件。十一月，舉行冊封典禮，佛汗冠服躬詣穹廬行禮。時方嚴冬，而暄和如春日。萬民瞻觀跪拜，歡呼曰：「斯百年奇瑞，皆大將軍威靈也！」公恫蒙俗鄙僿，游媠成習，乃撰譯文告，剴切曉喻，殖生業，興地利，創學校、醫院、銀行，定禮制，改關稅，闢道途，立市政，尤以興築張恰鐵路為當務之急。十二月，還京師，特授勳二位。明年春，再入蒙。時俄羅斯赤軍初起，俄民皆怨懼，內徙蒙境。公聞之，即令恰克圖駐軍築立大柵，悉內俄民男女老弱居之，嚴兵守衛。俄民大喜曰：「中國常仇我，今大將軍待我以恩，保我父母妻子，吾得所歸矣。」公又念蒙境寥闊，政多掣滯，宜更舊制，立區道，便敷治，乃召集王公剌〔剌〕麻會議。議甫定，而公遽以遠威將軍內召。不數月，俄軍犯蒙，庫倫淪陷，至今言邊事者，猶深痛焉。

當時盛況，所謂大將軍八面威風也；而其銳意經營，力謀建設，事雖中變，亦足稱道焉。段祺瑞所撰〈神道碑〉云：

是時陳大員毅與外蒙商訂六十三條件，即向日俄人所主持之領土一部分，中樞已有允意。余以外蒙橫亙俄疆五六千里，儻入俄人彀中，中國事將不堪言。因屬將軍條陳邊務，冀謀挽救，旋奉西北籌邊使兼總司令之命，八月入蒙。余作序送之，勗以忠恕接物，堅忍圖功。視事後，結納王公，開誠布公，諭以從俄之害，內附之利，和藹近人，多數誠服；佛汗自請撤治。越年元旦，舉行冊封禮。冰天雪地，往返每不及旬日，勞苦異乎尋常；當道終不釋然，余從旁慰勉之……

可合看。如所云，樹錚此事，乃一遵祺瑞之指示。至惟言「忠恕接物，和靄近人」云云，不提臨以兵威一字，蓋其有意回護處，當分別觀之。本年西月十六日天津《大公報》社評〈外蒙問題之回顧〉有云：「民國八年徐樹錚拜命籌邊，提一旅之師，躬赴庫倫，迫活佛取消獨立，演出一出有聲有色的歷史劇……假以時日，中國勢力，不難穩固。」蓋當時之以兵力懾制，實為事實，無庸諱言也。距今十七年前，中國猶能以兵力取消外蒙之自治，使斂手內向，回顧誠有不勝其慼喟者矣。（孫謂十一月冊封，段謂越年元旦冊封，蓋陰陽曆之不同。孫文用陰曆，段文則雜用陰陽曆。王樹楠所撰〈家傳〉，此節亦採自〈行狀〉。）柯劭忞所撰〈墓誌銘〉云：

> 公揚歷中外，所至有聲，而籌邊尤為措置之大者。蒙古困虐政久，公師行以律，蒙人望風款附，耄倪相慶，拜公馬首。公大會王公、台吉、剌麻，宣布德威，蠲除苛暴。其佛汗大懾，自請撤治，不敢阻撓。公憫蒙俗樸塞，撰譯教令，為之殖生業，興地利，創學校、醫院，定禮制，更稅則，尤以建築鐵路為通商之要政。公嘗一至京師，予謂公：「西北游牧之民，公欲以郡縣治之可乎？」公輾然曰：「君勿信書，試觀吾規畫可也。」未幾奉內召之命。公去不逾時，俄人入寇，陷庫倫，而邊事終不可問矣。

似於樹錚之所以治外蒙者有微詞，要亦以威懾哲布尊丹巴呼圖克圖汗，取消自治，為樹錚之功也。

（柯、孫之文，均泛稱外蒙曰蒙古，未免界限不清；彼時內蒙豈嘗有自治之事乎？）

以治中國近年外交史著稱之張忠紱氏（北京大學政治系主任教授），有〈外蒙問題的回顧〉一文（見《獨立評論》第一九八號），則力排恒說，而就當時歷史研究，不以樹錚此役為有功，且以為有過。其文頗長，茲略舉之。據謂外蒙之取消自治官府，實出王公之自請。駐庫大員陳毅據情入告，請順勢收回，並催軍隊速往，借禦外患，兼保治安。政府可其請，遂由毅復與外蒙接洽，最後活佛允取消自治，並商定優待蒙人條件六十三款。樹錚抵庫後，主張先行取消自治，然後再商詳細辦法。此種主張，活佛及外蒙之議會均不贊成。樹錚遂將原定六十三款大加修改，將優待蒙人之條件多數刪去，向外蒙內閣總理提出，限三十六小時內完滿答覆，否則須將活佛拘送張家口。外蒙不得已，遵照提出請取消自治之呈文；但活佛終未肯簽字，外蒙議會亦未肯通過，僅由自治官府各部總、次長簽蓋。其經過如此。並云：

我何以說徐樹錚無功？因為：（一）外蒙取消自治係外蒙王公自己提起的，與徐氏無涉。（二）徐樹錚被任為西北籌邊使及西北邊防總司令雖在一九一九年六月，但徐氏赴庫倫則在是年十月底。在十月底的時候，匪僅取消自治的建議已由外蒙王公提出（在八月中），即取消自治的條件亦已經陳毅與外蒙商定。（三）徐樹錚於就任西北籌邊使及西北邊防總司令以後，在徐氏本人未到庫倫以前，即曾調遣軍隊赴庫。但中國軍隊進入庫倫之議，則並非由徐氏首創，陳毅於一九六〔一〕八年六月即已電請北京政府派兵入庫，首先抵庫之中國軍隊為綏遠駐軍團長高在田所部兩營（一九一九年三月抵庫）。

我何以說徐樹錚有過？因為：（一）陳毅與外蒙既已商定外蒙取消自治條件，且已得活佛允許，用徐氏因為不滿意陳毅，定要將原已議定的條件取消，致失去外蒙王公對於中國的信仰。雖徐氏終得以兵威強迫外蒙屈服，但外蒙已存離貳之心，所以不到一年，外蒙即又勾結白俄，想藉白俄的力量將中國駐外蒙的軍隊驅出……（二）徐氏既任蒙疆要職，他的武力政策又激起了蒙人離貳的意志，然而他並不赴庫坐鎮，卻在國內參預政爭。這種辦法，就是他不下台，庫倫遲早也是要失去的。（三）徐氏對外蒙的處置，所得的只是減低了優待蒙人的條件，而所失的則是外蒙的人心。中國在外蒙的實力已不充足，而又失去外蒙的人心，則外蒙必將叛離，可以預卜。

張氏之論，是一篇翻案文章，而按其所述，卻非好為立異，故意將樹錚一場大功勞一筆抹殺，蓋看法不同，於歷史之研究上，亦自有其根據及見地也。吾其時嘗聞人言：「樹錚之手段，或不免操切，然不濟以威力，亦弗足使外蒙有所畏懾，而不敢輕視中國。若樹錚於自治取消之後，始終坐鎮庫倫，縝密布置，並多方撫循，惠澤宏施，威以取之，恩以結之，如所謂逆取順守者然。天津《大公報》所云：「假以時日，中國勢力，不難穩固」，固在情理之中，則反側當不易起，對外患亦可有相當之防禦，外蒙似不至遂淪入俄人勢力範圍之內耳。所惜者，值內爭漸起，樹錚不能長駐外蒙，專致力於此，而時在京師擘畫對付政敵之道，卒罷籌邊之任，直皖戰事亦即爆發，身作逋客矣。以內爭而誤邊事，良可惆哉！（陳毅許外蒙而為樹錚推翻之優待條件內容亦應討究。）。

（原載《逸經》1936年第9期）

談徐樹錚（二）

樹錚雖常以政治軍事為生涯，而性甚好學，研誦典籍，孜孜不倦，喜與文人游，對於文學老輩（桐城派或准桐城派者為多），尤致敬盡禮，以相結納，故漸染有素，其文學上之造詣，實具有相當之功候，所為古文及詩詞，時有可觀。吳佩孚與之同以秀才號為儒將，文字程度，固不能及之也。孫宣所撰〈樹錚行狀〉所敘云：

公少慕為踔踸，而勤敏好學，強探精索，務極緒本。服官後，簿書填委，而稍暇輒諷誦不輟。舟車往來，必載書自隨。性謙抑，尊賢下士，誘掖後進，出於至誠。在京師，嘗預膠州柯鳳生，新城王晉卿，桐城馬通伯、姚仲實、叔節，閩縣林畏廬，諸先生論學。而吳縣胡綏之、鹽山賈佩卿、象山陳伯弢，諸先生，皆為文字交。每慨挽近舊學浸衰，新知鮮獲，創立正志學校，躬任校長，叔節、畏廬兩先生先後長教務，手定規制，重根祇，嚴約束，視校事如家事，視學生如家子弟。嘗自言：「夙昔救時之志，其稍得試於用者，惟此校耳。」又嘗設編書局，禮聘耆碩，分門編纂諸經傳注。及在巴黎，上書段公，請贈祿存問，因備言尊經重儒之要，與時異趨，不之顧焉。公治經宗漢儒，為古文辭導源班、馬，而抉取唐宋柳、歐諸家之長，於近代方、姚，雅所服膺，於詩嗜少陵，於詞嗜白石、夢窗，曾校刊《趙注孫子》《桐城吳氏詩評點史記》《諸家評點古文辭類纂》等書十餘種。居上海時，杜門謝客，日手一卷，每自恨前困官事，未能婷志經學，乃益周攬甲部，丹黃殆遍，思有所述造。嘗謂：「十三經之稱，傳記、訓詁，雜羼並列，宜以《大學》、《中庸》還《小戴》之舊，而以《大戴》並立，附《國語》、《國策》於《左氏傳》後，合為十五經傳，於《爾雅》後增以《方言》、《釋名》、《說文》、《廣雅》，共成經訓二十種。中國經世大文，殆可包舉無遺。學者盡其資力所能，或治專經，或泛誦覽，國家興學育才，此為之基，立賢行政，此為之準，然後益以藝事之學，分門隸事，群智得范，今古無偏泥矣。」又以諸子、諸史、騷、賦、詩、歌、詞、曲、八比文，皆我國文粹，分擬目錄，廣為採輯，未及寫定。已定稿者，有《視昔軒文》若干卷、《兜香閣詩》若干卷、《碧夢盦詞》若干卷、《遵雅集》若干卷；其《建國詮真》二十三章，則論政之書也。

於其勤學好文諸端，敘次頗為詳賅。其〈致柯鳳孫王晉卿馬通伯書〉、〈上段執政書〉等，所言可按也。致柯等書並有云：「叔節病頗殆，每念及輒為之累日不怡。儻竟不起，寧不又少一人？天果欲仍以文化起我中國，甚願天之先有以起吾叔節。一粒之穀，食之不足飽，種之則可推衍隴畝，蕃育萬方，非細故也。」上段書並有云：「讀書種子，日少一日……林畏廬與姚叔節兩先生後病歿，至為痛惜。樹錚辟地頻年，奔走南北，兄姊親愛，死喪迭仍，皆為私痛，未至過戚，惟兩翁之歿，不能去懷，每一念及，輒復涕零。」對所交文學耆舊，風義之篤，尤可概見。上段書又云：「鈞座不欲重整吾華厚施當世則已，如欲之，舍昌明經訓無他術也……物質器械，取人成法，即足給用；禮樂政刑，非求之己國，不足統攝民情。且各邦政學，皆在我經訓下。二十年之後，全球大小諸國，不尊我經訓為政治最精義軌者，樹錚不敢復言讀書，妄論天下事矣，惟鈞座及時圖之。」可謂極熱烈之尊經論者，（《建國詮真》教養章亦極言尊經之必要。）致柯等書謂八比文（列塡詞、南北曲後）亦「中國文學粹腋」，可與《國聞週報》第十一卷第四十五期載拙著隨筆所述參看。（又錢基博《明代文學》於八股文特列專章，論之頗詳，謂：「自科舉廢而八股成絕響，然亦文章得失之林也。」）

其《建國詮真》一書，蓋著於民國十年秋冬間，為發攄政見之作，分國體（統一、民主）、憲旨（畀政權、平責任）、國會（別資格、減議額、增歲費、持風憲）、政綱（嚴節制、任法規、修文學）、官制（中樞總管綱要、省權上合下分）、用人（限資格、定任期、避親籍、嚴考成、禁兼職、減員額、絕雜任、厚薪俸、誅賄墨、慎名器、明賞罰、核薦引、勤作育）、仕風（重行檢、尚氣節、芟酬應、勤讀書）、邦交（抱信守禮、確保主權、默察恩怨）、吏治（清戶口、立田籍、治道路、通溝洫、督警術、務農桑、植林木、練吏材）、民俗（導德禮、崇勤儉、重然諾）、市鄉（輔自治、登耆賢、備荒歉）、教養（尊經訓、重史籍、嫻藝術、課事規、迫設民校、官立末年、同言文、作禮樂）、軍政（講品學、勤訓練、厲簡汰、重章制、時移調、化省界、專事權、獎制械、昌馬政、備艦艇）、財政（謀開源、勸節蓄、嚴出納、正圓法、稅奢靡、整鹽課、採林魚）、工藝（先常品、務堅潔、競美藝、製機器）、商業（睦聯絡、集公司、競航運、察奸儈）、鐵路（募公債、集外資、厘價章、杜弊竇、製車軌）、電報（展桿線、減價額、除譯費、停官差、矯積習）、墾牧（擘經緯、殖牧畜、設兵屯）、礦務（聯股金、廣開採、培工師）、刑法（明國律、順民情）、邊徼（伏禮遇、啟文明、屯兵備）、僑民（誠愛護、堅團結、勤慰視）各章，而冠之以「述詣〔旨〕」，殿之以「敘論」，範圍頗廣泛也。述詣〔旨〕有云：「吾抱建國之略，亦既有年……謹以報國之忠，敬從南北諸賢之後，致力於建國之業，冀安吾民而致太平，爰舉一己智能所及，閱歷所積，素循為施政之準者，銓其真旨，筆而出之，與吾民相見以誠。雖僅提大略，未能析及細務，而綱領要不外是。」亦頗自負；而書成未為世重，十餘年來，此書若存若亡，罕有稱述及之者。然所論亦有可觀處，如謂：「大抵安民之政，利在萬世，亦不肯害於目前；利遍眾庶，亦不忍遺於孤獨。堯、舜饑溺由己，無一夫不得其所，文王視民如傷，望道而未之見，何則？推己以及人，故憂深而慮遠也。今之言乃曰：『吾為萬世計，不能顧惜目前；吾為大眾福，不得姑息寡弱。』嗚呼，何其忍邪！抑自文之詞，不由其衷邪？吾不得而知之矣。」（見述旨。）頗示仁人之用心。又謂：「考各國憲章，就文字而求其大略，率以立法、司法、行政三權鼎峙，而別視其國之特情，稍參錯綜。吾國地大人眾，交通街多阻滯，驟改民主，風尚情志，諸多扞閡，倘墨守法章，遇事拘文牽義，必多後機失時，為民之厲，故必舉廣大之權，界之行政，使得便宜從事，無掣其肘，而後可推行無阻，否則雖有成法，不堪依據，其謂憲何！」（見憲旨章，所謂界此權也。）則與今日論憲者多相合焉。其邊徼章中優禮遇，啟文明二節，均言及在外蒙時所行，其治蒙政策之自白也，摘錄如次：

（優禮遇）從前邊隅之地，多不相屬，彼此構衅，馴至用兵，威力征服，甘心內附。故邊隅之士，視內地為上國，禮達官若天神，但今非其時，不可狃於故習。稍假詞色，彼已歡結於心，一言一笑，皆引為榮；設更優加禮遇，必益誠依無間矣。曩聞人言：外蒙王公入府覲謁，若不聽跪拜，彼反以為有意疏遠，吾竊疑之。前年吾赴庫倫，瀕行領府訓，猶諄諄以此為屬，謂：禮節不可過求新式，致啟遠人疑沮。甫至庫，又有人密語吾，謂：「公此來，蒙人皆以清例大將軍禮相接。彼禮謁時，可不答禮，免其疑為疏彼。」吾皆未敢為然。待與相見，即年在六十以上之王公、剌麻，示以簡禮，莫不謂視跪拜為便。吾與答禮，又莫不歡欣鼓舞，群走相語，謂：久聞大將軍威重端嚴，見者不敢逼視，今相見，乃至和藹謙讓云……

（啟文明）……前歲吾以治蒙之政，布告全蒙，（按樹錚之為西北籌邊使，內蒙亦列入所轄。）有倡文化一條。回京後，樞部有人大不謂然，謂：「蒙中文化果興，人智果開，恐非執事所能制服，是貽國之戚也。」吾應之曰：「否否，不然。執事所見太褊。吾特慮蒙中文化未能遽興，蒙人智識未能盡啟耳。蒙智果開，必自審其不能離漢而自存。且即令能自立為國，必知與漢疆左右救援，誼同手足。若為強鄰攫去，則害之中於我者，果將何如……」

優禮遇一節，蓋對世傳其在外蒙專以威力劫制，隱為解辨焉。本章又云：「邊徼屏障內地，若四肢之於腹心，若毛革之於血肉，若函帙之於書畫，輔車之依，安危所繫，不容忽視……蒙、藏諸部，入我版圖，已歷數百年，迄於今日，精神氣脈，轉若離若合，若相屬若不相屬，或變端日出，或竟欲據地自王，或轉側難安，不脫強敵之籠罩，或尚密布鯨吞之策，或已公然斷割以去。昔也日闢國百里，今也日蹙國百里，俛仰山川，而能不黯然以悲，悚然以慚，忿然以憤，崛然以起者，其人必無心肝矣。然失事於前者，錯已鑄成，不妨姑置議外，其尚未失事及將次有失事之慮者，殊不容不亟起策之矣。綢繆未雨，雖後其時；亡羊補牢，幸無再晚也！」在內地已成邊徼國難嚴重之今日，吾人讀此，其感想更何如乎！

樹錚在外蒙時，〈致姚仲實兄弟書〉，述治蒙及講學事有云：

到邊以來，諸事妥遂。民智雖不開明，好生好利之心，人所共有。為之長上者，因其勢而導之，俾各遂其生，均其利，天下決不至有不化之徒，國步亦無不日見起色。正不必多事張皇，徒矜耳目，此樹錚所確信者。臨民治事，一准此旨，目前進詣〔旨〕，雖不見速，然春園之草，日增不已，似較揠而助之，為有可憑。先生以為然乎，否乎？日前為僚屬講孟子專拒楊墨，楊氏為我，易動愚人耳目，墨氏兼愛，有似乎仁，而其弊皆作以害天下，較他說為更烈，因更針對蒙俗，痛說為我兼愛所以為害之實。蒙員中竟有點頭太息，私相告語，謂：「曩知孟氏與楊墨爭辯不已，不知楊墨之罪何在，今始恍然知孟氏用心之遠。」亦可喜之一事也。又，孔子言仁，孟子始兼言義，先儒多謂仁以闢墨，義以闢楊。是日在講堂中忽悟一解：孟子言仁以闢為我，又恐為兼愛所襲，故以義定仁之限，是義所以闢兼愛也。漢員中亦有點首者。不審此說於理安否，前入亦有論及者否，敢以質之皋座，幸賜教及。此兩事在塞外可稱創聞，輒不避自誇之嫌，遠以奉報，先生其一哂否？

亦可見其在蒙有心文治之一斑。蓋身統雄師，躬任邊帥，而猶有秀才風度焉。失勢之後，聞庫倫發生變故，於其〈再致柯鳳孫王晉卿書〉中有云：「樹錚在庫設防未周，致不堅牢。近聞噩耗，只有向國家默自引咎而已。人之是非，不足論，亦不必論也！」作引咎之語，襟懷頗達。《獨立評論》第一九八號載張忠紱〈外蒙問題的回顧〉，于樹錚致責備，前稿略引之。繼見徐道鄰（樹錚之子）〈外蒙問題回顧的疑問〉載於《獨立評論》第二〇三號，根據家存當時文語電之抄稿等，對張氏所論，加以辯駁，結論謂：「張先生一篇外蒙撤治的敘述，對於當時事實實在過於隔膜，而所得材料又太缺乏，所以成見過深，而論定失當，或不免輕言妄論之嫌。」《獨立評論》第二〇四號又刊登張氏〈答徐道鄰先生關於「外蒙問題回顧的疑問」〉，結論謂「道鄰先生所提出的理由和證據，據我個人的看法，並不能推翻我在前文中所下的論斷。我不是說我的論斷一定就是對的，我只是說，要推翻我的論斷，尚須有待於新的史料的發現。在沒有足以推翻我的論斷的新史料發現以前，我仍然認為我的論斷是對的。」（胡適之於此號「編輯後記「云：「〈外蒙問題的回顧〉引起的討論，是中國外交史上一件最可歡迎的事。我們希望這場討論可以使我們格外明瞭這一件重要事件的真相。」）均言之有物之長篇文字也。未知徐氏更有所作，繼續討論否。張氏為有名學者，究心史料，徐氏則名父之子，能讀父書，所論均足資研討此問題者之考鏡。

段祺瑞之由天津寓公起為臨時執政，賴兩大勢力之擁持，而此兩大勢力，均緣事不滿於樹錚，祺瑞不便使居政地，參密勿，乃優給經費，俾以考察歐美日本之名義，出國遊歷。樹錚率隨員十餘人，歷十餘國，所至頗受優禮，其言論丰采，亦頗為諸國所重也。迨倦遊歸國，遂至北京覆命。時內爭又啟，政局杌隉，知交深為危之，多加勸阻，祺瑞亦力止其來，樹錚弗顧。既至京，率隨員行。式覲見覆命之禮，儀容甚盛，並以全體銜名送政府公報登載，款式一仿外國公使之呈遞國書，見者或引為談柄焉。在京稍作盤桓，以祺瑞等咸促速去，始行，臨行猶意態陽陽，自以為無患。車至廊坊罹變，一世英物，竟長已矣；時為民國十四年十二月二十九日之夜，壽僅四十六也。各報載廊坊電云：「（銜略）徐賊樹錚，性情陰險，人格卑汙，包藏禍心，釀成內亂，毒逋全國，天地不容。先君建章公，曾以微嫌，徑遭徐賊慘害，國人髮指，同抱不平。承武飲泣吞聲，於茲七載，銜此不共戴天之恨，固無時不以剚刃仇腹為懷；幸賴先君在天之靈，使巨奸無所逃跡，本月二十九遇徐賊於廊房，手加誅戮，以雪國人之公憤，借報殺父之深仇。臨電涕零，伏祈公鑒。陸承武泣叩卅。」又張之江電京報告經過情形云：「鹿總司令瑞伯弟勳鑒：卅電敬悉。兄於感日抵廊後，即赴落垡楊村一帶，分配駐軍，並查看陣亡官兵，曾經電達。卅早返廊坊，據偵探隊隊長田雲清報稱：車站附近，發現屍體一具，腦部洞穿，想係被人槍殺，該隊長曾向居民調查，據述昨夜有自稱陸某者，率領二十餘人，聲言其父陸建章七年前被徐樹錚所害，故將徐氏槍殺，為父報仇云云。據報後，常即親赴屍地暨各處查看，陸某已不知去向，究竟被殺者是否徐氏，尚不得而知。至死者遺體，當飭洪醫官妥為照料。此經過情形也。特覆。小兄之江世（三十一）印。」此亦當時見諸報章者。其事蓋若明若昧，而論者謂樹錚倉猝隕身，情雖兀突，卻不能謂為意外耳。（其後樹錚之隨員孫象震、韓賓禮、劉卓彬三人，曾通函詳述當時狀況。）祺瑞聞耗大慟，然以己位方岌岌難保，並未追究。有請其明令撫恤者，祺瑞懼觸時忌，遲回審顧者良久，卒亦未果。以樹錚與祺瑞之關係，當其死於祺瑞居執政之位儼然元首之際，並飾終之典而無聞，亦可喟也。（未幾，政局變動，祺瑞卒被迫辭職，蒼黃回津矣。）祺瑞所撰〈樹錚神道碑〉云：

……自美啟航抵日本，歷滬到津，昔電止緩行，且派員阻其來京，特惜拘守禮法，未能通權，信宿盤桓，議論宏通，皆經國大計，默審繼起者將無其匹。冬月十四日晚，攜隨員謁辭南行，微服過余，欲言者再，廣坐促晷，未出諸口。至廊房而竟遇害。嗚呼痛哉，余之過也，所謂仇者偽也。將軍怵目赤氛，義形於色，致力蓋猶有待，一言之不謹，遂及於難。雖未竟其志，然殺身正所以成仁。夫人壽不過數十寒暑，耄耋期頤，無功言之立，寧非草木同朽！古語有云：「名是無窮壽」。要在保天命之性，率性之道，存正氣於兩間，雖夭亦壽也。顏子短命，不得道統之傳，而名仍出乎曾子之上；忠武縱未償匡輔宋室之願，而功在簡冊，元、明、清以還，人世景仰尤隆。中外文人哲士，多為將軍憾，想將軍當亦可以無憾與！

甚致惋惜讚歎之意。雖未甚貼切，要見其師生之誼，匪同泛泛焉。（按祺瑞此文，似出自撰或更經人潤色，不類完全代筆也。）文中於到京情形與致禍之由，頗隱約其詞。至謂來京以「拘守禮法，未能通權」之故，事實殆非若是之簡單。說者謂實欲助祺瑞挽回頹勢，以謀固位之道，有所面陳，為政治上活動之準備，而其於至京之前，會訪東南渠帥孫傳芳，尤極惹人注意也。

樹錚至京之前，並會訪張謇於南通，談論頗洽，謇以遠大期之，旋聞其死，挽以聯云：「語讖無端，聽大江東去歌殘，忽焉感流不盡英雄血。」「邊才正亟，歎翰海西頭事大，從何處更得此龍虎人。」追懷其經營外蒙之舊跡，而致慨於邊才難得，邊事難圖，不是尋常套語也。又作〈滿江紅〉

詞以吊之云：「策蹇彭城，看芒碭山川猶昨。數人物，蕭曹去後，徐郎應霸。家世不屠樊噲狗，聲名曾雋燕昭馬。戰城南小怯亦何妨，能為下。將玉帛，觀棋暇，聽金鼓，橫刀咤。趁續完騫傳，更編《遵雅》（又錚集名）。反命終申知遇感，履凶不論恩仇價。好男兒為鬼亦英雄，誰堪假！」亦為一時傳誦。

具美才，有大志，論樹錚者蓋無異詞也。所惜者，器局未閎，氣量過狹，其政治活動，敢為非常之舉，而鑒識每不克副，故志在匡時經國，而行事時有可議，結果亦往往反乎所期。迨身死非命，嗟悼者固不乏人，而稱快者亦有之，謂少一挑撥政潮鼓動內戰之人矣。平情論之，樹錚自為不可多得之人才，然究尚是第二流人才，使遇望實交隆才德兼優足以冠冕群彥之第一流人才，居倡率之地位，領導而駕馭之，裁成而陶鎔之，其有造於國家人民者，當未易量，何至多目為危險分子，身後猶毀譽相參乎！（其活動關於政潮及戰爭者諸事，將來惇史當有明確之記載，茲不備敘，前稿惟略述府院交惡情事一節，聊著緣起而已。）

六月二十二日脫稿

（原載《逸經》1936年第10期）

由「老頭子」問題而介紹所謂《家書》

紀昀才思敏捷，以工為諧謔巧於應對見稱，趣事相傳甚多，而其中殊不乏附會；高名久播流俗，遂為傳說萃集之的，此亦自來通例也。世謂昀嘗呼清高宗為老頭子，不意為所聞，詰之，昀以巧言解釋，竟使霽怒。此項話柄，屢見記載，率謂昀嘗有此事。如易宗夔所輯《新世說》卷一「言語」門有云：

紀曉嵐在翰林院，與同人聚談。高宗微行來院。時值盛暑，公方肉袒，遂匿複壁中。久之不聞人語，公遽攘臂出曰：「老頭子行歟？」帝實未去，公大踧踖。帝問何謂，公跪對曰：「萬壽無疆之謂老，首出庶物之謂頭，昊天子之之謂子。」帝乃稱善。

署「小橫香室主人」者所輯《清朝野史大觀》卷六〈清人逸事〉有云：

河間紀曉嵐先生，一日在朝房待漏，坐久倦甚，戲謂同僚曰：「老頭兒胡尚遲遲其來？」語未已，履聲橐橐起於座後，則高宗微服至矣。厲聲問「老頭兒」三字何解。先生從容免冠頓首謝曰：「萬壽無疆之謂老，頂天立地之謂頭，父天母地之謂兒。」高宗乃悅。

楊汝泉所輯《滑稽故事類編》詭辯類收此項話柄二則，其一同於《清朝野史大觀》所收，第二則云：

紀氏與乾隆君臣之間，往往於退朝後私見，所言多詼諧之談。紀氏體胖而畏暑；當盛夏時，汗流浹背，服衣盡濕。時紀入直南書房，每出到便殿，即將衣服除去納涼，久之而後出。乾隆聞內監言，知其如此，某日故意有以戲之。時紀與閣臣數人皆赤體談笑於某殿，忽乾隆自內出，各人倉皇穿衣，紀又短視，乾隆至其前始見之，時已穿衣不及，急伏於御座之下，喘息而不敢動。乾隆越兩小時不去，亦不言。紀因酷熱，不能忍耐，露其首以外窺，問曰：「老頭子去耶？」乾隆笑，諸人亦笑。乾隆曰：「紀昀無禮，何得出此輕薄之語？有說則可，無說則殺。」紀曰：「臣未穿衣。」乾隆乃命內監代穿之，匍匐於地。乾隆曰：「汝何得稱朕曰老頭子乎？」紀對曰：「此都中稱皇上之普通名辭也。夫稱曰萬歲，豈非老乎？君曰元首，得非頭乎？皇上為天之子而子萬民，以謂之子也。」乾隆竟不能難，紀老可謂辯矣。

此三者，皆向所相傳為昀之事蹟，易氏等摭錄舊說入書者也。外此當更有述昀事而為大同小異之記載者，不及備引。就此三則視之，一曰在翰林院，一曰在朝房，皆遠於情理；一曰直南書房事，雖所述情節亦嫌支離，而以地點論，較為近之，惟「便殿」云云，仍欠分曉。南書房有便殿耶？抑直南書房者可隨意到各便殿休憩納涼耶？均不了了語。而昀雖文學侍從之臣，考其宦歷，固未嘗供奉南齋，亦見傳說之失據耳。其確曾供奉南齋，而傳有「老頭子」故事者，為康熙時何焯。禮親王昭槤《嘯亭雜錄》卷九有云：

何義門先生值南書房時，嘗夏日裸體坐。仁皇帝驟至，不及避，因匿爐坑中。久之不聞玉音，乃作吳語問人曰：「老頭子去否？」上大怒，欲置之法。先生徐曰：「先天不老之謂老，首出庶物之謂頭，父天母地之謂子，非有心誹謗也。」上大悅，乃舍之。此錢黼堂侍郎（樾）親告余者，以南書房侍臣相傳為故事云。

昭槤為親貴而究心掌故者，且與昀年輩相接，曾共朝列，使昀果有「老頭子」故事，不應言之鑿鑿，而反誤屬諸焯也。（以告昭槤之錢樾，乾嘉時由翰林官至侍郎，以上書房行走久直內廷。）此項話柄，如非子虛，要以屬焯為近是，蓋與昀了無干涉。話柄（或實或虛）流傳，沿而歧出，雖支流每有異同，而大端同出一源，如斯之類，余嘗屢言之矣。焯雖亦有名學者，而聲譽之家喻戶曉，普及而通俗，視昀自遠不逮，其為昀所掩，亦無足怪。（楊君輯成《滑稽故事類編》，係於民國二十二年出版，體裁為薈萃含有滑稽性質之群言，分類排比，頗稱佳構，惟本非考證之作，余見其書，因與略論紀、何之辨，而以為另一問題，於本書之價值無傷。是年楊君續以所輯《滑稽詩文集》出版，自序言及此節，頗以為然，並謂：「此類例證不獨近古有之，即漢時已多此類附會之傳說，如《前漢書・東方朔列傳》贊曰：『朔之詼諧逢占射覆，其事浮淺，行於眾庶，童兒牧豎，莫不眩耀。而後世好事者因取奇言怪語，附著之朔。』可互相印證。如『杯弓蛇影』一事，膾炙人口，《晉書》以為樂廣與其親客事。以史為證，似可置信，然漢應劭《風俗通義》所載，則屬應郴與杜宣事，郴為劭之祖父，是劭之所記，當非附會者。諸如此類，事例至夥。」通論也。）何、紀二人之外，更有以屬他人者。胡思敬所輯《九朝新語》「機敏」門有云：

> 乾隆間，有人呼上為老頭子，為上所聞，問劉文正曰：「此何解？」對曰：「萬壽無疆曰老，首出庶物曰頭，父天母地曰子。」上大笑。

則謂以巧言解釋「老頭子」者為後於焯而前於昀之劉統勛。「一炁化三清」，「老頭子」話柄洵紛紜哉！（余閱書愧少，限於見聞，何、劉、紀三人而外，或更有他人其茲話柄，見諸記載，而為余所未知者。）

相傳紀昀與「老頭子」話柄關係。余既言其不可靠，乃坊間則有所謂《紀曉嵐家書》者出售，（上海××書店印行，署曰「虞山××閣主編次」。）其中明明列著〈寄內子〉自述「老頭子」事之家書，特照錄於下：（此書之前列一書，亦〈寄內子〉，係言由戍所還京，派入軍機處，因有連屬之關係，並錄之。）

〈寄內子〉四年謫戍，一旦還京，在爾聞之，必然喜溢眉梢，額手相慶，在我沐此天恩，愈覺報稱為難。蓋身當言路，若壅蔽天聰，是謂溺職，若學鐵面御史，据直上聞，必為怨府。惟冀早日脫離此職，便可免卻許多煩惱。余曾以此意語諸董尚書，尚書曰：「兄且少安毋躁。而今否運已除，不日將為兄道賀矣。」余訝其語言吞吐，請申其說。尚書曰：「皇上謂兄有運籌帷幄才，在烏魯木齊，襄贊伊犁將軍，平安蒙匪，殊堪嘉尚，現在軍機赴人才缺乏，皇上頗屬意於兄，當賀不當賀？」余尚未之信，不料閱三日果然降旨，派余入軍机赴。將有官報到家，不論來人多少，只須賞銀四兩。余本擬乞假歸里，現在只好姑作緩圖矣。

〈寄內子〉哈哈，余險乎又赴烏魯木齊效力！蓋因近日京中酷熱，為歷來所未有者，余素性畏熱，而日須穿長袍，入值軍機房，苦不堪言。昨日酷熱更甚，諸大軍機皆未入值，只有余與一朱姓章京，余便放浪形骸，除去長袍，高鋸胡床，披襟執扇。正在獨樂其樂，朱章京忽顧我低語曰：「聖駕來矣。」余如聞青天霹靂，惶遽無措，不及穿袍接駕，一躍而下，匿身坑後。久之，不聞聲息，只道聖駕已去，探首諦視，奈余之眼鏡摘除在公案上，目光模糊，但見坑上一人，面朝外而背向內，只道是朱章京，問之曰：「老頭子去幾時矣？爾奚不關切一言，免得余蜷伏坑下？」詎知那人怒目返顧曰：「派爾在此辦公，誰教爾蜷伏坑下！」余聞口音，知是皇上，直嚇得余屁滾尿流，勢不能仍匿坑後，只得匍伏叩頭請罪。皇上曰：「擅敢稱朕『老頭子』該當何罪！」余叩頭強辯曰：「此是臣下尊敬聖上之意。『老』猶言天下之大老，『頭』即元首之義，『子』即子元元之意，宋儒尊稱皆曰『子』，如孔子、孟子皆是也。」皇上曰：「爾自仗口才敏捷，還敢強辯飾非！今有一成句曰：『此地有崇山峻嶺茂林修竹。』隨口對來，恕爾無罪！」余應聲對曰：「若周之赤刀大訓天球河圖。」天顏始霽，揮令起去。聖駕仍由後軒還宮。余至下午退值還寓，即草此函，猶覺心頭忐忑。幸遇聖上優容，未曾加罪，然而余膽幾乎嚇破也。此皆由於目光短視，素性畏熱所致。古人云，慎言寡過，洵不誣也。

倘此所謂《紀曉嵐家書》，果是昀之手筆，則此椿「老頭子」公案，主人公顯然有在，不煩致疑矣。

惟文字類乎不類乎?事跡信乎不信乎?昀一生宦歷，由翰林官至尚書協揆，歷歷可考，幾曾一日任職樞垣?而曰派入軍機處，遂在直房發生「老頭子」交涉，「崇山峻嶺」一聯亦遂附帶而為此際產物，直匪夷所思也!(軍機大臣可因天熱而皆自放臨時暑假，及孔子、孟子之稱由於宋儒，均妙。)所錄前一〈寄內子〉中其餘之言，亦足令稍知昀之歷史者興莫名其妙之歎。此部《家書》，或取材於《閱微草堂筆記》，或就相傳之話柄任意結撰。「老頭子」話柄，流傳已久且廣，自不肯被其輕輕放過，於是漫加渲染，大放厥辭，而成此妙文焉。《家書》並弁有所謂〈著者小史〉亦頗有標新立異之點，(入直軍機處一層，卻亦未道及。)並云:「先生家書，素不經見。近在河間張氏庋藏秘本中，覓得若干篇。其著墨迥異庸俗，具見才人筆致，要非常人所可冀及者也。」此等「著墨迥異庸俗」之「才人筆致」，豈但「非常人所可冀及」，其出色驚人之處，即令紀曉嵐復生，捧而讀之，或當「如聞晴天霹靂」「直嚇得屁滾尿流」「膽幾乎嚇破也」!

《紀曉嵐家書》之外，尚有其它名人《家書》若干種，同為虞山××閣主所「編次」亦由××書店印行者，光怪陸離，可稱蔚然大觀。不暇遍覽，偶為翻視，如所謂《李鴻章家書》第一篇云:

〈稟父母〉月之初八日，接誦手諭，命兒為官清正，毋作貪想，臨事尤宜謹慎等，敢不遵命?當兒來此接篆之時，一般謀缺者紛來道賀，戶為之穿。彼等有願以巨金為兒壽，兒弗論財物，卻面壁之，蓋不義之財，不取為是也。

雖寥寥數語，亦成妙文。「李鴻章」之「才人筆致」，與「紀曉嵐」不相上下也。鴻章之在仕途，其地位有接篆而令謀缺者以巨金為壽之可能，最早即江蘇巡撫，他姑不論，斯時其父文安之卒已七年矣，（同治元年鴻章始拜蘇撫之命，其丁父憂則咸豐五年事也。）乃居然街有父可稟焉，妙哉，妙哉！又如所謂《袁世凱家書》第一篇云：

〈與叔保恒書〉侄世凱稟叔父大人侍下：九月二十一日，奉到賜示，淳淳告誡，相勖以剛日讀經，柔日讀史，專力於闈藝策論，腹笥既充，下居秋闈傳戰，定卜奪得錦標矣。捧讀之餘，具見勉勵之殷，愛矜之切，溢於言表，使侄愧感交並，不知涕泗之何從。侄自小天分不足，素性頑鈍，不好讀書，稍長日與庸鄙者處，七竅盡被芳草封塞：旋經益友規誡，稍稍致力於文章詞賦間，期年得青一衿。侄不自知僥倖得此寸進，反視學問與功名，可獵取而得，無待鑽研攻苦者，才能作得幾句時文，公為蘇、韓可學而至焉，才能吟成幾什俚句，以為李、杜亦可學而至焉，於是廣結文社，按期課藝，欲思盡滌舊染之汙，克成袁氏之佳子弟，詎知屢試秋闈不第，銳氣為之一挫，操勞而成咯血之症，銳氣又為之一挫。居常每自竊歎，蒼蒼者天，何限我以天賦，勒我以學問，若斯之酷耶！再圖以文章獵取功名，只恐畫餅難以充饑耳。故自闈後返里，意志頹唐，經、史、子、集，盡束之高閣，幾如祖龍劫後，隻字無復寓目，惟日與二三同里少年，馳馬試劍，以習武功。侄已逾終軍請纓之年，倍切定遠從戎之志。至於從青燈黃卷中博取紫袍玉帶，則略識之無者，不敢再作此夢想矣。侄之苦衷，如是如是，願大人留意栽培為幸。肅此謹請萬福金安。侄世凱謹稟。

袁世凱雖嘗應鄉試，豈是以秀才資格？幾曾「得青一衿」耶？（誤以世凱為秀才者頗不乏人；如張孝若《先父季直先生傳記》第一篇中，亦有此誤。世凱為總統時，沈祖憲、吳闓生承旨合編之《容庵弟子記》，記其在勝清時事歷頗詳，應有盡有，並未言曾為秀才。異途入仕者，履歷上視生員極重，如異曾入黌門，焉能略而不書乎？）此篇妙文，卻大有半通秀才風味；一代梟雄，酸氣撲人矣！信手向下翻視，則奇妙之文極多。姑再節鈔一篇：

〈與夫人書〉……予得附直督李公幕下，三月於茲，昨日升充一等文牘員……蓋督署中幕僚，除老刑席外，餘者都屬翰林進士，從未有以生員得列督署幕下者，今余破天荒，竟廁身於一等幕賓之列，其間有以翰林資格屈居二等，經年未得擢任者，尚有二人，予之位置，本是彼二人中之升職，所以若輩嘖有煩言，日伺予隙。前日予適為友人招飲妓寮，若輩暗地偵悉之，進讒於居停嬌客之前。蓋佩綸屢聽毀余之謗言，已不如初來時之器重，今聞余挾妓招搖，恐有累乃岳之聲威，遂差弁至妓寮，召余返署，飽受一場訓斥。余明知為同僚所誣陷，但嫖妓已證實，雖具蘇、張之巧辯，亦難洗刷乾淨，惟有唯唯忍受而已……及見恒叔，以告菊人之言稟之。彼即掀髯大笑曰：「如何，如何，余之前言盡驗矣！以余愚見，還是用功為上策，否則督、撫署中幾無汝容足地矣。」余云：「提署中極多秀士作幕賓者，並且接近武事，甚合予之私願，望我叔留意栽培之。」恒叔云：「爾既肯屈就，吳公長慶現任山東提督，前月來書托我物色人才，彼係爾叔祖一手所提拔者，爾去必加青眼……」

世凱曾為李鴻章之一等文牘員，怪話一！當時有山東提督專官，怪話二！吳長慶是山東提督，怪話三！袁甲三一手所提拔，怪話四！世凱未到長慶處之前，張佩綸已為鴻章之嬌客，怪話五！袁保恒卻尚健在，怪話六！其餘怪話，不備舉矣。此所謂《袁世凱家書》，怪話累累，殆無一篇不大奇，無一篇不大妙也。

嘆觀止矣，更有他「書」，吾不敢請矣！未能見怪，敬為介紹。好讀異書者，大可將此類《家書》完全購而一讀，（上述三種之外，餘為「張之洞」及「林則徐」「胡林翼」「彭玉麟」等「家書」。）奇文共欣賞，亦一消遣法。

（原載《逸經》1936年第17期）

文病偶述

清自光緒庚子之役以後，內而政府，外而封疆大吏，相率而以辦新政、講新學為務。對外則力事親日，惟冀同文同種文明先進之友邦，指導我，援助我，一時派送留日學生極多。畢業歸來，雖為期僅數月之所謂速成班，亦極見重於時，若今日之崇拜西洋博士也。新法制、新學術、新思想，既由東瀛大量輸入，日本之新名詞，亦隨之而至，一般文人受其漸染，此種新名詞，成搖筆即來之勢。張之洞（由湖廣總督晉大學士，內召為軍機大臣，兼管理學部事務）本以在鄂努力建設新政開辦新式學堂著聞於眾者。然自負儒臣碩學，目擊日本名詞之流播，在京朝，在各省，滔滔皆是，大懼國粹淪亡，因思作中流之砥柱，挽既倒之狂瀾，特設存古學堂於湖北，以樹風聲，並對文中用日本名詞者，表示深惡痛絕之態度。其在學部事，江庸《趨庭隨筆》有云：

光緒季年，日本名詞盛行於世。張孝達自鄂入相，兼管學部，凡奏疏、公牘有新名詞者，輒以筆抹之。且書其上云：「日本名詞」。後悟「名詞」兩字即新名詞，乃改稱「日本土話」。當時學部擬頒一檢定小學教員章程，張以「檢定」一字為嫌，思更之，迄不可得，遂閣置不行。

蓋大勢所趨，慣用已廣，之洞所為，不免徒勞矣。至惡「檢定」字樣而將章程閣置不行，事尤可哂。（《趨庭隨筆》之命名，言受教於父也。庸父瀚，清季嘗官學部參事。）學部之設名詞館，當亦之洞之意；「名詞」二字，竟無以易之也。此館以能用中國古書之詞譯西書之嚴復主其事，擬將新名詞悉以經籍中所固有者更定，為一種正名葆粹之工作，然並未聞其工作有何等成績，且不久此館即若存若亡云。

推之洞痛嫉新名詞之由來，似未始不亦因當時濫用新名詞，牙牙學語，文理不通之作品不少，而認為寔有力矯其弊之必要。茲試舉清季文病之一例。光緒二十九年癸卯上海商務印書館創刊《繡像小說》（為一種小說定期刊物，每月兩期，共出七十二期），內有《負曝閒談》（著者署名「蘧園」，或謂即南亭亭長李寶嘉，未知然否）一種，其第十九回中所寫一篇《自由原理》譯本之序文云：

> 自由者，如人日用起居之物，不可一日而廢者也。故法以自由遂推倒拿破崙之虐政，美以自由遂贊成華盛頓之大功。我中國二千餘年，四萬萬眾，其不講自由也，如山谷之閉塞，如河道之湮淤，所謂皇帝子孫的種種同胞，皆沉埋於黑暗世界之下。嗚呼！人心憒憒，世道昏

昏！」不自由，毋寧死！」此歐洲各國上、中、下三等社會人之口頭禪也；我中國安有如此之一日哉？是書為日本博藤太谷原著，闡發自由之理，如經有緯，如絲有綸，志士黃君子文及某某二君，以六十日之局促，成三萬言之豐富，誠擎天之一柱，照夜之一燈也。但使人人讀之而勃發其自由之理想，我中國前途其有望乎！

模仿當時所謂「志士」一流之不通作品，（雜湊新名詞，兼效顰梁啟超《新民叢報》腔調），甚為妙肖肯，閱之足見一斑。（《自由原理》，實有其書，乃清季馬君武之譯品，與嚴復所譯之《群己權界論》為同書異譯。《負曝閒談》蓋信手寫一書名，恰與相合，非對馬氏譯品有何意見也。）然此猶意在諷刺（照魯迅《中國小說史略》第二十八篇〈清末之譴責小說〉之說法，亦可謂之「譴責」）者所為也；請再舉一正面文字之例。

宣統二年庚戌上海群學社出版標曰「立憲小說」之《未來世界》（著者署「春帆」。出單本之前，係先逐回在一種小說定期刊物《月月小說》發表者），第一回〈恣讜論反觀立憲鏡，噴熱血呼起中國魂〉，為開場白，其言云：

立憲！立憲！！速立憲！！！這個立憲，是我們四萬萬同胞黃種的一個緊要的問題……我們中國自從組織了完全的政體以來，直到現在，四千餘年，也不知經了幾劫的滄桑，換了許多的朝代。一班皇黨貴族裡頭的人……也沒有一點改良政體的思想，只曉得用著那專制的君權，施著那強硬的壓力，把那一班同胞的百姓，黃種的國民，弄得個塞了耳目，窒了心思……最可笑的是一班草莽英雄，舉兵起義，東蕩西除，居然的定了天下，成了大功，他自己原是個民族出身，推倒了專制政府的威權，成了個獨立自由國度，該應是崇拜民族主義的了，誰知他另外有一番卑鄙的心思，更說著一派荒唐的議論，只怕他自己死了，到了他子孫手裡，仍舊被那些民族裡頭的豪傑，奪了他的權力，滅了他的主權，所以非但不肯改良政體，並那以前的專制手段越發伸得厲害了些……偏偏的當著這個列國爭強的時代，中國的百姓，具著這樣的奴隸性質，那裡還振作得出來，把一個好好的支那全國，弄得個主權削弱，種族淪亡，差不多竟成了那幾個強國的領土，眼睜睜的看著那歐風美雨，橫波中原，莽莽神州，不分南北，你道可傷不可傷……專制有專制的時代，立憲有立憲的時代，民主有民主的時代……大抵那專制的時代，是政黨的資格完全，民黨精神腐敗；到了那民主的時代，便是民黨的思想發達，政黨的人格不完……中國目今的時勢，既不是那革命民主的時代，也用不著這專制政府的威權，政黨中人的資格，自然還沒有組織完全，民族裡頭的精神，卻也不見得十分發達，兩兩相較，輕重適均，除了立憲，更沒有別的什麼法兒，所以在下做書的竟下了一句斷語道：中國這個時候是為立憲之時代……立憲的這個事情，不是憑著那政府的幾個大老，外省的幾個重臣，就可以自由便組織這個憲法的，要叫那天下二十二行省，全國四萬萬同胞，一個個都曉得自己身上有對於憲法的問題，有贊成立憲的義務，成了個完完全全立憲以後的國民，這才算得是立憲，這才算得是自強……

書中所寫設想為實行立憲以後之事，其最偉大之人物曰陳國柱，即於第二回〈陳國柱演說警同胞〉出場。其腳色，所敘為：「浙江杭州省內，有一個民立的學堂，叫做民智學校。學堂裡助總教習，卻是富陽縣人，日本早稻田大學畢業生，叫做陳國柱，是個時下的大名家，學貫中西，兼通物理，聲光化電，無所不通，東西文字，無所不習，最專門的是英、德、法三國的語言文字，更兼俠氣凌雲，熱腸照日，身才奇偉，骨格魁梧，真是個愛國的好男兒，熱心腸的大豪傑。」下文云：

看著一班同胞的國民，一個個總都還有些糊里糊塗，不明白這個立憲的道理，他便想了一個法兒，每到禮拜日休息的日子，他就揀一個人煙繁盛的地方，借個公所，當場演說……這一天正是陳國柱演說的日期……開口說道：「諸君，諸君，可喜現在的中國，竟成了個立憲的國度了。我們一班人，都是同胞的國民，都有贊成的責任，但是如今的（時）代，憲法還沒有十分完備，民智還沒有十分開通，想也是諸君所曉得的，我們既有贊助的責成，就有調查的義務，須要細細的研究這個原因，究竟是個什麼道理呢。諸公可曉得這個憲法為什麼還沒有十分完備？這就是國民的資格沒有完全的原故，並不是憲法有什麼缺陷的地方，所以國民的思想，和著這個憲法的規模，竟是一個大大的國體，國民的資格不完，憲法的規模不備，這就是我們中國立憲時代的現狀了……」

堆砌新名詞，極纏夾之能事，此項語體妙文，視上引所謂《自由原理》序之一篇文言妙文，更足資嘔噱。二種妙文，均可代表清末流行一時之一部分作品也。在今日觀之斯類文病，已成陳跡，蓋日本名詞之於國文，已如油入麵，混合日久，當年生吞活剝笑柄累累者，早歸淘汰矣。

今日乃更有一種新文病，則為極端歐化。堆砌西文譯語，完全襲效西文文法，鈎章棘句，詰屈聱牙，玄之又玄，莫名其妙。今日一部分作家，有如是者。林語堂君曾迭論其非，如見於《宇宙風》第三期在「不知所云」標題下引某作者之「名句」：「同樣在法國小說家普勞斯特也有同樣的傾向，他小心地描寫一些最無關重要的動作，並且用他特殊的——法國市民的與貴族中的最特殊部分的眼光，給與最特殊部分的——站在支配地位上的最最少數的人物以極精細的描寫，不過在這一方面，他是觸到了難比的深度同闊度的。」「可是心理分析（Psychoanalysis）這方法，在十九世紀初年度發現的時候，原有作為一種極巧妙的剖解人生，理解人生的工具，而今日卻被他們利用來掩蓋同粉飭活生生的現實的雄姿的工具了。」「當市民由進步退為保守，而逐漸沒落時，當藝術的自由，創作思想的執拗，超然的文學的存在與發展的可能性同離開社會與政治的文學的獨立性等等被熱烈地主張著與擁護著時，就有許多作家，在不知不覺之間，縮小了他們對於現實生活觀察的範圍，放棄了它的廣泛的同全面的研究，而停頓於『自己靈魂的孤獨』，再由於欠缺實生活的認識，自我思想的深化同固執等而隱身於『認識自我』的無結果的企圖之中。」評曰：「字句枝節，可以拗斷你的廿八根牙齒，而吃不到一口東西。」又曰：「此文如是翻譯，不聲明為翻譯，便是不誠實，且譯筆也太那個。如果不是譯的，那麼中國人請講中國話。」又如在《人間世》第二十八期所載〈今文八弊〉（中）有云：「今人一味仿效西洋，自稱摩登，甚至不問中國文法，必欲仿效英文，分『歷史地』為形容詞，『歷史地的』為狀詞，以模仿英文之Historic-al-ly，拖一西洋辮子，然則『快來』何不因『快』字是狀詞而改為『快地的來』……此種流風，其弊在奴，救之之道，在於思。」均極中肯。又徐懋庸君有〈摩登文章〉一文（見《人間世》第二期），指摘上海一篇電影說明書文理之謬，結語有云：「我相信這是一種摩登文章，是我輩雖然不懂而另外有人能懂且以為佳的文章。我輩還當怪自己不能摩登，不懂摩登。並且事實上，這類文章很是流行，不僅見於影戲院的說明書而已。」亦慨乎言之。所引一篇，雖未猶十分歐化，而亦可云力學摩登，固支離而欠分曉者也。

電影院之營業，至今尚可號為一種摩登營業，其說明書用「摩登文章」，猶不甚可怪；乃有絕非摩登之營業者，亦居然以「摩登文章」作宣傳之用，斯尤足述。北平吳恒瑞茶莊（在宣武門內），茶業中多年老字號，久有相當聲名者也，近偶見其新印之門票（門市售貨加於貨包上者），綴有如下之宣傳語：

本莊以天然佳產，運用科學進化，對於採摘薰焙之技術，日益精明，歷年以來之進步，深蒙社會之輔助，而發展本莊服務的精神，自當隨時代之輪齒，完成人類的幸福，使國產達到極度的目的。

不知係請何等摩登作家，為撰此「摩登文章」，蓋追逐潮流，大費苦心矣。」「這類摩登文章很是流行」，殆所謂應運而生者歟。

漢濱讀易者（辜湯生）《張文襄幕府紀聞》一書，多解頤語，其卷下有一則，題為〈不解〉，文云：

昔年陳立秋侍郎，名蘭彬，出使美國，有隨員徐某，夙不諳西文，一日滬西報展覽，頗入神，使館譯員見之，訝然曰：「君何時已諳悉西文乎？」徐曰：「我固不諳。」譯員曰：「君既不諳西文，閱此奚為？」徐答曰：「余以為閱西文固不解，閱諸君之翻譯文亦不解，同一不解，固不如閱西文之為愈也。」至今傳為笑柄。

蓋調侃譯筆費解者之說也。特附錄之，願今日譯家之直譯而使人「不解」及作家之歐化而「不知所云」者，均一讀焉。

（原載《逸經》1936年第18期）

關於段祺瑞

段祺瑞在清季為袁世凱（北洋大臣）部將時，即見稱「北洋三傑」之一。辛亥革命之際，祺瑞以北洋宿將為清軍前敵統帥，與世凱（內閣總理大臣）內外相呼應，共事覆清，卒以倒戈向闕之勢，兩電促成清室之退位，論功在民國元勛之列，聲名丕著，海內屬目焉。其後祺瑞有〈往事吟〉之作，詠勝清舊事云：

國家興與衰，人才為轉移。商周國祚永，佐治稱呂伊。
宰相須讀書，意在宗宣尼。行義達其道，推誠勿相欺。
章句有大儒，惜難一律窺。髮逆猖獗甚，畿輔為之危。
戡亂曾胡李，終朝羽檄馳。身在戎行裡，舉止不忘規。
稍安數十載，充耳頌揚辭。隨班慶升平，無非相諧嬉。
文學諸大老，唱和韻矜奇。自命為清流，濁者究是誰？

官守言責在，立異費猜疑。武功為陳跡，秉政講平治。
籌策能貫徹，放目六合彌。元元歌鼓腹，且固吾藩籬。
殊知徒專橫，內外相乖離。購艦三千萬，林園供虛糜。
國防未習聞，意氣益恣睢。甲午勢必戰，堅確相主持。
養兵為衛國，責言重鞭笞。北洋敵日本，合肥一肩仔。
其它廿二省，何嘗有所資？當局觀壁上，翹首捻斷髭。
全體都麻木，和緩豈能醫？獨惜去不早，胡可相追隨？
失敗不負責，委為非職司。庚子復仇教，八國決雄雌。
親貴嘉其義，強悍猛熊羆。三數賢輔佐，致身肝膽披。
誇大僅一觸，隨即撤殿帷。貴難嚴且厲，國幾不堪支。
舊都還須臾，氣概復訑訑。舉國兼圻九，強半出八旗。
造化神莫測，世事一局棋。劇變出非常，運會似使為。
歐化漸東侵，思潮隨蕃滋。立憲請求再，待時尚遲遲。
造言生事輩，抵隙信口吹。滿籍騰達速，相形見參差。
種族連類及，怨憤出譏訾。遊學既歸來，勞誨宜兼施。
制軍優禮遇，不免驕縱之。人才為敗壞，尚復何所期？

不合中正道，好惡成偏私。爾時兩江督，亦謂道在斯。
依附出青雲，無術何瑕疵？新遷大司馬，郎中曾幾時？
策畫有良弼，下士更可師。沽名禮法外，造亂誠可悲。
不重威已去，無形解綱紀。青年經獎勵，狂妄豈自知？
一往無忌憚，異說足尋思。終為辟所誤，紛紛入路歧。
邊鄙說革命，聞者若聾癡。從中廣傳播，遠推極四陲。
附會惑民眾，民心失無遺。締造千萬苦，立此大平基。
漸成崩頹勢，不堪手一麾。造因由來久，識者徒噫嘻。

蓋仿詩史性質，自抒其對於勝清自咸同軍興以迄覆亡之論斷。祺瑞非文人，不以詩鳴，能有是，是亦足矣，可玩味其旨趣，不必校論其工拙也。其述庚子之後清室致亡之由，大致為：（一）滿人在仕途太占優勢，致啟種族間之怨憤。（二）優遇青年留學生太過，致其驕縱狂妄云云。所見及其意態，與革命黨有異同，雖民國偉人，而立場固稍別也。其說如此，要以示清亡實由自取耳。又其《正道居集》自序有云：「武昌事變，民意洶洶，勢莫能遏。仰觀孔子祖述堯舜，孟子亦云民為貴社稷次之，順應人心，籲請遜政，宮廷法唐虞之揖讓，改國體為共和。」亦可參閱。平情言之，無論當時其動機及見解如何，民國之興，其助成之功實大，兼之後來有不附洪憲及起兵馬廠二大事，均彰彰在人耳目，可以大書特書，故近卒於上海，國民政府既明令褒恤，隆以國葬，世論亦頗致推崇也。

祺瑞自信甚堅，而任人亦最專，舉事有失敗，輿情有怨讟，均肯負其責任，不諉罪於下，其得僚屬擁戴者蓋多以此。民初為陸軍總長及組閣時之信任徐樹錚，諸務一聽主持，而責任則自負之，從未以某事失宜，某事招怨，而謂係樹錚之過也。其信任他人時亦然。民國八年赫赫有名之五四運動，曹汝霖之住宅被焚，章宗祥則身遭痛毆，徐世昌時為大總統，且下令罷汝霖、宗祥及陸宗輿之職，以徇眾意。曹、陸、章三人，其時均以為祺瑞盡力於外交事件犯眾怒者。三人之為眾矢之的，在政潮上實即所以對段。祺瑞並不諉罪於彼等，冀求諒於清議，而作詩曰〈持正義〉，力為辯雪。詩云：

不佞持正義，十稔政潮裡。立意張四維，一往前如矢。
側目忌憚者，無詞可比擬。謂左右不善，信口相詬訾。
唱和聲嘈雜，一世胥風靡。賣國曹陸章，何嘗究所以？
章我素遠隔，何故謗未弭？三君曾同學，宮商聯角徵。
休怪殃塘魚，只因城門燬。歐戰我積弱，比鄰恰染指。
強哉陸不撓，樽俎費唇齒。撤回第五件，智力已足使。
曹迭掌度支，讕言騰薏苡。貸債乃通例，胡不諒人只？
款皆十足交，絲毫未肥己。列邦所稀有，誣蔑仍復爾。

忠恕固難喻，甘以非為是。數雖百兆零，案可考終始。
參戰所收回，奚啻十倍蓰？

力言汝霖等之賢，而為之呼冤，兼自鳴參戰之功，亦足見其自信之堅與不諉罪於下之態度焉。

祺瑞之在民國，高勛碩望，世咸知之，誠有如國府明令所謂「辛亥倡率各軍，贊助共和，功在民國。及袁氏僭號，潔身引退，力維正義，節概凜然。嗣值復辟變作，誓師馬廠，迅遏逆氛，卒能重奠邦基，鞏固政體……老成徂謝，惋悼實深」者，而其枋國之際，設施舉措，動關大局，其過失亦多彰彰在人耳目，蓋名滿天下，謗亦隨之，特今當新逝，政府善善從長，不妨略過推功耳。其卒後發表之〈正道老人遺囑〉，措詞頗為沈摯，如為「……顧瞻四方，蹙國萬里，民窮財盡，實所痛心，生平不喜多言，往日徙薪曲突之謀，國人或不盡省記，今仍未識途之驗，為將死之鳴」（以下以「八勿」誠國人）云云，惟以先知先覺之態度，為垂教之口吻，足示心乎國家，誠懇動人，而於過去種種，曾無些微引咎之意，尤可徵此老剛毅倔強之性，到死依然也。〈遺囑〉符其個性，而文字則不類；或謂病篤時口授大意，由其親信而能文之梁鴻志承旨撰成，當可信。

其所自負「往日徙薪曲突之謀」而謂「國人或不盡省記」者，茲未明言，以意度之，蒙事殆其要端也。所撰〈陸軍上將遠威將軍徐君神道碑〉有云：

先是，民國二年，余兼代國務總理。庫倫久為俄人嗾使，要求自治，彼得從而干涉之。幾經折衝，始得為我完全領土。曾蒞國會十三次，請求通過，格於黨見，留難久之，預告遲恐有變，充耳不聞，而俄人藉口頓翻前約，國勢不振，無以角力，耿耿在心，未嘗去懷。己未歲，選徐世昌為總統，當就職之日，呈辭總理，兼開差缺，仍留領邊防督辦一職。（以下一節，係述主持徐樹錚經營外蒙事，已於本刊第九期所載拙稿〈談徐樹錚〉中引之，可參看，茲不贅錄。）

蓋對於蒙事，第一次力贊袁世凱所主對俄之約，以國會挾「黨見」作梗而無成；第二次力主徐樹錚籌邊西北綏定蒙局，又突遭挫折，半途而廢。觀近來蒙事之嚴重，故追懷「往日徙薪曲突之謀」歟。前歲祺瑞七十生日，章炳麟為序以壽之，有云：

自遼瀋事起，率兵者失計於前，侵尋三稔，塞北半陷，北畿瀕驚，只以長城為界，其危如累棋……今之形勢，非若晉、宋二代可以江左延命也。此中智以上之所為危，其與民國終始如公者，固當計及之矣……曩關東陷後數月，炳麟在天津，與公從容論事。公嘗恨往者人情不恕，外蒙古已送款，復為內兵牽制失之，語次愀然。誠令公計不挫，即漢南北皆列巨鎮，並與東三省相扶。就不幸失三省，熱河必不動矣。此公之經略甚閎遠者，而今當為追痛者也。

與〈正道老人遺囑〉有互相發明處，宜合看。

徐樹錚任蒙事，既取消外蒙自治，方銳意經營，以參加內戰而隳，民國九年之所謂「直皖戰爭」也。祺瑞於此役極憤恚，其〈樹錚神道碑〉，於言樹錚經營外蒙一節之後，接敘此役云：

未幾，吳佩孚衡陽撤防，擅自北歸；曹錕等呈劾將軍專橫，政府從其言，加以處分。若然，以功為罪，是非顛倒，綱紀蕩然，國何以存？余表率有責，不忍坐視，力爭之；政府不為動。不得已，告以疆吏跋扈，政府無術制止，當為討伐，勝則國家之福，敗則有國法在，庚申之役所由起也。勢有可勝，事多中變，知劫數之已成，非人力所能挽回，不願兵事久持，重苦我民，自請議處，還我寄廬。旋知松樹胡同已在半年前設有機關，內外協謀，集議十人，以余為的。其所以然者，不便私圖故也。吁，余之愚甚矣！溯自庚申迄今，愈演愈烈，干戈擾攘，無一塊乾淨土，寧非所謀者之厚賜乎？

蓋於吳佩孚之回師相陵，尤太息痛恨於綱紀之之廢墮焉。袁世凱既卒，北洋軍系之「三傑」，除王士珍態度淡然，偶與政治，不過被人牽率，非有雄心，可置不論外，祺瑞秉政中央，馮國璋開府東南，勢若兩大。迨國璋人攝元首，二人漸不相容，祺瑞對南主戰，國璋撓之，卒受制於祺瑞，解任後未幾病沒，北洋軍系首領，惟祺瑞矣。祺瑞借參戰而借巨債，練重兵，志在以武力統一全國，而國璋未死之前，北洋軍系已有分為皖派、直派之說，國璋死而兩派之形跡猶存，特資望究以祺瑞為最高，直派亦居其下。曹錕之受命率部南征，吳佩孚以師長當前敵戰。累勝，入湘而直抵衡州，威名因之而著。祺瑞方督促南進，冀下兩廣，而佩孚態度忽變，駐衡不前，通電主和。蓋佩孚固機警，知深入而與兩廣周旋，難操勝算，不獨恐貽畫蛇添足之誚，且「貓爪」之災是慮，故勒馬懸崖，適可而止，並與兩廣成立默契，別謀發展。（後來佩孚亦頗望以武力統一，而對兩廣不敢議攻取。其大敗湖南趙恒惕軍，岳州既下，長沙若唾手可得，而捨之而去，仍留恒惕主湘政，使以保境安民作南北之緩衝。迨恒惕為唐生智所逐，初竟亦欲以待趙者待唐，俾湘省仍為緩衝地帶，後以不勝趙系人物及左右急功者之慫恿，乃與唐為敵，緩衝之局破，革命軍之完成北伐事業，深得力於是焉。）當其時，祺瑞以親×借債暨對南用武，大失人心，佩孚既以抗命而處於與段不能相安之勢，亦遂乘機力為收拾人心之舉，始以主和，繼以倒戈矣。且佩孚聲望日隆，群情翕附，名流政客，群焉趨之，（如蔣智由致書佩孚衡州有云：「今將軍方擁干城，儲韜鈐，一出而拔岳州，下長沙，飲馬洞庭之波，揚旌衡山之麓，席捲千里，用兵如神，功略照燭，冠世無二，而又軫拊瘡痍，蘇徠流亡，兵之所之而政及之，律明紀飭，無犯秋毫，眲眲遺黎，寓仁飲德，如古王者之師，此當世所未有之休聞也。甚盛，甚盛！」可見其時佩孚聲望之一斑。）自不以領孚威將軍空名之師長為滿足，必有非常之舉動，始能得志於時，冒險倒戈，殆非意外之事也。祺瑞以北洋軍系領袖，素負知兵之盛名，擁兵精糧足之邊防軍（原名參戰軍，歐戰停止後，參戰督辦改稱邊防督辦，軍亦改稱；器械之精，軍容之盛，遠非曹、吳之軍所能及），一旦敗於系下之倒戈者，其憤恚也宜哉！（所謂「內外協謀」云云，亦頗可信，蓋當時謀倒段者良多耳。徐世昌以北洋元老為大總統，當選由於段派之擁戴，而以祺瑞名義上雖解政柄，專任邊防督辦之職，〔並以建威上將軍管理將軍府事務，則空名而已。〕段派勢猶張甚，且挾軍威，有太上政府之目，亦畏其逼而不滿之云。）

段、吳二人，均一代人物，彼此屢有相厄之事，迨革命軍北伐告成，北洋軍系完全結局，另是一番世界，往事之得意失意，都成陳跡，政治上之舊隙可泯，師生之誼猶在，報載佩孚聞祺瑞卒，甚表愴悼之意，蓋亦宜然。

（原載《逸經》1936年第20期）

雜綴

太炎軼事

前章〈章炳麟被羈北京軼事雜記〉及〈再記章炳麟羈留北京時軼事〉，先後披露於《逸經》第十一、十二兩期，內容蓋多聞之於錢玄同先生，更以曩所知者相印證，倉猝記述，未能周備，嗣閱《逸經》第十三期所載吳宗慈君之〈癸丙之間太炎先生言行軼錄〉、劉成禺君之〈癸丙之間太炎先生記事〉（均在劉君《洪憲紀事詩本事注》內），與不佞所記為同時間之事，紀載翔贍，多可補拙稿所未及。其謂章氏應共和黨之請而入京，係為黨人某某所賣，此共和黨內部之事，不佞所未能知也。又言章氏出京，黨部同人設筵為餞，逆知出京必被阻，約縱酒狂歡以誤車表云云。此節亦不佞所未詳，當以躬與其事者之言為可信。其它與拙稿互有詳略處，可以參看。

吳君謂：「徐醫生寓錢糧胡同……居近龍泉寺，每先生怒不可遏，監守者輒急請徐至……乃得由龍泉寺移住徐宅。」此節似未甚諦。徐醫生係住本司胡同，章氏由龍泉寺遷居徐宅，後由徐宅更遷錢糧胡同，則為自租之房矣。本司、錢糧二胡同，均在內城東四牌樓間，龍泉寺則在外城之西南隅，相距實頗遠也。章氏長女𤚸自經之原因，不佞不甚了了，惟吳君謂「赴徐宅，訴於先生」云云，據不佞所聞，𤚸民國四年到京省覲時，章早遷居所租之房，（已與徐醫生不洽）。𤚸亦即居此，數月後乃自經而死。（章氏所作〈亡女事略〉一文亦可按。）

又《逸經》第十期所載劉君《洪憲紀事詩本事注》有云：「元洪入京，太炎改唐詩讖之曰：『……徒令上將揮神腿，終見降王走火車……』『……西望瑤池見太后（黎入京謁隆裕），南來晦氣滿民關。雲移鷺尾開軍帽，日繞猴頭識聖顏。一臥瀛台經歲暮，幾回請客勸西餐。』某恨太炎，持猴頭句說袁，陰使鄂人鄭、胡等借主持共和黨名義，迎章入京，遂安置龍泉寺。」按章氏之安置龍泉寺，誠在黎元洪到京之後，而到京實在黎前，袁世凱非因此詩始誘其入京，動機蓋因其於二次革命時發表斥責世凱之文字也。章氏民國二年到京之日，雖驟難確憶，而記得總在秋間，（錢君亦謂伊是年九月十三日到京，章已先至而居共和黨本部矣。檢察廳於章到京後，承袁旨以參加內亂起訴，傳章就訊，章以病辭，為十月間事。）至元洪由鄂入京，則時在十二月間矣。章氏此項諧詩，憶共五首，劉君所引兩首外，更有三首，當係在京而於元洪到京後所作耳。「西望瑤池見太后」句，劉君謂「黎入京謁隆裕」，夫隆裕已於是年春間逝世，元洪入京時何能相見乎？意者此句或是虛指之詞（隆裕或慈禧），如其他首中之「瀛台湖水滿時功，景帝旌旗在眼中」歟。

拙稿〈章炳麟被羈北京軼事雜記〉附錄錢君挽章氏之聯，係其初稿，後又修改數字，始行寫送。茲更錄其定稿如下：「纘蒼水、寧人、太沖、姜齋之遺緒而革命，蠻、夷、戎、狄，矢志攘除，遭名捕七回，拘幽三載，卒能驅逐客帝，光復中華，國士云亡，是誠宜勒石紀勛，鑄銅立像。」「萃莊生、荀卿、子長、叔重之道術於一身，文、史、儒、玄，殫心研究，凡著書廿種，講學卅年，期欲擁護民彝，發揚族性，昊天不弔，痛從此微言遽絕，大義無聞。」又錢君與同門吳承仕、許壽裳、沈兼士、周作人所發之唁電，文為：「先師夢奠，慘痛何極！謹唁。」拙稿前亦附錄，有未符處，一併訂正之。

華文日化

《逸經》第十八期所載稿拙〈文病偶述〉，當預備屬草時，搜集資料，有徐樹錚《建國詮真》（民國十年著）刑法章中順民情一節，可作述日本名詞輸入問題之敷佐，迨此稿寫就付郵後，始知漏未徵引。茲補錄於次，以資參閱：

……律章條文，本不能似尋常通用文字平暢易讀，然過事深奧，即難責人以共曉。若遞篇累幅，率為七顛八倒之日本文句所充塞，績學之士，猶且瞪目哆口，不諳句讀，遑論鄉民？著之文字，深思靜悟，前後省閱，尚難領會其意，遑論口語？吾嘗立觀一審判案件，兩造均至堂下，法官手黑帽，西服，立堂上，滿口中目的手續為替手形，主文如何，理由如何，適用某法第若干條，某條第若干款。吾竟不解所言何事，惟默為肌粟。兩造亦各木立相對，不敢置詞。法官更手足並動，俄俯俄仰，曲為解說，狀亦甚勞。如是者二三。兩造乃同聲上啟曰：「我輩不甚通文，請明告孰輸孰贏何如？」吾乃失笑而去，不復覩其究竟。後偕友好談讌，始知似此者所在而有，不足為異，故律文宜純取華句，勿以譯語入篇，庶執行律案者，不再以華音發外語，重困吾民也。

所論蓋頗近清季張之洞之態度焉。樹錚雖武人，而與文學老輩游，好研舊籍，講國粹，自深不滿日本文句之充塞；惟所主張之律文「純取華句」之「純」字，則言之易而去之難矣。庚子以後，清廷之舉辦新政，籌備立憲，一奉東鄰為圭臬，學生留日者多，其中學法政者更為最多，章制法條，類出其手，且法律之修訂，延聘日人與其役，日本名詞及句法，安得而不大占勢力乎？（華、日號為同文，許多名詞即就日本所通行者用之，不煩重譯。）既混合於中國語文中已久，有如油入麵之概，除有心作古文，可屏而弗用外，都會之人或曾入學校者之普通語言文字（不僅有關法律者）中，完全避免，實大難事。樹錚雖治桐城派古文，而草公牘等文字，以及日常談話，能自信毫不沾染日本輸來之名詞與句法，而當得「純取華句」之「純」字，絕不以「華音發外語」歟？（如與樹錚關係甚深之

「安福俱樂部」，「俱樂部」三字，即用日譯名詞。）由是言之，去其太甚則宜，未可漫以「純」誠人也。（法庭審案，對於鄉民，應力謀使其易於瞭解，樹錚之言，有可資參鏡者；至所寫審判案件之情狀，蓋不無有意調侃處。）

遏必隆刀

《逸經》第十七期所載《洪憲紀事詩本事注》，附有濮伯欣、陳仲騫二君之〈第八期（按應作第七期）軍前詩關於遏必隆本事訂正〉，謂：「咸豐初年，賽尚阿督師廣西，曾賜遏必隆刀。此後清廷賜刀凡四人……」按乾隆間誅納親之遏必隆刀，承賽尚阿之後而獲賜者，似尚有徐廣縉。咸豐二年九月，賽尚阿拿問，命廣縉代為欽差大臣，督師湖南。十月諭廣縉，有「如有遷延觀望，畏葸不前，甚至賊至即潰，賊去不追，貽誤事機者，即將朕賜遏必隆刀軍法從事，以振積玩而肅戎行」等語，是廣縉殆亦可認為蒙賜遏必隆刀矣。十二月廣縉拿問，命向榮代為欽差大臣，督師湖北，置湖廣總督，張亮基，派員將廣縉解京時，即將遏必隆刀一併繳回。至是始收為遏必隆刀也。賽尚阿以後，若並廣縉計之，與賜銳捷刀之綿愉，賜納庫尼素刀之僧格林沁，賜神雀刀之勝保，賜白虹刀之奕訢，清廷賜刀凡五人。

品花寶鑑

又是期載趙景深之〈品花寶鑑考證〉，於書中影指之人物，如畢秋帆、李桂官及袁子才（枚）等，徵引篇籍，以相印證。鄙見袁枚之作品中，關於畢、李之事者，似亦可以徵引。《小倉山房詩集》卷二十一（戊子己丑）有〈李郎歌（郎名桂官將往甘肅作歌送之）〉云：

……

郎家舊住闔閭城，折取天香作小名。擫笛不吹銀字管，歌唇時帶讀書聲。受聘南州季姓家，纏頭教舞玉鵶叉。雙屧偶停遊子足，三春羞殺此邦花。鏡中自惜紅顏好，西施不肯西溪老。直走長安隸太常，萬人如海知音早。上公樂部正需人，選入仙班寵賜頻。燕樓金屋難輕出，花傍高樓易得春。偶然城外笙歌集，天上人來地上立。分得星眸一寸光，頓增酒面千燈色。秋帆舍人二十餘，玉立長身未有須。把盞喚郎郎不起，怒曳郎裾問所以。郎言儂果博君歡，寸意丹心密裡傳。底事當場為戲謔，竟作招謠過市看。一言從此定心交，孤館寒燈伴寂寥。為界烏絲教習字，為薰官錦替焚椒。延醫秤水春風令，噓背分涼夜月高。但願登科居上上，敢辭禮佛拜朝朝。果然臚唱半天中，人在金鰲第一峰。賀袁盡攜郎手揖，泥箋翻向李家紅。

> 若從內助論勛伐，合使夫人讓誥封。溧陽相公閒置酒，口稱欲見狀元婦。指眼將花霧裡看，白髮荷荷時點首
> ……
> 誰肯如郎抱俠腸，散盡黃金遍市義？再入長安萬事非，晨星零落酒徒稀。惟有狀元官似故，鋒車又向隴西飛。年華彈指將三十，身世蒼茫向誰說？誓走天涯覓故人，拼將玉貌當風雪
> ……

可與趙君所引趙翼〈李郎曲〉合看。「從此雞鳴內助功，不屬中閨屬外舍」，蓋猶之「若從內助論勛伐，合使夫人讓誥封」也。（乾隆三十二年丁亥冬，畢沅以左庶子授甘肅鞏秦階道；李桂官赴甘以此。溧陽公謂史詒直。）又《隨園詩話》卷四有云：

> 李桂官與畢秋帆尚書交好。畢未第時，李服事最殷，病則秤藥量水，出則受轡隨車。畢中庚辰進士，李為購素冊，界烏絲，勤習殿試卷子，果大魁天下。溧陽相公，康熙前庚辰進士也，重赴櫻桃之宴，聞君郎在坐，笑曰：「我揩老眼，要一見狀元夫人。」其名重如此。戊子年畢公官陝西，李將往訪，過金陵，年已三十，風韻猶存。余作歌贈之，序其勸畢習字云：「若教內助論勛伐，合使夫人讓誥封。」

亦書其事，時畢已官至總督矣。（曰戊子年畢官陝西者，甘肅本合於陝西也。）

趙君謂：「帶著琴言去看侯石翁的屈道翁據說就是張問陶船山」，蓋有疑詞，不佞亦以為此說難信，以經歷太殊也。

趙君謂：「姚梅伯的《今樂考證》卷八頁中也有《梅花夢》一種，乃陳貞禧所作，陳貞禧是陽羨人，陽羨在江蘇宜興縣南五里……是宜興附近的人……」陽羨縣與宜興縣名之沿革，考之記載，漢置陽羨縣，隋改為義興，唐又析置陽羨縣，尋仍省，宋以避太宗諱改為宜興，元升為宜興府，兼置縣，旋又改為宜興州，明復曰宜興縣，沿用至今，是陽羨與義興均宜興之舊名。宜興人或署籍陽羨或義興，乃用舊名作別稱，亦猶常州之稱毗陵或蘭陵耳。地理書中有故城在今宜興縣南五里之語，所謂縣南為縣城之南，非縣境之南，仍係宜興地方。

（原載《逸經》1937年第21期）

談嚴範孫

「少時無意逢詹尹，斷我天年可七旬。向道青春難便老，豈知白髮急催人！兩番失馬翻微倖，廿載懸車得隱淪。從此長辭復何恨，九原相待幾交親！」此天津嚴範孫（修）自挽詩也。嚴氏卒於己巳正月（民國十八年），壽七十，遺命不發訃，不收禮。玩味此詩，亦可相見其天懷淡定情致卓越矣。

嚴氏壬午（光緒八年）領鄉薦，時年二十三，翌年癸未連捷成進士，入翰林。甲午（光緒二十年）以翰林院編修督學貴州，課士有聲，任滿回京，值戊戌政變，乞假歸里，致力興學，績著譽隆。袁世凱督直隸，舉新致，稔其學識，深相引重，癸卯（光緒三十年）以「經術湛深，通達時事」奏保，賞五品卿銜。翌年甲辰，奏准充學校司總辦，於直隸教育事宜，多聽擘畫，世凱益欽重之。翌年乙巳，中央設學部，為全國教育行政最高機關，以榮慶為尚書，熙瑛為左侍郎，賞嚴氏三品京堂，命署右侍郎。其得此峻擢，亦由世凱論薦，政府兼採物望也。（後真除，並署左侍郎。沈祖憲、吳闓生為世凱所編《容庵弟子記》，於光緒三十二年內云：「是歲改學務大臣為學部，行省皆設提學使，專管學務。公既薦舉京堂嚴修入為學部侍郎，因臚陳直隸歷年學務情形……」按裁撤各省學政，改設提學使，雖三十二年丙午四月事，而學部之設，暨嚴氏之簡署學部侍郎，則三十一年乙巳十一月事也。）在部以勤敏篤實稱，為當時卿貳中之表表者。戊申（光緒三十四年），兩宮殂逝，載灃以攝政王監國，罷斥世凱（時官軍機大臣外務部尚書），嚴氏旋亦引疾辭職返津，仍以辦學為事，孜孜罔懈，於開通民智，造就人才，瘁心力以赴之，不更置身政界，而以教育家終。其事業如南開大學等，長為國人所稱道。（卒後，天津學界開追悼會，陳寶泉報告其苦心興學之歷史時，當場有痛哭者。）

世凱與嚴氏善，累加保薦，其戊申突被放逐，幾遭不測，一時朝士大為震怖，向日以宮保厚我相誇者，率避親袁之嫌，送行者寥寥。嚴氏送至車站，申惓惓之意，並抗疏論罷袁之非，繼遂引退，具見對世凱之風義，而因之世亦頗以袁黨目之。然辛亥革命軍起，清廷復起用世凱，使入京組閣，授以魁柄，袁閣閣員發表，度支大臣一席屬之嚴氏，嚴堅辭不就。迨國體變更，世凱以大總統當國，屢邀相助，授參政院參政，並勸任教育總長，亦概予謝卻，介然自持，胸有成竹，世凱無如之何，是豈能以袁黨論哉？立身自有本末，固非勢位所能轉移也。

戊戌維新，詔舉經濟特科，從上年丁酉嚴氏在貴州學政任所奏請也。會政變而停止。（郭則澐《舊德述聞》卷五，述其父曾炘事有云：「戊戌新政舉經濟特科，值政變而罷。庚子後，東朝欲以新政收人望，嚴範孫督黔學，後以為請，乃命京官三品以上，外官督、撫、學政，各舉所知，以應廷試。文安公時以裁缺通政使權少司空，疏舉五人，嚴範孫修、楊子勤鍾羲、張堅白鳴岐、葉揆初景揆、林畏廬紓也。範孫時官編修，旋超擢侍郎……」敘次稍失。嚴氏請舉特科，實丁酉年在黔將任滿時所奏，戊戌正月經總理各國事務衙門會同禮部議復獲允。至庚子後，嚴氏早已任滿離黔，在籍辦學，並未「復以為請」也。曾炘會於經濟特科舊事重提時舉嚴，亦徵薦賢之雅，至嚴之超擢，自以世凱之力為多。此次特科，係於癸卯舉行考試，嚴未應考。）大學士徐桐壬午順天鄉試、癸未會試均以禮部尚書充正考官，兩為嚴氏座師，時方兼任翰林院掌院學士，為守舊派領袖，以嚴氏建議經濟特科，且講新學，經李端棻薦舉，大惡之，摒諸門牆之外。嚴氏之乞假歸里，蓋亦所以避其鋒也。自挽詩「兩番失馬翻徼倖」句，一蓋指以忤桐去官而不罹庚子之禍，其一則似指解侍郎職而得潔身於清末自亡之局也。

癸未會試，張之萬以刑部尚書為副考官，嚴卷其所取定也。之萬在闈中，忽文興大發，就首題「知其說者之於天下也其如示諸斯乎」，自撰一篇，甚得意，欲廣其傳，而京闈（會試及順天鄉試）闈墨素無刊載考官擬作之例，乃將嚴氏此篇易以己作刊布之。此為張二陵君所談，謂聞諸座師定成（壬寅河南鄉試正考官，亦癸未進士）者。

江庸《趨庭隨筆》有云：「清季……王大臣中亦多喜延攬新進，惟嚴範生師之愛士，出於至誠，然事權不屬，不能盡如其意。」又有述及嚴氏者二則如下：

民國元年，天津初設審判廳，某民事案件，傳嚴範生師作證人，推事書記官皆來自田間，不知師為何許人。師至審判廳，證人室已無隙地，師鵠立廊下二小時。嗣廳長至，見師，亟肅入客室。師不入，曰：「吾來作證人，非拜客也。」或謂師不必赴廳作證人，師曰：「作證人乃國民義務，審判廳初設，吾不可不為之倡也。」

余光緒三十二年歸國，三十四年始應學部留學生考試，漢文題為「巫臣使吳教吳乘車戰陣遂通吳於上國」……此次國文卷中，亦有至可笑者。某君文中有「古之所謂車者，非今日之人力車、馬車歟」二句，場中資為談助，為嚴範生師所聞。寫榜時，範師適過其處，問專門司司長王君九：「人力車馬車卷及第否？」答曰：「列優等。」師曰：「不可，不可！」言畢而去。於是專門師互商嚴侍郎以為不可者。或謂：「置諸優等不可耳，如核減其分數，降至中等，當無異言。」君九力持不可，謂：「主試裹校已出場，專門司無核減分數之權。」其率甚正，無以難之，而又別無解決之法，於是去其文憑分數，專以試題各門所得分數平均之。不料核算結果，某君竟至下第。蓋是年考試，學部內定以文憑分數與各門平均分數以二除之為及格分數，某君在外國某私立大學畢業，其文憑分數為百分，平均分數只四十餘分即優等，去其文憑分數，故不能及格也。範師後曾語余：當時云「不可，不可」，並無深意，不過聞其竟列優等，不免驚訝耳；而某君竟因此落第，深為歉仄。

第一則可見嚴氏平民之風度，守法之精神，雅量高致，洵堪矜式群倫。第二則所云，其過在學部專門司，因誤會堂官之一詞，而使例可及格之考生落第，嚴氏本無所容心也。（八十分以上為最優等，七十分以上為優等，六十分以上為中等，猶今之言甲、乙、丙等也。不及六十分，便為不及格。所謂文憑分數，係按其肄業原校而定其次第，於西洋定分較多，某君既百分，當是西洋留學生。）

周桂笙《新庵隨筆》卷上有云：

嚴侍郎某，未達時，本一介寒畯，既而成進士，入詞林，然翰苑清苦，冰銜雖貴，究不足為溫飽需也。未幾，乞假歸里。無所聊賴，乃構一書舍，招集舊時生徒，以為講習之所，旋聞政府有奬勵學堂之舉，乃乘機以開辦學堂當自鄉里蒙學為始基之說進，且以自立之小學附陳於當道焉。其辦學之費，初僅津錢五十千文：京津故事以制錢五百為一千，故核其實數，僅得二十五千文而已。稟既上，門稿見之，疑其有誤，以為此區區者胡足以辦一學堂，遽援筆為之增一撇於「十」字之上，改為五千千文。豪奴眼光，固百倍寒畯。時直督方亟亟謀辦學堂，而以款無所出為慮，閱稟大喜，以為神之能為己助也，遽為專摺入告，得旨賞四品京堂，於是人咸知其為通達學務之人矣。旋得補某部堂官，未幾遂擢升斯職。故知其事者皆目之為一撇侍郎云。

此嚴侍郎某，所指自無他人，實想入非非之奇怪傳聞也。費額竟可由門稿改五十千為五千千，兒戲之談，可以噴飯。嚴氏亦未嘗賞四品京堂。各部於侍郎之下，不知更有何堂官。（「京津故事以制錢五百文為一千」，亦未諦。此種以一為二之錢數，雖稱曰京錢，而北京實以一百文為一千，乃以一為十也。）斯固無足深論，錄供噱助而已。沃丘仲子（費行簡）《當代名人小傳》傳嚴氏於〈教育家〉之首，文云：

> 字範孫，天津人，清丙戌進士，授編修，甲午簡任貴州學政，屢上疏請廢制藝，復蘄開經濟特科，定天算、輿地諸藝學歲舉法。德宗嘉之。戊戌政變，乞休去。辛丑至日本考察學務，歸國，袁世凱延主直隸學務。其時北洋大學及諸專門學，皆所經始，以績晉五品卿銜，復私立中小各學，稱南開學校。已，學部成立，以世凱援引，超授學部右侍郎。宣統初乞病退，仍主持順直教育。辛亥世凱組織內閣，授學部大臣，不起，為議和代表之一。入民國，曾被推為財政總長，亦辭弗出。袁氏促之力，乃借辭赴歐美各國考察以避之。既還，伏處鄉郡，不入京師。袁氏諸子，若克定、克文，皆其弟子，世凱亦視為畏友。其組織天津自治，修贊助力為多。以淡於榮利，故屢辭簪紱，然亦未嘗自標高尚，居今之世，猶艾叢之芝蘭矣。

品評甚為允當；所敘事實，亦足資參證。（間有失考處，如謂係丙戌進士及辛亥世凱組閣授學部大臣。）範老與吾家有舊，民十六年於報端見吾兄《凌霄漢閣主人筆記》，以為係先藝甫兄所撰，即作函寄王小隱君轉致，有「三十年闊別，亟思一接清光，敢請以尊址開示。如在津門，便擬即日上謁；或在都下，亦得時修箋札，借領教言。公其許之乎，不勝企望之至」等語。凌霄與書相告，得其覆書謂：「前因凌霄漢閣筆墨與藝甫兄相類，證諸友人王仁安，尤以為然。仁安亦藝兄舊交，且曾在大梁共事者也。弟識藝兄在戊戌政變以前，雖相聚不久，而情意相浹，今隔三十年，忽復得見其近著，不禁欣喜欲狂，而不虞竟有誤也。讀來札，知藝兄作古已將十年，使人悵惘。貴昆玉中，硯甫兄、瑩甫兄皆吾同館，瑩兄又同官學部，而先後下世，今聞藝兄亦已仙去，何以為懷！猶喜群季惠連，尚有人在電……倘念舊，許我納交，則前者誤寄之函，即作為進見之贄可也」云云，肫懷可見。以後更有書札往還。翌年，範老曾至北京，與凌霄晤談甚歡。卒前一星期，猶自津以《庚子西狩叢談》（劉焜筆述吳永談話）一部相贈，蓋病中見此書，以其可供紀述舊事之參考，遂即致送也。深情尤可念已。（先二伯父子靜公，戊戌在禮部侍郎任以贊新政罹黨禍下獄，庚子被釋後，隱於杭州。範老官學部侍郎時，先瑩甫兄以翰林院編修充學部學制調查局局長，範老語及擬與順直京官合詞請起用，先瑩兄以父意婉辭而止。事雖作罷，其意良厚也。）

上稿付郵後，更考之，張之洞丁未（光緒三十三年）以大學士內召，直樞廷，兼管學部事務，在部與嚴氏相引重。己酉（宣統元年）八月，之洞卒，嚴氏（已補左侍郎）慨其時朝政之不可為，教育措施亦益難，旋乃引疾解職，蓋距袁世凱之去，將一年矣，非與世凱同退也。（於罷袁時，雖嘗上疏論之，見地非由阿私，界限固自分明。）其挽之洞聯云：「重任似陳文恭，好古似阮文達，愛才如命似胡文忠，若言通變官民，閎識尤超前哲上。」「使蜀有《輶軒語》，督鄂有《勸學篇》，餘事作詩有《廣雅集》，尚冀讀書論世，後賢善體我公心。」

（原載《逸經》1937年第53期）

老頭兒

「老頭兒！靠邊兒！」今年秋間的一天，正在街上蹣跚而行的時候，聽得後面有人這樣叫著。當時猛一聽，不大注意，接著又是一聲，回頭一看，一輛拉著座的人力車正在後面，旁無他人，恍然於所謂「老頭兒」也者，便是這位車夫對我的稱呼，急忙閃在一旁，讓他的車過去，還承他「道」了一聲「勞駕」。

這是我今年留鬚後第一次在街上被人喚作「老頭兒」的情事，以後就時常聽見這個稱呼，習慣成自然，不像初聽時覺得有點兒新鮮了。

歲月侵尋，冉冉老至，鬚子既留，自然更可取得「老頭兒」的資格了，我不會做詩，否則「聞人稱老頭兒有感」很現成的一個題目，大可吟詩一首！

《奇冤報》張別古有言曰：「老了，老了，可就不能小了；再要小了，那可費了事了！」諒哉言乎！年光豈能倒流？「老頭兒」之少年光景，惟有依稀彷彿於回憶中而已。

嚴範孫（修）自挽詩，有「向道青春難便老，誰知白髮急催人」句，嘆青春之易逝，感老境之倏來，朱顏年少，為時幾何，此言可發人深省。

至於我此次取得「老頭兒」資格的留鬚一事，並非出於預定的計畫。以年紀而論，本早在可留之列；不過這個現在也沒有一準，早也可，遲也可，留也可，不留也可，都無多大關係。這天在一個洗澡堂子裡，浴後理髮（推光頭），理髮者在給我刮臉的時候，或者以為我的鬚子以留起來較為合式，就以商量的口氣問了一句：「鬚子留起來吧？」我以無可無不可的態度隨話答話道：「好吧。」於是乎我的鬚子留起來矣。

曾見有人在五十三歲的時候，「白髮蒼顏五十三」的小印，頗為有致，我卻不能用，因為已經過了這個歲數。並且雖然蒼，而鬚髮均尚未白，（髮已略有數莖白者，還不夠斑白的程度。）只可說「已成老翁，但未白頭耳」。

明查賓王（應光）《靳史》卷九有云：「真定賈尚書，副臬東省，年才五十六，鬚鬢皤然，不事涅飾。御史以其老而骯髒，將劾之，正色問曰：『賈憲副高壽幾何？』對曰：『犬馬之年，八十有二！』御史默然。既退，同列問曰：『何以不實對？』賈曰：『渠以我為老，虛認幾歲，成其袖中彈文之美，不亦可乎！』」此人甚有風趣。五十六的歲數，我也快到了，不知道到那時候會不會「鬚鬢皤然」？

國學補修社舊侶心民先生，為我寫了一篇〈印象記〉，文筆生動細緻，惓惓之情，甚為可念，只是揄揚處太過分，使我慚愧異常而已。（我是一個極其平凡的人，根本不值得寫什麼〈印象記〉

也。）他和我見面的時期，我還沒有留鬚，所以他雖然說我現出老態，可是「一眼望去只想到是個中年人罷了」。現在如見留鬚後的我，我想他對我當也有由「中年人」確實進入「老頭兒」的階段之感了。

因為我好談清代舊事，久被人誤猜想為歲數已經很大，見面才知道和預料不符。心民於〈印象記〉裡也說：「在沒有認識徐先生以前，我總以為……一定是個鬚髮皆白的老者，……可是事實上卻大錯而特錯了。」這類情事，以前即往往有之，其例不一。

關於我的年紀之誤會，有一件頗為有趣的事。我四十五歲那年續娶，在西長安街新陸春行結婚禮。有一位崔先生，是某大學的教授，他送的禮品，稱論上謙抑得過火，彷彿下款用的是「後學」字樣。（他因為常看我寫的隨筆之類而和我認識的，在未見面之前，他大概也當我是個歲數很大的「老頭兒」。及至見面，雖已知其不然，卻還誤認我是個宿學前輩，於是說以謙恭的態度用了這樣稱謂。其實論年紀，他大約比我不過小個十歲或稍多的光景，論學問，他是個深造有得的學者，我則學少根柢，他如何可用什麼「後學」字樣呢？「朋友相交，弟兄相稱」，那才是正理呀。）禮畢將歸之時，他那學校畢業的學生在新陸春聚會，也來到了，順便參觀禮堂，看見了崔先生禮品上的稱呼，要知道這個新郎是怎樣一個老前輩，就到帳房裡打聽打聽。遇見我的一個姪孫（在那裡替我料理事務），彼此接談，問過「貴姓」之後，知道他和我同姓，就問和新郎是否一家，他答以新郎是「家叔祖」。他們一聽，越發要看一看這個老新郎，以為人已到了祖字輩，總該是「皤然一公」了。他便指給他們看，他們看見了，覺得很奇怪，以驚訝的口氣說了一句：「原來如此年輕！」後來我這姪孫告訴我，不覺失笑。年將半百，又做新郎，居然被人詫為年輕，不能不說是一件有趣的事。

關於「一士」

余寫稿以「一士」自署，逾三十年，近者輯理舊稿一部，為單行本之印行，亦即以《一士類稿》標名，是余之為「一士」，固無疑問矣。（無論取名「一士」者，尚有幾何人，余總為若干「一士」中之一也。）至余之何以取得此名，其中尚有一段軼事，若不自行說破，誰其知之乎？

當清末宣統三年辛亥民國將建之際，上海等處新出之報紙頗夥，徵求地方通信。余與吾兄凌霄，時均在濟南，遂起而擔任。凡為之通信者三數報，筆名亦有三數種。其中之一即為「一士」，用諸上海《民聲報》。為此報執筆者，非余，實吾兄凌霄，其時「彬彬」、「凌霄」等筆名，吾兄尚未用之也。此際若問「誰是一士」？當然吾兄是「一士」而我非「一士」。

民國元年，北京《新中國報》出版，亦日刊之報紙也。出版之前，接其致「徐一士」函，敦約擔任濟南通信事務。蓋以組織此報之人物，內有舊在上海《民聲報》者，主張必須延攬「一士」相助，故有此舉。（吾兄為《民聲報》通信時，以優美之文詞寫清民遞嬗間之地方社會情狀，雖為期甚暫，已博讀者歡迎。後來為上海《時報》等作北京通信，遐邇交稱，實發軔於是。）時吾兄在北京，余乃書告，謂可語以在京，就近改以雜著相助。答書謂不克兼顧，屬余即以「一士」自承，為作濟南通信，可省周折，好在昔任通信事務時，本含有分工合作之性質也。經此一番授受，余遂儼然「一士」矣。

余之於《新中國報》，始而專作濟南通信，繼則因性之相近，或以談掌故之筆記代之，間亦為寫論評之屬。《新中國報》主者汪君覽而善之，函屬多為雜著，通信之多寡有無，反若無大關係矣。時通信及雜著均署「一士」也。

翠年春，至北京，（清季兩至北京，此為第三次。）仍從事新聞事業，惟變通信之役為編輯之役，發端即由《新中國報》之文字因緣也。北京新聞界相識者，莫不相稱以「一士」，漸且不限於新聞界焉。久假不歸，以至於今。

編輯職務之餘，又每為上海各報作北京通信，並仍撰筆記之屬，載之雜誌或報紙，惟其間作輟不恆耳。大抵筆記之屬署「一士」者為多，而通信則另用其他筆名，且常有更易。

余用「一士」之名，始於新聞事業，後乃專屬於筆記類之撰述。而當余從事新聞事業時，亦頗好以研究掌故之態度臨之，對於制度及人物，最為留意。（惟其時重要人物之言論，每難令人滿意，因其不免隱諱粉飾之習，不易據為典要也。今若《古今》所載，則異乎是，常可餉吾人以珍貴之現代史料。周佛海先生多所發表，為益尤宏，蓋光明坦白之態度，濟以暢達諧適之筆調，能使情事昭然，引人入勝，允為《古今》之特色，朱樸之先生〈往矣集序〉有云：「他的文字之能博得大眾之熱烈歡迎，依我個人的分析，全在一個『真』字。」知之深故言之切也。）當時史料，如雜誌報紙之類，存儲頗夥。迨值非常時期，乃蕩然焉。

余性拙滯，實與新聞事業非宜。故由厭倦而脫離，久已不談此道。惟以此與「一士」有關，略言其一番過程而已。

民國十八年間，天津《國聞周報》社特約吾兄暨余為撰筆記，乃以《凌霄一士隨筆》等稿，用兄弟合作之方式，逐期披露。（其後《隨筆》外之專篇，每僅署「一士」。）稿多由余執筆，吾兄助蒐資料，並酌加指導。此項稿件，常期登載，引起讀者之注意，而發生「凌霄」、「一士」為一人抑為二人之問題。其誤認「凌霄一士」四字為一人所用之一個筆名者，殊不乏人，知者或笑之。然推本溯源，二者固先後為一人之筆名也。

「一士」二字，三畫一豎，共僅四筆，易於書寫，易於記憶，可謂有相當之便利，因此之故，同時用之者往往而有。就近數年間之事言之，其非我而被誤認為我者，如王小隱君某次由魯來北京，相約小敘，座間有崑劇名伶韓君青（世昌），忽向余詢及常為《立言畫刊》寫稿否？余茫然，答以未曾。後乃知《立言畫刊》屢載有署名「一士」者談詠劇伶之稿，君青誤以為即余所作也。又《新民報》嘗載某君一稿，談徐季龍（謙）事，引「徐一士」之說而駁之，雙方之是非可不論，而確與我無干，蓋另有一「徐一士」曾發表此項文字，或另一「一士」而被誤認即「徐一士」耳。至「徐一士」，除余而外，據余所知，實更有其人。民國十餘年間，友人薛君在南京，來書道及，於某浴室留言牌上，見「徐一士」云云，以為余亦至南京矣，亟從事訪問，乃知此「徐一士」為一素不相識之人也。（此「徐一士」亦未必即是談徐季龍之「徐一士」）同名或姓名均同，亦屬尋常，要均為關於「一士」之事，故類書之。

徐一士先生印象記

心民

偶而從《古今》上讀到一士先生的文字，我感覺到一種與慈愛家人久別重逢般的欣喜，雖然我失去聽徐先生談話的機會才不過半年。這原因一半是由於徐先生的談話態度曾屢次深深的印在腦際，一半也是這些年來不大容易讀到「膾炙人口」像徐先生一類的文章了。

在沒有認識徐先生以前，我總以為徐先生既然是有名的掌故專家，一定是個鬢髮皆白的老者，或者還多少帶一點清末官場文人的味兒，（因為徐先生對清代官制異常熟習，總以為他是做過一兩任的清室的遺老。）可是事實上卻大錯而特錯了。我第一次見到徐先生是在三年前一個深冬的晚上，一位老師介紹我到瞿兌之先生所辦的國學補修社去聽講，那是一個私人的組織，以利用業餘或課餘時間研究國學為目的。除瞿先生自任社長外，另有導師數人，輪流講話。徐先生便是社中導師之一，但事先我並不知道。當時同座二十餘人，誰是先生誰是學生我也鬧不清楚。（因為從年齡方面說來，有的學生比先生還大。）我卻把一位老者誤認作徐凌霄先生（因曾在報紙上見過照片）。等到一位坐得靠近的同學指明我的錯認，並暗暗指我認識一士先生時，我心裡不禁暗暗欣喜，那位掌故名家的風采，到底給我瞻仰到了。

或許因為年齡身體不大結實的關係，先生的像貌很是清癯。背略駝，冬天棉衣穿多尤其顯得出。牙齒已剩得不多，凹下去的兩唇代替了鬍鬚現出他底老態，但一眼望去只想到是個中年人罷了。鼻上架一付無邊老式眼鏡，近視程度相當深，再加上他的談吐，使你於感覺到學者的風度之外，還想到形容小品文常用的四個字：沖淡雋永。因為他不但彬彬儒雅，而且也頗會幽默。

補修社本是一個研究性質的小組織，導師們一面彼此互相研究，一面誘掖後進，（聽講的多半是大中學生或職業青年。）所以採取談話的方式。不像教師在講台上講書那樣死板，也不像朋友聊天那樣無意義。每星期聚會一次或兩次，先生和學生愛到不到，並不強迫。徐先生除了因病或不得已事故而外，總是僕僕風塵老遠跑了來。他擔任歷史掌故或名人軼事。他說話的態度異常親切，可是他的親切和瞿兌之先生不同。瞿先生是親切裡面帶有嚴肅，一開口便令你不自覺的聚精匯神的去領略；而徐先生則是親切裡面含有慈愛的意味，使你在不能聚精匯神之外，還感覺到像家人父子促膝談心時的情趣，且能抓住你的注意力，不讓你忽略一句話甚至一個字。徐先生腹內的寶藏真多得不可勝計，尤其是筆記一類的書籍，未寓目的想來不很多吧。（徐先生近有《近代筆記過眼錄》連載於《中和月刊》。）博聞強記四個字，大可當之無愧。令人最佩服的是，他能夠融會貫通從許多種不同的記載裡面找出事件的真相，對於歷史尤具有他人不可及的眼光，這不是一天兩天可以做得到的。而且記憶力特強，（雖然他談話中每每夾一句「我的記性壞透了」，但這壞透了的記性，已不是常人所能趕得上了。）能夠滔滔不斷講兩三小時不止。歷史本是死東西，有的人說來平鋪直敘毫無趣味，像有些歷史教員之類；有的人卻能妙趣橫生。徐先生極善於利用他豐富的材料，並善於用耐人尋味的幽默態度說出來，高興起來，還像演劇似的作一種生動的表情。（譬如有一次談到希特勒的照片總是一貫的作風時，徐先生便瞪起兩眼將手一舉，做雄視全歐的演說姿態。）每次談話時，他事先雖然預計以一個人或一件事為範圍，但往往古今中外會牽帶出許多事來（譬如從曾國藩談到張宗昌之類，聯繫是極偶然的）。有一個時期，關於曾左胡李的軼事談得特別多，大約講了兩三個月，每次自成段落為一小故事，各次聯到一塊又可視為一個大故事。我每次總想，「這次定好好寫一段筆記」，但一次也沒有完全記下來。原因是徐先生雖然有點口吃，可是說話非常之快，且由於肚內掌故太多的關係，每每說著說著就另生枝葉，枝葉中又生枝葉，往往說得多遠，令人幾乎忘了本題，可是他自己卻知道適可而止，把話頭轉回來。他說的話絕不憑空臆造，都是有根據的，每引一段書，必告訴我們書名作者姓名和刊行年代，甚至於還敘述一下作者的生平和這書在某時期所引起影響。

先生為人極其和藹熱心，同學偶有詢問，無不竭誠解答。一個細小的問題，甚至說上一點鐘。若是他不能答覆的，便答應回去查書或請教別人。這種諄諄善誘態度，最值得我們永遠紀念。

他住的地方離社非常之遠，少說點也有十來里吧。北京洋車的昂貴，電車的擁擠，他都能安之若素。在寒風刺骨的嚴冬，或烈日如火的酷暑，一支不大講究的手杖，一個磨光了四角的提包，老是跟著他遠遠的跑來。有時社中師生到得不多，甚至於只兩三人，他也是照樣親切的談話，並不因人少而減卻趣味。這一種精神實在令我們感佩。

徐先生的日常生活，相當儉樸，從來沒看見他穿過講究的衣服。冬天老是一件舊大衣，夏天老是一件舊大褂。有時為了遮太陽，還喜歡提一把黑布洋傘。如果再加上「老殘」手上的串鈴，說句笑話，倒真像一位走方郎中了。

也許是一種病態，每說發句話，嘴角的肌肉必大大的牽動幾下，一直牽到眼角，這也是一個唯一的特徵。紙烟癮相當的深，可是不挑牌子，同穿衣吃飯一樣的不考究；並且一枝烟總要弄熄它兩三次，但說不到幾句話又伸手去擦洋火了。愛惜物力也許是先生的習慣吧！

記得《古今》上曾登有一篇徐先生〈我的書法〉，那篇文章多少有點自謙。可是先生的自謙並不是虛偽而是誠實，因為在他自己的眼裡，總以為字寫得不好是畢生憾事，他是時常埋怨自己的書法的。但如果要說他的書法糟糕到怎樣下不去，那實在是罪過；先生雖不以字名，可是下筆之快，明眼人一眼就可以看得出來。他的原稿果然是「漆黑一團」，可是你要細看，每一個字都有他特出的作風和筆力，再加上快勁兒，徐先生實在也大可以「無憾」了。

站在學生的立場，我對徐先生的認識也只僅此而已。因為除了聽講之外，沒有別的機會見面。現在因為補修社停頓，連聽講的機會也失去了。

血歷史225　PC1058

新銳文創
INDEPENDENT & UNIQUE

徐一士說掌故

——《一士類稿續編》

原　　著　徐一士
主　　編　蔡登山
責任編輯　夏天安
圖文排版　蔡忠翰
封面設計　劉肇昇

出版策劃　新銳文創
發 行 人　宋政坤
法律顧問　毛國樑　律師
製作發行　秀威資訊科技股份有限公司
114 台北市內湖區瑞光路76巷65號1樓
電話：+886-2-2796-3638　傳真：+886-2-2796-1377
服務信箱：service@showwe.com.tw
http://www.showwe.com.tw
郵政劃撥　19563868　戶名：秀威資訊科技股份有限公司
展售門市　國家書店【松江門市】
104 台北市中山區松江路209號1樓
電話：+886-2-2518-0207　傳真：+886-2-2518-0778
網路訂購　秀威網路書店：https://www.bodbooks.com.tw
國家網路書店：https://www.govbooks.com.tw

出版日期　2022年8月　BOD一版
定　　價　400元

版權所有・翻印必究（本書如有缺頁、破損或裝訂錯誤，請寄回更換）
Copyright © 2022 by Showwe Information Co., Ltd.
All Rights Reserved

讀者回函卡

Printed in Taiwan

國家圖書館出版品預行編目

徐一士說掌故：一士類稿續編 / 徐一士原著；
蔡登山主編. -- 一版. -- 臺北市：新銳文創,
2022.08
面；　公分. -- (血歷史；225)
BOD版
ISBN 978-626-7128-17-6(平裝)

857.1　　111008115